中公文庫

新装版

奇貨居くべし（四）

飛翔篇

中央公論新社

奇貨居くべし㈣　飛翔篇　目次

燕
渤海
黄海
太
邯鄲
長城
陽
防陵
安陽
水
河水(黄河)
河水(黄河)
斉
臨淄
濮陽
魯
莒
緡
済水
胡陵
山
大梁
方与
薛
陶
宋
沛
陽翟
魏
睢陽
泗
水
苦県
陳
潁
水
下蔡
寿春
城陽
淮
水
江
水
(長
江)
陵

戦国時代略図

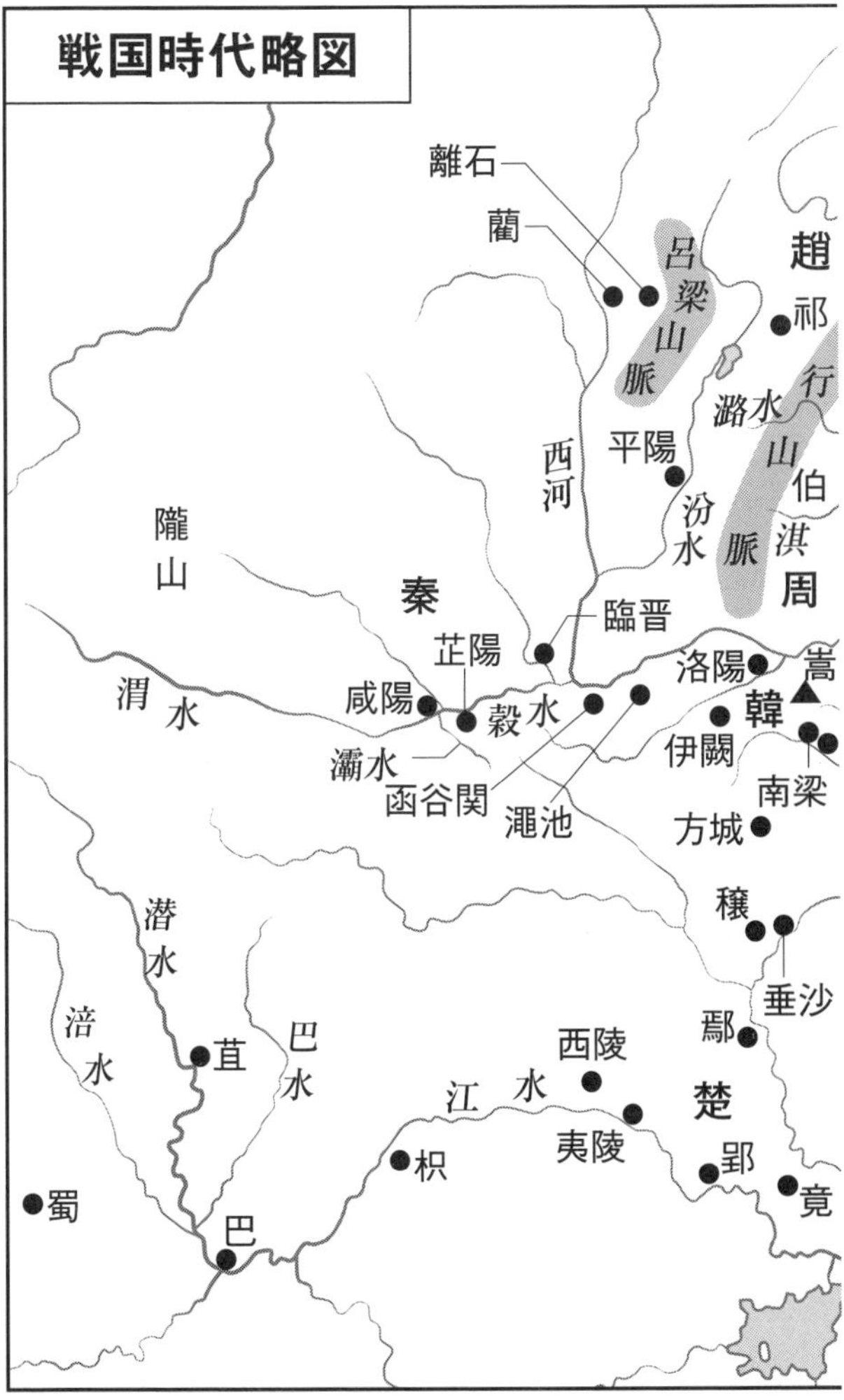

離石
藺
呂梁山脈
趙
祁
行山
潞水
平陽
西河
汾水
伯
淇
脈
周
隴山
秦
臨晋
芷陽
洛陽
嵩
咸陽
轂水
韓
渭水
伊闕
灞水
函谷関
澠池
南梁
方城
穰
潜水
垂沙
鄢
涪水
苴
巴水
西陵
江水
楚
夷陵
枳
郢
竟
蜀
巴

奇貨居くべし㈣　飛翔篇

刎頸《ふんけい》の交わり

一

記憶のなかに夢幻がある。

――わたしは陀方《たほう》に計《はか》られたのか。

と、呂不韋《りょふい》は春風にからだをなぶらせながら、なかばぼんやりおもうときがある。姦悪《かんあく》なことにおとしいれられたということではない。むしろ甘美な淵にいざなわれたといったほうがよい。

その日は、陶侯《とう》である魏冄《ぎぜん》が秦《しん》の咸陽《かんよう》へ帰る前日にあたり、呂不韋は、渠水《きょすい》工事を巡視する陀方に随《したが》って郊外まで行った。ちなみに陀方は陶における官位が上昇し、邑宰《ゆうさい》の補佐となった。陶の邑宰は、正確にはたれであるのかわからないが、魏冄の子か弟が首座にすわっているはずであり、その補佐といえば、副首相であるとおもえばよいであろう。

日がかたむいても陀方は帰ろうとせず、ついに落日をみて、

「今夜は、ここで泊まる」

と、いい、工事現場に近い小屋で一泊した。陀方には数人の従者がいたが、呂不韋だけはひとつの小屋にひとりで寝ることになった。陀方にいわれていたことは、早朝に発《た》つ陶侯を見送るために、星の光が消えぬうちにここを出発して陶へもどるということである。それならば、炬火《きょか》で夕闇を破りながら帰ればよいとおもったが、陀方は工事を監督している鄭国《ていこく》と話したいので、帰りをおくらせたのだ、と解した。

夕食後、すぐに指定された小屋にはいり、横になった。小屋の外に秋風が通っていった。

夜半をすぎれば、起きねばなるまい、とおもっているうちに、ねむりに落ちた。

夢をみた。空中にある翠色《すいしょく》の気を空翠《くうすい》といい、一種の嵐気《らんき》であるが、それが羅網《らもう》のような形になって、この小屋にゆらめきつつおりてくるのがみえた。呂不韋の手が羅綺《らき》にさわった。かれの意識は手から醒《さ》めはじめたといってよい。全身がねむりの甘さと夢のいろどりになかば染められているうちに、手は衣服をさわっていると いう感じを喪《うしな》い、突然、人の肌の温かさを感じた。いきなりおしつけられた感じで

もある。

——女の肌か。

と、わかった瞬間に、全身からねむりが脱げ落ちた。

「仲《ちゅう》さま……」

あごの下から幽《ほの》かにのぼってきた声をきいた呂不韋は、

——小環《しょうかん》か。

と、とっさにおもったが、いつのまにか女の細腰《さいよう》にまわっている自分の手が、否《いな》、といっている。小環の腰は厚みがあり、膚理《ふり》がちがう。呂不韋の下唇にふれる髪も、質があきらかにちがう。

闇が女を大胆にしている。ようやく呂不韋は女の全身を知った。とはいえ、すべてが腑《ふ》に落ちたわけではない。

——この女《ひと》がなぜここにいる。

という問いが、胸のなかでわだかまった。しかしながら女の大胆さが呂不韋に凭《の》りうつってきた。女の腓《こむら》から腿《もも》にかけておもいがけない肪膩《ほうじ》があり、それが呂不韋のなかで熱せられたものをいざなった。

女の息づかいが変わった。と同時に、呂不韋は自身からすべり落ちてゆくものを感じた。ふたりの位置がずれたせいで、女の胸のふくよかさを呂不韋はおどろきとともに唇でとらえた。女の息は深さをもち、ついにうめきをふくんだ。それが闇の底に披《ひら》いたただひとつの生々しさであったにもかかわらず、呂不韋はそれを荒台《こうだい》でさびしく歌舞する巫女《ふじょ》の細い声のようにきいた。

やがて、繊柔《せんにゅう》たる女の肢体は闇に融《と》けてゆくようであり、呂不韋の手足にとどまったのは虚しさであった。

入り口の戸が一瞬開閉したあと、ふと、時がすさんだ。

それから半年がすぎたのに、からだのどこかで鳴りやまぬものがある。

「どこかお悪いのですか」

と、ときどき維《い》が眉《まゆ》をひそめる。そのつど呂不韋は笑貌《しょうぼう》をみせるが、笑いの端に虚弱がある。

「すっきりせぬ」

「書物ばかりをお読みになっているからでしょう。郊外の青陽《せいよう》を楽しんでこられたらいかがですか」

「郊外か……」

郊外にあったのは青陽ではなく空翠である、といおうとして、口をつぐんだ。とても維には語れぬことである。

翌日、雉《ち》を従えて、渠水工事を視《み》にゆくつもりで陀方邸をでたとたん、こちらに趨《はし》ってくる人影を認めた。

「栗《りつ》――」

「仲さま、ただいまもどりました」

陽に灼《や》けた顔が歓《わら》っている。外出をとりやめた呂不韋は、雉を身近にとどめて、旅装を解いた栗が髪などを洗って落ち着くのを待った。日が高くなるにつれて気温があがった。部屋にはいってきた栗の目が光っている。

「その顔つきだと、趙《ちょう》でおもしろい話を拾ったようだな」

呂不韋は栗の昂奮をおさえるような口調でいった。

「はい、おもしろさも、おどろきも、怖さもありました。まず、これを――」

と、いって、栗がさしだしたのは二通の書翰《しょかん》である。一通は鮮乙《せんいつ》の妹の鮮芳《せんほう》からのものであり、ほかの一通は藺相如《りんしょうじょ》からのものである。呂不韋はおなじ文面を二回ずつ読んだ。それからおもむろに顔をあげて、

「鮮芳どのの書翰には、小環のことはなんじに訊《き》くようにとある。小環は邯鄲《かんたん》にいるのか」

と、呂不韋は疑念の濃さをかくさずに問うた。

「いた、と申さなくてはなりません」

「いた……、ということは、他国へでたのか」

栗の目にある光が衰えたような気がした呂不韋は、不吉さをおぼえた。

「亡くなられたのです」

栗の声が細くなった。

「死んだ……」

小さな痛みが呂不韋の胸に生じた。一瞬、時のかなたにある小環のおもざしを捜した。小環をさいごにみたのは四年前である。大梁《たいりょう》の唐挙《とうきょ》の使いで東方へ旅立った、それが、小環との永遠の訣《わか》れになった。

「昨年、趙は、疫病《えきびょう》が猖獗《しょうけつ》しまして、大量の死者がでました。小環さまもその死者のひとりです」

「そのように、鮮芳どのにきかされただけであろう」

小環を死んだことにしておきたい事情が鮮芳にあるのではないか、とわずかに呂不韋は疑った。小環は高睟《こうすい》とともに呂不韋を迎えにくる途中で、姿を消した。その小環を呂不韋はどれほど捜したか。死なずに、邯鄲にいたのであれば、なにゆえ慈《じ》

光苑《こうえん》に報《しら》せをよこさなかったのか。呂不韋は目もとにけわしさをみせた。栗は小さくおどろき、

「小環さまのことを鮮芳どのが知ったのは、一昨年の末のことであり、それから三、四か月後に小環さまが亡くなられたようです。妄《うそ》を申されたとはおもえません」

と、訴えるような口調でいった。

——すると、邯鄲へ行った小環は、鮮芳をたずねたわけではないのか。

複雑さは小環の一身にあったというべきであろう。たしかに鮮芳は妄をいうような人ではない。

「わかった。邪推はやめよう。鮮芳どのが話した通りに話してくれ」

呂不韋は口もとからもけわしさを除いた。

鮮芳は一昨年の冬に藺相如にたのまれて楚《そ》の亡命貴族の邸《いえ》に伺候《しこう》した。二、三度伺候するうちに信用されたようで、

「ここにも、行ってもらいたい」

と、たのまれた。貴族に指定された家に棲《す》んでいたのが小環であった。すなわち小環はその貴族の愛妾《あいしょう》であり、邸外でひっそりと生活していた。ひっそりといったが、それは人目につかぬようにということであり、内奥は豊かで、数人の婢僕《ひぼく》に

仕えられている小環は女児を産んだあとであるらしく、鮮芳はその嬰児《えいじ》もみた。まもなく小環はこの女の賈人《こじん》の氏名が鮮芳であることを知って、おどろきの声をあげた。

「仲さまとわたしは、あなたを頼って邯鄲へくるはずであったのです」

と、いうや、小環は涙をこぼした。

——いまだにこのかたは呂仲どのを慕っている。

藺相如を慕っている鮮芳に、ひめやかな恋慕の情がわからぬはずはない。が、運命はこの恋慕に好意をしめさない。小環の場合もそうであった。

戦時下の楚を呂不韋とともに脱出した小環は、寿春《じゅしゅん》で遭《あ》った唐挙と倓慶《たんけい》に扶《たす》けられて大梁に到った。そこから呂不韋だけが唐挙の使いで東方へむかった。夏に出発した呂不韋は秋になってももどってこなかった。ある日、唐挙は、

「呂氏は孟嘗君《もうしょうくん》の客になって、薛《せつ》へ行ったよ」

と、愉快そうに笑った。その唐挙が、つぎの年に、

「このまま呂氏が薛にいると危難に遭う」

と、つぶやき、倓慶の弟子の高睟を薛にむかわせようとした。小環の胸のなかで憂愁が揺れ、

「わたしも薛へゆきたい」

と、唐挙に訴えた。そのとき唐挙は微妙なけわしさをみせて小環をみつめたが、ふと、そのけわしさを微笑にかえて、

「しかたがない」

と、東方ゆきをゆるした。あとで小環は気がついたのであるが、唐挙がいった、しかたがない、ということばには、運命にはさからえない、という意味がこめられていたのではないか。

小環は高睟の馬車に同乗した。勘の鋭い小環はすぐに後悔した。高睟が自分にとって危険な男であることを感じたのである。高睟が好色な男である、と断定するところからすこしずれたところに小環の感覚が息づいていた。あえていえば、高睟は女の幸福を破壊するいやな力をもっている、ということである。

——この人はかならずわたしを襲う。

という予感にとらわれた小環は、用心を忘れずに旅をつづけた。方与《ほうよ》の邑の近くをながれる川のほとりで、ついに高睟は本性を顕《あら》わして、水浴を楽しんでいた小環に牙爪《がそう》をむけた。高睟の欲情は、処女の美体を楽しむというなまやさしいものではなく、女の純潔さを嫚《けが》しておきながら、嫚されたものを醜悪であるとみなしてふみ

にじろうとする屈折したものである。つまり、小環が感じたのは、高睟につかまれば、犯されて殺され、屍体《したい》となって川に投げこまれる、という恐怖である。

不意を衝《つ》かれたわけではない小環は、羅衣《らい》をまとって、すばやく逃げた。高睟に迫られたとき、にぎっていた砂を悪鬼のごとき男の顔面に投げつけた。一瞬、うずくまって、目を洗うべく川のほうに這《は》いだした高睟を尻目に、小環は全力で走った。馬を御《ぎょ》することができれば、馬車に乗って、ひたすら薛をめざしたであろう。が、小環を薛にむかわせない運命の力がここで大きく働いた。大道にでた小環は、いきなり大集団に遭遇し、その集団のなかに顔なじみの舞子《ぶし》がいることを発見したのである。この集団は、戦禍《せんか》が拡大することをきらって趙へ亡命しようとする楚の貴族の主従であり、楚で解散した舞子の少数を帯同していた。

「助けてください」

と、集団のなかに走りこんだ小環の身は、幌《こう》のおろされた馬車のなかに移された。

小環の姿がかき消えたのは、このときであった。

二

小環《しょうかん》が邯鄲《かんたん》にとどまったのは、その亡命貴族の寵愛をうけることになったからであろう。子を産んでしまえば、なおさら呂不韋《りょふい》のもとへは趨《はし》りにくい。けっきょく小環は亡命貴族の愛妾《あいしょう》となった自分の運命をうけいれた。

ただし小環は主君が住む邸《いえ》のなかでの生活をゆるされず、都内に家をもたされた。いわば外妾《がいしょう》である。

この処遇の裏には、小環にたいする主君の愛情の冷えというより主君の側にやむをえない事情があったとおもわれる。それを理解したからこそ、小環は自分の境遇から脱することをしなかった。

呂不韋は小環の性質のかずすくない理解者のひとりであるから、もしも小環が窒息しそうな環境におかれたら、赤子をかかえて出奔するという大胆さをあらわしたのに、そうしなかったのは、いごこちがよかったからである、とわかる。

ところが小環は災難に襲われた。

疫病《えきびょう》である。

あっというまに小環は死神にさらわれた。不幸中のさいわいというべきか、女児は死ななかった。

「その女児は、今年で三歳になるわけだが、どうなったのか」

と、呂不韋は栗《りつ》に問うた。主君がひきとったとはおもわれない。

「小環さまが住んでおられた家は、病魔の巣にならぬように、とりこわされたようです。当然、小環さまの子は移住なさったのですが、移住先がわからない、と鮮芳《せんほう》さまはおっしゃいました」

「鮮芳どのがひきとったのではないのか……」

呂不韋は嘆息した。胸のなかに風が吹き、花びらが落ちた。風とともに去った花びらもあれば、地中に淪《しず》んだ花びらもある。

——そういう人生もある。

呂不韋はなにかに打たれたような感じがした。小環は舞子《ぶし》であり、もともと神を楽しませる人である。神に愛《め》でられたその美貌《びぼう》が、人の所有物になったとたん、肉体がほろんだ。べつなみかたをすれば、人にとらわれることをきらう小環は、子さえ棄てて、神の世界へ旅立ったといえる。そうおもえば、俗心《ぞくしん》の希薄な呂不韋でも小環を保庇《ほひ》することができなかったであろう。

「よく、わかった」

と、いった呂不韋は気分を変えて、藺相如《りんしょうじょ》の書翰《しょかん》に目をやってから、

「藺氏がわたしを招待してくださる。藺氏にお目にかかったのか」

と、念をおすようにきいた。和氏《かし》の璧《へき》を秦《しん》王に奪われずに帰還し、復命した藺相如が、上大夫《じょうたいふ》に昇進したことまでは知っている。堂々たる貴族となった藺相如が僕夫にすぎぬ栗に面談をゆるしたとは考えにくい。

「はい。お目にかかりました」

と、栗はいう。いまの藺相如の位は上大夫どころではなく、はるか上の上卿《じょうけい》である。上卿の上には相国《しょうこく》しかないとおもえば、藺相如が趙《ちょう》の国政をあずかっているといっても過言ではない。この上卿邸の門衛に呂不韋の書翰を渡して宿にもどった栗は、夕方、藺相如の使者を迎え、その鄭重《ていちょう》さに仰天した。この夜、仰天したのは一度だけではない。馬車に乗せられて邸内にはいり、客室をあたえられて佳饌《かせん》をだされ、藺相如に面会することになった。

――びくびくしていてもはじまらない。

秦兵の捕虜となっていちどは死を覚悟した男である。死ぬまで奴隷でいなければならぬところを呂不韋に救われた恩を返すのは、こういうときであると肚《はら》をすえた。

「そのほうが呂氏の使者か」

「栗と申します」

自分でもおどろくほど落ち着いた声であった。

「面《おもて》をあげてみよ」

と、いった藺相如は一目《いちもく》して、なるほど栗《くり》に似た面貌《めんぼう》である、といい、一笑した。

「おそれいります」

「藺邑《りんゆう》が秦軍に攻め取られた直後から、呂氏の消息がとだえた。穰邑《じょうゆう》へ送られたであろう、とわしは考えていたが、この書翰によるとその通りであった。それにしても、呂氏はよく生きのびたな。楚《そ》兵に殺されそうになったこともあり、薛《せつ》の滅亡時の騒乱にもまきこまれている」

と、いいつつ藺相如は感に堪えぬようにくりかえし小さく膝を打った。

「強運の人であると存じます。小生ばかりか、何百人という弱劣《じゃくれつ》な者が、主の勇気と慈恤《じじゅつ》によって救われました」

ここぞと栗は呂不韋をもちあげた。

「勇気とは、よくぞ申した。天下広しといえども、真の勇気をもっている者は、わしと呂氏だけであろうよ」

藺相如は愉《たの》しげにいった。

秦の章台《しょうだい》において和氏の璧をつかみ、秦王をにらみつけた男である。帰国した藺相如は、宦官《かんがん》の長である繆賢《びゅうけん》の家臣という身分から、一朝にして、上大夫に昇った。それから三年後に、またしても藺相如の名を高める事件があった。史書には、

「澠池《べんち》の会」

と、記される。澠池において、秦の昭襄《しょうじょう》王と趙の恵文《けいぶん》王の会見がおこなわれたのである。

澠池は、河水《かすい》（黄河）の南、函谷関《かんこくかん》の東にある邑で、むかしは韓《かん》の一邑であったが、いまは秦に属している。邯鄲から南下をつづけ、河水北岸にでて、渡河したあと、周《しゅう》にはいり、それから西進して澠池に到るのが通常の道順であるが、魏《ぎ》と韓の二国を通過するわずらわしさを避けようとすれば、太行《たいこう》山脈を越えて西進してから南下するという道順が考えられる。

ふつう国境を接している国の王が会見をおこなうとすれば国境近くの邑を会見の地にえらぶ。が、澠池は両国の国境から遠く、邯鄲からはさらに遠い。そういう地で会見したいという昭襄王の意想に健康さがあるとおもわれない恵文王は、

「行きたくない」

と、つぶやいた。かつて昭襄王は楚の懐《かい》王を会見の地に招いておきながら、自身はゆかず、ひとりの将軍を遣《や》って、懐王が秦に入国するや国境を閉じ、けっきょく懐王を抑留して客死させた。澠池へゆけば懐王とおなじ運命が待っていると恵文王は恐れた。

——たしかに秦王は虎狼《ころう》の心をもっている。

しかしながら昭襄王は、趙を攻めさせていた白起《はくき》将軍を突如、楚にむけた。楚を主戦場にすることはあきらかであり、趙と和睦《わぼく》しておいて、楚への援助の道を断ちたいにちがいない。したがってこの会見は誑惑《きょうわく》ではないと察知した藺相如は、恵文王に信任されている廉頗《れんぱ》という将軍を説き、ともに拝謁して、

「王がいらっしゃらないと、趙が弱く、怯《ひる》んでいることを、秦にばかりか天下にしめすことになります」

と、述べた。廉頗と藺相如が軽忽《けいこつ》な言を献ずるはずがないと信じた恵文王は重い腰をあげた。藺相如が王を輔佐して随行し、廉頗は国もとに残ることになった。国境まで王を見送った廉頗は、訣《わか》れぎわに王にたいして、

「往復の道里《どうり》を度《はか》ってみますと、会見の礼を終えてお還《かえ》りになるまで、三十日を過ぎることはありません。三十日経《た》ってお還りにならぬときは、太子を立てて王とし

て、秦の悪謀をくじくつもりです」

と、きわどいことをはっきりいった。

秦の悪謀とは、恵文王を捕らえて、趙の領土を要求することである。

「わかった。そうせよ」

と、いい残して、恵文王は澠池へむかった。

会見の地には、すでに昭襄王が到着していた。

会見の内容はさだかではないが、和睦の証《おもて》として邑の交換があったのではないか。ここまで秦は白起将軍を用いて、趙の藺、祁《き》、離石《りせき》、光狼《こうろう》城という城邑を取っている。恵文王は公子郚《ご》を人質として送り、焦《しょう》、黎《れい》、牛狐《ぎゅうこ》の三邑を秦に納めるかわりに、藺、祁、離石の三邑をかえしてもらいたいと昭襄王にいい、許諾を得たのは、この会見においてかもしれない。ついでにいえば、それらの邑の交換が、趙側の不履行によって、趙の大勝で飾られる閼与《あつよ》の戦い、さらに趙兵四十万の死者をだす長平《ちょうへい》の戦いへと発展してゆく。

会見が終われば、宴である。

酣娯《かんご》のなかで昭襄王は恵文王にむかって、

「きくところによれば、趙王は音楽を好むらしい。どうかな、瑟《しつ》を奏してくれぬか」

と、うながした。求められるままに恵文王は瑟を鼓《こ》した。すると秦の記録官である御史《ぎょし》がすすみでて、記録してから、

「某《ぼう》年月日、秦王、趙王と会飲し、趙王をして瑟を鼓せしむ」

と、記録を読みあげた。これが秦史にくわえられる。

——陰黠《いんかつ》なことをする。

藺相如は慍《むっ》とした。この会見は対等な席においておこなわれ、宴席にも上下はない。ところが恵文王が昭襄王の求めに応じて瑟を奏したことが、そのように記されると、主従というかたちが固定されてしまう。

——わが王は秦王に臣従したわけではない。

と、胸のなかで声を荒らげた藺相如は、急に膝をすすめて、

「趙王がきくところによれば、秦王は秦の歌がうまい。どうか、盆缻《ぼんふ》（缶《ほとぎ》）をさしあげますので、ともに楽しませていただきたい」

と、強い声でいった。盆缻は素焼きの土器で、この底を打って拍子をとる。昭襄王は不快そのものの顔つきをした。が、藺相如は恐れげもなくすすんで、昭襄王のまえに缶をおいて、さあ、歌を——、といわんばかりに跪拝《きはい》した。昭襄王は手をだ

さない。そこで藺相如はすこし目をあげて、

「わたしと大王とは、五歩も離れておりませぬ。わたしの頸《くび》の血を、大王に濺《そそ》いでみましょうか」

と、ぶきみなことをいった。一種の脅迫である。その声をきいた昭襄王の側近たちは、剣をぬき、藺相如に斬りかかった。かっと目をむいた藺相如は、大喝した。藺相如がもっている魂魄《こんぱく》のすさまじさのせいであろう、側近たちは、いっせいにたじろいだ。おどろいた昭襄王はいやいやながら缶をとって、一度だけ手で打った。とたんに藺相如はふりかえって趙の御史を近寄らせ、

「某年月日、秦王、趙王のために缻を撃《う》つ」

と、書かせ、読みあげさせた。

秦側のいやがらせはそれにとどまらなかったが、藺相如はことごとくはねかえして、恵文王の名誉をまもり、趙に不利をもたらさなかった。感動した恵文王は帰国後ただちに藺相如に上卿の位をさずけた。

三

「それからの話が、もっとおもしろいのです」

と、栗《りつ》はいう。なにしろ栗は実際に藺相如《りんしょうじょ》に会っている。藺相如が語ったことに、鮮芳《せんほう》におしえられた話と邯鄲《かんたん》で拾った話などを併《あわ》せれば、きく者を飽きさせない物語をつくれよう。

「世間の者は、刎頸《ふんけい》の交わり、といっています」

「ほう、頸《くび》を刎《は》ねる交わり、とは、相手の頸を刎ねても自分の頸が刎ねられても悔いはないほどの友情、と解してよいのか」

呂不韋《りょふい》はおどろきに羨望《せんぼう》をまじえた。偉業をなす者にはかならずすぐれた師か友がいる。斉《せい》の桓《かん》公を覇者《はしゃ》にした管仲《かんちゅう》には鮑叔《ほうしゅく》という無二の親友がいた。このふたりの友情が、貧時にあっても富貴を得てからも変わらなかったので、世の人々は驚嘆して、

「管鮑《かんぽう》の交わり」

と、よんだ。また、秦《しん》の穆《ぼく》公のために千里を辟《ひら》いた百里奚《ひゃくりけい》には蹇叔《けんしゅく》がおり、鄭《てい》

の簡公《かん》の治世を実現した子産《しさん》には子皮《しひ》がいた。それらの友情には物語的な豊かさがあるが、刎頸の交わり、という語感には肉を殺《そ》いで骨をつきあわせるようなひびきがある。生きているうちはもちろん、死んでも友である、というのがそれであろう。じつのところ呂不韋はそういう悲壮の美しさにあこがれをいだいている。

「藺氏の死友とは、たれか」

「廉頗《れんぱ》将軍です」

と、栗は愉《たの》しそうにいった。栗もこういう話が好きなのであろう。

澠池《べんち》から帰った藺相如が上卿《じょうけい》に任ぜられたことを知った廉頗は、心の康《やす》らかさを失った。

——あの男が、上卿か。

数年前まで藺相如は宦官《かんがん》の舎人《けらい》であったではないか。廉頗は生理的に宦官を好かない。宦官は刑余の者であり、その心気に晴朗さがないとおもっている。いわば半透明な人種に仕えていた藺相如は不透明であり、宦官より卑しい心性をもっているにちがいない。その男が自分より上の席にすわるようになったことはゆるせない。

「わしは趙《ちょう》の将軍として、攻城野戦の大功がある。しかるに藺相如は口舌をもって労をなしたにすぎぬのに、位はわが上にいる。あやつは、もと賤人《せんじん》ではないか。わしは恥ずかしくてたまらぬ。とてもあやつの下にはおられぬ」

左右の者にそういった廉頗は、ついに、

「わしが相如に会ったら、かならず恥をかかせてやる」

と、宣言した。この広言が藺相如の耳にとどかぬはずはない。廉頗と顔をあわせる席にはあらわれず、宮中に出仕しなければならないときには、つねに病《やまい》と称して、廉頗と席を争うことを欲しなかった。たまたま藺相如が外出したとき、遠くにいる廉頗をみかけた。すると藺相如は車を小巷《しょうこう》に引きいれて匿《かく》れ、廉頗を避けた。そこまで廉頗におびえる主君をみた舎人たちは、いっせいになさけないと感じ、

「わたしどもが親や身内から離れて主にお仕えしたのは、主の高義を慕ったからです。いま主の席は廉頗より下ではないのに、廉頗が悪言を宣《の》べたことで、主は畏《おそ》れおののいてこのように匿れ、はなはだしく恐懼《きょうく》なさっておられる。悪口をいわれて逃げまどうようなことは、下々《しもじも》でもいたしません。そのような恥ずかしい行為を将相《しょうしょう》である主がなさってよろしいのでしょうか。わたしどもは主に付いてゆけなくなりました。ここから去らせていただきます」

と、いい、きびすをかえした。

「待て――」

この藺相如の声は、別人のごとき力がある。

「おのおの、廉将軍を秦王とくらべてみて、どうおもうか」

「とてもかないますまい」

舍人たちはいぶかしげにふりむいて答えた。

「それほどの威をそなえている秦王を、わたしは宮廷で叱呵《しっか》して、秦の群臣を辱《はずか》しめた。わたしは駑馬《どば》であるかもしれぬが、廉将軍だけを恐れようか。わたしはよくよく考えたのだ。強い秦が趙に兵をむけないのは、わたしと廉将軍がいるからであり、いま両虎が闘えば、どちらかが生きてはゆけぬ。廉将軍をわたしが避けるのは、国家の急を先にして、私讎《ししゅう》を後にするからである」

そうおしえられた舍人たちは、おのれの不明を恥じ、主君が比類なき廉忠《れんちゅう》の人であることを知って、いよいよ心中に誇りをたくわえた。

ここでの対話をほどなく廉頗が仄聞《そくぶん》した。この人も廉白《れんぱく》な人である。

――わしは愚かであった。

愧汗《きかん》にまみれた廉頗は、突如、肌脱ぎして荊《いばら》の笞《むち》を背負って、藺相如の賓客《ひんかく》にとりなしを頼み、藺氏邸の門に到って、謝罪した。

「鄙賤《ひせん》というべきわたしは、あなたの寛大さを、いまのいままで知りませんでした」

肌脱ぎして荊の笞を背負うことは、

「肉袒負荊《にくたんふけい》」

という四字で表される。これは完全降伏のかたちで、召使いとして使ってくださいという意思表現でもある。おのれの非を知って即座に改悟《かいご》したばかりか、ここまでできる廉頗の人格もなみなみならぬものであるといわねばなるまい。

ふたりは意気投合し、ついに刎頸の交わりをなしたという。

「良い話だな」

呂不韋は賛嘆した。そのふたりが恵文王《けいぶんおう》を輔佐しているかぎり、趙の衰退はあるまい。ふたりが傑人であることに異論はないが、そういう忠臣を産むのが恵文王の偉さであろう。天下を駭《おどろ》かすようなことをしない王であるが、足もとをみつめる目はたしかである。

「ほかに藺氏は何をいっておられたか」

「主の娶嫁《しゅか》について、おたずねになりました」

「栗は何と答えたのか」

「妻女らしき人はすでにいます、と答えました」

めた。

「はは、それでよい」

呂不韋は気軽に話題を移し、叔佐《しゅくさ》や高睟《こうすい》が趙にいなかったか、などと問いはじめた。

が、藺相如がさりげなく呂不韋の伴侶のことを問うたのは、じつは藺相如のもとに僖福《きふく》がいたからである。おどろいたことに僖福は郷《さと》で子を産んでから、呂不韋のゆくえを藺相如にききにきたのである。

「その子は、呂氏の子か」

ききにくいことでも、あえてきいておかねばならない。しかし僖福はうなずかず、

「天から授《さず》かりました」

と、答えるだけであった。僖福は、藺邑《りんゆう》が秦軍に包囲されるまえに邑外にいた。郷に帰っていたのである。体調をくずしたためであるが、すでに胎内《たいない》に子がいた。戦禍《せんか》は郷におよばなかったので、僖福はぶじに男児を出産した。

――この子の父は、たれか。

産褥《さんじょく》でつくづくわが子の顔をみた僖福は、奇異な感じに打たれた。春の光に満ちた郊外で呂不韋のたくましさを肢体でうけとめた僖福は、ほどなく藺の邑主の枕《ちん》席《せき》に召されたのである。僖福が邑をでて郷にいるあいだに、藺の邑主は死亡し、呂

不韋は消えた。しかしながら呂不韋への愛情が消えていない自分を知った僖福は、郷に子を残して邯鄲へゆき、藺相如に呂不韋の消息をきいた。その後、藺相如の厚意で、郷にあった子をひきとって邸内に住むことができるようになり、藺相如の夫人に仕えるようになった。

むろん呂不韋は僖福が邯鄲の藺氏邸にいることを知らない。

空中の舟

一

栗《りつ》の話によると、終息したかにみえた趙《ちょう》の疫病《えきびょう》は、酷暑の到来によってふたたび猛威をふるったらしい。

邯鄲《かんたん》を中心に死者の数はふえつづけたという。

「わたしが叔佐《しゅくさ》や高睟《こうすい》のゆくえをしらべなければならないと藺《りん》さまに申しますと、都内の水を飲むと死ぬ恐れがあるので、邸内にいよ、と仰せになりました」

栗は疫病が熄《や》むまで、藺相如邸《りんしょうじょ》にいた。

高睟の父の高告《こうこく》は藺相如の親戚のひとりであることから、藺相如は孟嘗君《もうしょうくん》の末子である叔佐を護《まも》っているとおもわれる高睟のゆくえを気にかけ、家臣をつかって趙の貴族の食客をしらべたようである。

暑さが衰えると、疫病も衰えた。晩夏のある日、藺相如によばれた栗は、

「叔佐も高睟も、都内にはおらぬ」

と、いわれた。拝謝した栗は、

「念のため、藺邑《りんゆう》の高氏を訪ねようとおもいますが、藺邑にはまだ秦兵《しん》がいましょうか」

と、きいた。

「いや、藺は返還されて、わが国にもどった。なんじが藺へゆくのであれば、わしの書翰《しょかん》を高氏にとどけてもらいたい」

徒歩では往復に時がかかりすぎる、と藺相如はいい、二頭の馬が牽《ひ》く輶車《ゆうしゃ》を栗にあたえた。桑衣《そうい》の僕夫であった栗は馬のあつかいには馴《な》れている。が、太行《たいこう》山脈を越えるには、馬車に乗ったままではむりで、けわしい山路にさしかかると車からおりて馬とともに歩いた。藺邑にはいった栗はすぐに高告の家をさがしあてた。呂不《りょふ》韋《い》の配下である自分は、いまは藺相如の使いとしてきた、と告げて、高告に書翰をさしだした。

「えっ、呂仲《りょちゅう》どのは生きていたか」

高告はおどろきの声をあげ、その声をきいた高告の妻は涙をうかべて喜んだ。呂

不韋はこの家で秦兵に捕らえられ、連行されたのである。捕獲された者は斬られるか奴隷にされるであろう。奴隷として生きのびることも至難であり、牛馬のごとく酷使され、早晩斃死《へいし》する。この篤情《とくじょう》の夫妻は呂不韋の将来を絶望的な�さとして

とらえていた。ところが呂不韋はふたりの懐危《かいき》の闇を破った。

「ほう、呂仲どのは、二、三年もすれば、濮陽《ぼくよう》で賈《こ》をおこなうのか」

「はい、そう申しておりました」

「呂仲どのには強運が憑《つ》いている。賈人《こじん》として成功するであろう」

と、高告は呂不韋の生命力が尋常でないことを感じ、その未来を祝った。

「つかぬことをおききしますが、ご令息のゆくえをご存じではありませんか」

この栗の問いは高告に渋面《じゅうめん》をつくらせた。

――あわててきくことではなかったか。

会話が康楽《こうらく》のなかをながれていたのに、話題を高睟に移したとたん、そのながれがやんで重苦しさのある冷えが生じた。

「愚息は、楚《そ》にいる」

と、高告はにがい物を吐きだすようにいった。楚から書翰が送られてきたという。それによると、慈光苑《じこうえん》が潰滅《かいめつ》したあと、叔佐に従って高睟は西南にむかい、楚には

いってしばらく隠伏していたが、陳《ちん》に入城した楚王が兵を集めていることを知り、叔佐とともにそれに応じた。叔佐が楚王に礼遇されたため、高睟も配下をもてるような身分になったという。

「上卿《じょうけい》に仕えて趙のために働くべきなのに、楚のために戦おうとしている。上卿のご厚意を無にする愚息は、わが子とはおもわれぬ」

高告はなさけなさそうにいった。

藺相如の書翰の内容は、高告の子を辟召《へきしょう》したいというものであろう。

高告から返書を託された栗は邯鄲にもどり、その返書を藺相如に呈するとともに、叔佐と高睟のゆくえがわかったことを告げた。

「そうか……、楚王は、失地を回復しようとしているのか。それはそれとして、賈人になる呂氏に、力の貸しようがある。帰ったら、そうつたえよ」

「かならず――」

年末に邯鄲を去った栗は、初春の道を南下して濮陽に到った。濮陽には三日間とどまって邑の内外や水利などをしらべ、それから陶《とう》に帰着したというわけである。

「濮陽をどうみた」

と、呂不韋はきいた。

「大都です。昔から衛《えい》の首都はそこですので、邑内には古い家が多く、密集している感じです。しかし予想していた以上に活気があるのは、水陸の交通の要地だからでしょう。絹織物がさかんであるようです」

濮陽で見聞したことを語りおえた栗は、おもむろに小さな革の袋をさしだした。

呂不韋にはみおぼえがある。

「これは、どこにあった」

呂不韋はその袋を掌《てのひら》のうえにのせた。

「高氏宅に残されていたそうです。高氏から渡されました」

「そうか……、秦兵に奪われたとばかりおもっていた。高氏夫妻が保管してくれていたのか」

この革の袋は、和氏《かし》の璧《へき》を黄歇《こうけつ》にとどけたあと、礼物としてうけとったものである。そのとき黄歇は、

「なかをごらんにならなくてよい。わたしの心がはいっているとおもっていただきたい。万一、呂氏がわたしとおなじように苦境に立つことがあったら、あけてみられよ。お役に立つかもしれぬ」

と、ねんごろにいった。それ以来、つねに肌身離さず持っていたが、高告の家に

踏みこんできた秦兵に引き立てられたあと、袋をなくしたことに気がついた。それからの呂不韋は、苦境に立つ、というより、もっと峻酷《しゅんこく》な危地を這《は》ったというべきであり、苦難をしのいだことは闇のなかで光をつかんだような自信を生じさせた。呂不韋にとっては、黄歇からあたえられた袋のなかみより、その自信のほうが宝愛《ほうあい》すべきものになったので、袋をうしなったことを悔やまなくなった。

——物はいつか無くなる。

が、自分の心身で得たものは無くならない。黄歇が教えてくれたのはそういうことだ、とおもいこんでいたのに、過去に沈降して二度と浮上するはずのない袋が、眼前にあらわれたので奇妙な気分になった。

「小さな袋ですが、なかに何がはいっているのか、おききしてよろしいですか」

栗ばかりでなく雉《ち》も興味ありげに呂不韋の掌のうえの袋をみつめている。

「知りたいか。ところが、わたしは袋をひらいたことがない」

「えっ、そうなのですか」

と、雉はなかばあきれたようにいった。

「袋のなかみを知っているのは、ふたりしかいない。楚の黄氏と趙の高氏だ。もともと楚の黄氏がもっていたもので、楚王の使者として趙へ行くときも手放さなかったということは、道中の邪気を除《はら》うための神呪《しんじゅ》を宿した玉《ぎょく》ではないかな。いわば護身の玉だ。袋をひらかなくても、こうしてさわっているうちに、みえてくる」

あえて呂不韋はそういってみた。もはや自分にとって不要になったものが袋のなかにはいっているといいたいが、これを軽々しくほかの者にあたえるわけにいかず、あとで維《い》に袋を渡して、

「しまっておいてくれ」

と、いった。

栗と雉がしりぞいたあと、しばらく呂不韋は放心状態になった。小環《しょうかん》がもうこの世にはいないということが信じがたかった。深い哀しみに襲われたわけではないが、淡い哀愁にさらされているうちに、気力が萎《な》えた。小環には厭世《えんせい》の気分がなく、多少の苦難にはめげずにはつらつと生きてゆく活力を肌体《きたい》のなかにたくわえていて、接する人に明るさをあたえ、このさき、ずいぶんとおもしろい世をみるのではないかと呂不韋は心の隅でおもっていた。ああ、小環が生きている、とおもうだけでも心の張りを保てそうな気がしていた。ところがそういう予感は、小環の死で、へし折られた。未来に灯《とも》るはずの火がひとつ消えた感じである。

気がつくと、維がいぶかしげにすわっている。

手をのばした呂不韋は女の膝を近くに寄せ、頭をあずけた。女の膝から通ってくるものが、虚しさを塡《うず》めた。

「維よ、長生きしてくれよ」

「老女になっても、主の近くにおられましょうか」

「美しく老いてくれ」

維は心の深奥に情念を宿しているわけではなく、その心身には淡味《たんみ》があるというべきで、烈しくこばまず、しつこくこだわらず、といった性質の素直さは、愛慕する呂不韋の情想に腹腔《ふくこう》まで染められたことで満足している。ただし女の美しさは情好《じょうこう》にだけあるのではなく、自分の肌体のうえでめだたず腐爛《ふらん》する時の渣《くず》を、男とはちがう手つきで、心の箒《ほうき》で、払うことにあるであろう。心の箒、とひとくちでいえるものの、それを所持することはかなりむずかしい。それは情ではなく知であり、知識ではなく知暁《ちぎょう》であるといえば、話がむずかしくなり、きき手の維は哀しげにからだをすぼめるにちがいない。夭《わか》いころの女はおのずと美しい。しかし人として美しさに達するには努力を要するということを維に教えねばならない。

「そのためには、どうすればよろしいのでしょう」

「簡単なことだ。美しいとおもう季節に学べばよい」

まもなく春は熟《う》れようとしている。

二

秋まで、呂不韋《りょふい》は農事に明け暮れた。

穀物を植えることを稼《か》といい、とりいれのことを穡《しょく》という。稼穡のあいだに、呂不韋は農学を黄外《こうがい》から学び、実際の農作業を田焦《でんしょう》から学んだ。

「盗《とう》とは、人の世にだけあるのではなく、農耕にもある」

と、黄外はいう。

黄外の弟子は五十人ほどになった。そのほとんどが陶邑《とうゆう》の住人であるが、黄外の評判をきいて聴講にきた異邦人が数人いる。おのずと呂不韋は黄外門下の高弟というこことになった。門人たちは呂不韋に特別な才徳を感ずるらしく、

——呂氏には大人《たいじん》の風致《ふうち》がある。

と、ささやきあった。

さて、農耕にある盗みについてであるが、それを三盗といい、

「地盗《ちとう》、苗盗《びょうとう》、草盗《そうとう》」

が、その内容である。地盗とは何であるのか。畝《うね》をつくるときに、畎《みぞ》を大きくして畝を小さくすると、地が苗にまわる養分を盗んでしまうため、苗は細く直立することになる。それをいう。苗盗とは、苗が行列をなさず、いくら耕しても生長しないとなれば、苗が養分を盗みあっていることである。草盗についていえば、雑草を除かなければ田圃《でんぽ》は蕪《あ》れるが、雑草を除くことによってかえって苗の根をそこなってしまうことがある。雑草が苗の養分を盗んでいるからである。

「それゆえ、三盗を除去しなければ、豊かな実りはない」

そういう知識を黄外からあたえられて邑外にでると、田圃の風景はずいぶんちがった感じにみえる。

田焦は親切な男で、炎天下、呂不韋とともに田圃のなかにすわり、畝をゆびさして、

「畝は、高さが、まず問題です」

と、いって、土をさわった。高すぎると崩れやすく、低すぎると水分を保てない。

蚊に刺されながらの話である。

「苗を育てるのは、人を育てるのと変わりがないのです。硬い土のなかでは、芽はでにくい。したがって土をやわらかくして、芽をださせる。ところが、苗が生長す

るには、やわらかい土はふさわしくない。硬いほうがよい。また、苗にも長幼があります。先に伸びるものと、後に伸びるものとでは、先を残し、後を除くのです。これは、人とはちがいますね。苗に大器晩成はけっしてないのです」

「ほう……、後を除くというのは……」

「先に伸びた苗は実《じつ》をふくんでいますが、後に伸びた苗は虚《きょ》しかふくんでいません。両者のみかけはおなじです。しかし、秋になって、穂をたしかめてみれば、虚実はあきらかです」

農人《のうじん》はつねに田圃を視《み》ていなければならないということである。苗の虚実をみわけるのは洞察力ではなく、荒怠《こうたい》しない観察力である。苗の長幼は、毎日田圃を視ていれば子どもでもわかることであるが、田圃から目をそらしていた者にはわからない。観察が重要であるのは農業だけではない。視点のおきかたが商業とはずいぶんちがうように呂不韋には感じられた。

「農人には大胆さは不要ですが、細心さは必要です」

と、田焦はうがったことをいった。田焦も黄外の高弟であり、農作業を監督し指導する者であるので、多くの人を教導しなければならない。おなじことを教えるのに、人によって、ことばを変えなければ意が通じない。わかりやすいとはどういうことであるのか、田焦は自分なりに考えているのである。

「農業は忍耐を育ててくれそうですね」

「はは、呂氏は、農人は気が長いとおもっているでしょう。ところが、農人は気が短いものです。夕《よる》に植えた作物が、朝には実をつけてくれているのを夢みている」

「これは、おどろいた」

呂不韋はつられて笑った。

「早鉏早穫《そうしょそうかく》が農業の基《もとい》なのです」

早く鉏《す》いて早く収穫すれば、天変地異や蝗旱《こうかん》などに遭《あ》うことがすくなくてすむ。田焦のいうように一朝一夕で穀物を得ることができたら、どれほど農人は豊かになるであろうか。しかしながら農業は、四序《しじょ》（春夏秋冬）に従わなければならない。一年が、ぬきさしならない単位なのである。

天、時を下《くだ》し、地、財を生ずるに、民と謀《はか》らず。

呂不韋の監修による『呂氏春秋《りょししゅんじゅう》』にある一文である。天は農耕の時をあたえ、地は実りを産むが、民に相談するわけではない。農人は天地の間にあって孤独である。天の気色をうかがい、地の機嫌をとって、生きてゆかねばならない。つねに天地を相手にしていればおのずと人の力の限りを痛感せざるをえないので、妄想や幻想に溺れようがない。現実が飾りのない現実であることを直視しつづける農人の心気に生ずるものは何であろう。堅忍不抜の精神ではないのだろうか。あるいは、天地に活《い》かされていることを感謝する降心《こうしん》なのであろうか。

呂不韋はできるかぎり田圃にでるようにした。夏のあいだに、畝を融《と》かすほどの大雨があった。暑気が落ちて、風に秋を感ずると、ほっとするより大風を心配した。ぶじに収穫のときを迎え、連日、田圃に多くの人をみると、かえって呂不韋の心に虚しさがひろがった。今年はこれでよいが、来年はどうなのか。収穫量のことではない。田圃にたいする自分のありかたのことである。

農業にとっておなじ年はないことはわかるが、くりかえすことが基本であるところに、呂不韋の恐れがある。前進とか進歩にあこがれてきた呂不韋は、毎年、無にもどるような農業を全身でうけいれがたい。べつないいかたをすれば、農作物は努力の成果としてみえすぎるし、近くにありすぎる。それゆえに成果を獲りやすく、獲ってしまえば、無にもどるしかない。呂不韋の精神の構造はそれに適合するようにはできていない。

――わたしは賈人《こじん》の子として生まれたのだ。

と、つくづく感ずる。賈人は利益を遠くにすえて企業をおこなう。その距離のおきかたと利益の大小の関係は、本能的にわかる。ところが農業の場合は、自己と収穫との距離にぬきさしならぬものがあり、区々《くく》たる地から離れては何もできず、足が地についていない創意と発展などは、はいりこむ余地がない。つねに現実を観察し、想像を禁ずる自分がそこにはある。そういう厳しさを自得《じとく》することは悪いことではないが、目的があまりにもあきらかであるため、むだを心身から削《そ》ぎ落としてゆく生活に苦痛を感じざるをえない。大いなるむだが大いなる成果を産むという考えかたが、農業では活きがたい。

――農業とのかかわりは、今年で終わりか。

そう自分に問うてみると、さらに虚しくなった。天地にたいして不遜《ふそん》である自分を感じて、いたたまれなくなった。知るということは、謙虚さがあって、はじめて可能である。学ぶということが、どういうことかも、わかっている。渾身《こんしん》を投じなければ、奥義に達しない。

呂不韋は収穫の終わった田圃にでた。たれもいない地上に立って、かえって一安をおぼえた。

地のうえに横になった。満目《まんもく》の天である。

――地はつねにこういうふうに天とむきあっているのか。

そうおもったことが、すでに感動であった。

人の目はわずかな天とわずかな地を視界におさめるようにできている。が、いったい人の目は、ほんとうのところ何をみるために、からだのその位置についているのか。呂不韋はそんなことを考えはじめた。

やがて、地のあたたかさを感じた。同時に、地へ感謝したくなった。死者が地中にはいって永遠のねむりにつくのも、わからぬではない。地にいだかれることほど安心なものはないであろう。生きているということは、地上をせわしなく歩くことだ。そのかたちは美しいとはいえない。宮殿に住もうが矮屋《わいおく》に住もうが、天地にくらべて人は微小で、生きているかたちはみすぼらしい。が、人の込み合う都邑のなかにいては、そういうみすぼらしさを忘れてしまう。むろん人のみをしばる律令もみすぼらしい。郭壁《かくへき》の外で日々をすごす野人《やじん》や農人は、人がつくった法則よりも天地の理にしたがい、ときに天地の気に融合して、利害を超えたところに立つことがあるかもしれない。かれらは無《む》にもどることがどういうことかわかるがゆえに、有《ゆう》もわかる。賈人はけっきょく無というものがわからない。失敗や破産が無にもどることであると勘ちがいするにちがいない。

──無は有を生ずるものだ。

呂不韋はくりかえしつぶやいた。はっきりとはかたちにならないものの、みえてくるものがある。しばらく呂不韋は土を指でいじった。哲理の端をつかんだようなときは、いそいで結論を求めてはならない。半透明な世界に自分をただよわせておけばよい。

呂不韋は目をつむった。満目の天が消えた。いや、みえなくなっただけで、天も地も、感覚のなかにある。人がみようとしすぎると、かえってみえなくなるものがある。みえにくいものがあれば、人は目をつむってみたほうがよいのかもしれない。

目をひらかずにいると、思考することも意識することもうるさくなってきた。天地の静けさが染《し》みてきて、呂不韋そのものが静けさになった。

突然、陶然《とうぜん》となった。苦悶していた自分がどこに徂《い》ったのかとふしぎにおもうほど、やすらかになった。自問自答から解き放たれ、得るものも失うものもないという人としての微妙な軽みを感じた。こういう時をもったということが奇蹟なのではあるまいか。

微風がながれてきた。

——天地は呼吸を変えた。

と、おもったとき、呂不韋の静けさは終わった。身を起こした。遠くに人影がある。呂不韋が立つと、その人影はゆっくりと近づいてきた。田焦であった。

「やはり、呂氏でしたか」

かれは人をくるむような微笑をもっている。呂不韋の衣服についた土をみて、問うような目つきをした。

「人は、立ってばかりいると、わからぬことがある」

「呂氏らしい言です。わたしにはわかります」

人は衆座《しゅうざ》のなかにいるとかえって孤独感を強めるときがある。田焦は身内の愛にめぐまれなかった。たれもいない田圃にしばしば仆臥《ふが》した。悲心《ひしん》をなぐさめてくれる者がいなければ、そうするしかなかった。人とは奇妙なもので、人から離れると、孤独感がうすらぐ。田焦が生きてゆくという苦痛に耐えることができたのは、天地からことばをひきだしたせいであろう。

身内の愛にめぐまれなかったのは呂不韋もおなじであり、それだけに独特の感性が育ったといえる。

独りであるという意識をもつ者は、人ではないものと語りあわなければ、とても生きてゆけない。人は、哀しいことに、ことばを喪《うしな》えば死ぬしかない。人からことばをあたえられない者は、生きてゆくために、べつな、あらたな、独自なことばを産みつづける努力をしなければならない。おのずとそうしてきた田焦は、おどろくほど呂不韋を近くに感じ、しかも、おどろくほど遠くに感じた。呂不韋をよくみていると、かつての自分は苦痛からのがれやすい場をもっていたのではないか、と田焦は感じてしまう。

——もっとも深いところまで行った者だけが、もっとも高いところまで行ける。

呂不韋から感じられることは、それである。むろん、谷に降り、山を登ることは田焦もする。しかし呂不韋がえらんだ山谷《さんこく》は、田焦のそれとはくらべものにならぬほどけわしい。呂不韋がこのんでそのけわしさを前途にすえたというより、呂不韋の歩みをなめらかにさせない何かが天与としてある、と田焦には感じられる。それが運命というものであるといいかえるのはたやすいが、呂不韋はそういういいかたを嫌うにちがいない。

歩きはじめた呂不韋は、ふと目をあげて、

「周《しゅう》は、農人が樹《た》てた王朝であることが、ようやくわかった。天という思想は、農人しか発想しえない。また農人の王朝であるがゆえに、これほど永くつづいてきた」

と、口調からも暗さを払った。

「姫《き》姓の天下は終わろうとしていますね。つぎは嬴《えい》姓ですか」

姫は周、韓《かん》、魏《ぎ》などを指し、嬴とは秦《しん》と趙《ちょう》を指す。

「姓に興亡があるとすれば、たぶん、そうだろう」

明年の末に賈人として立つつもりの呂不韋にとって、秦と趙がもっとも重要な国になるはずである。

三

諸侯が天子に職務について報告することを、述職《じゅっしょく》、というが、おなじようなことを陶《とう》の邑宰《ゆうさい》は魏冄《ぎぜん》にたいしておこなう。

陀方《たほう》は邑宰に随行して咸陽《かんよう》へのぼったため、冬のあいだ、自宅にはおらず、初春になって帰宅した。多忙な陀方の閑日《かんじつ》をどうにかみつけて呂不韋《りょふい》は面謁した。今年の冬に実家に帰り、賈人《こじん》として立つことを父に告げ、賈市《こし》の本拠を衛《えい》の濮陽《ぼくよう》にすえ

ることなどを語った。ついで、

「虫のよいことですが――」

と、呂不韋が切りだすと、さすがの陀方も腹をかかえて笑った。

「呂氏よ、それは虫がよすぎる」

「陶侯に万金をさしあげて、わたしが百金をうけとり、その百金がまたしても陶邑に千金をもたらす、としたらどうでしょう」

「わからぬことをいう」

陀方の哄笑《こうしょう》は、呂不韋が語るにつれ、微笑に移り、ついに笑いはかれの眉目《びもく》のあたりに収斂《しゅうれん》された。語りおえた呂不韋はふかぶかと頭をさげて、

「なにとぞ、ご高配を――」

と、語気に力をこめていった。

陀方は腕を組んで熟考していたが、その腕をさらりと解くと、

「呂氏のことは、陶侯がおぼえておられた。もしかすると、うまくゆくかもしれぬ。ただしそれは空中に浮かべた舟に陶侯をいざなうようなものだ。妄誕《ぼうたん》を嫌悪なさる陶侯がとても凭《の》るとはおもわれぬが、呂氏にはふしぎな力があるので、頭から、やめよ、とはいいがたい」

と、好意をみせた。

「わたしが陶侯や主にご迷惑をかけましょうか」

「それは、わかっている」

呂不韋がつれて来た者、推薦した者はもれなく陶に寄与している。農業の生産力は目にみえて増大し、渠水《きょすい》工事は順調にすすんで来春には竣工《しゅんこう》を迎えることができそうである。この工事の完成は、灌漑《かんがい》、水上交通、防衛のすべてに多大の益をもたらし、陶の国力を飛躍的に高めることはまちがいない。渠水を設計し、工事を監督している鄭国《ていこく》を推挙したのも呂不韋である。さらに楚《そ》の西陵《せいりょう》出身の美女である西桂《せいけい》は、陶侯にともなわれて咸陽にのぼったあと、どうなったか。

「おどろいたことに――」

と、陀方は西桂の消息を呂不韋におしえた。ものに動じない陀方がそういう表現をもちいるのはめずらしい。

「太子の愛妾《あいしょう》となった」

「太子の……」

楚の野人《やじん》の娘が昭襄《しょうじょう》王の嫡子に愛されるようになった。奇蹟に近いことである。東宮《とうきゅう》の後室には素姓の怪しい者ははいることができない。当然、西桂の入室には魏冄の推薦があったとみるべきである。いうまでもなく太子はつぎの秦王《しん》であり、そつのない魏冄は次代をもみすえてさまざまな手を打っているにちがいない。

「いまの太后《たいこう》が先王の妾《しょう》であったときの爵位を知っているか」

「八子《はっし》であったと仄聞《そくぶん》しています」

陀方のいう太后とは、むろん宣太后《せんたいこう》であり、昭襄王の生母で、しかも魏冄の姉である。秦の后妃の爵位は、まえに述べたが、ここでくりかえすと、王后、夫人、美人、良人《りょうじん》、八子、七子、長使、少使がそれである。宣太后が昭襄王の父の恵文王《けいぶん》に仕えていたころ、芈八子《びはっし》とよばれていて、芈が楚王室の姓であることをおもえば、妃妾《ひしょう》のすべてが諸侯の公女か諸国の卿尹《けいいん》の女《むすめ》であろう。庶人の女が後宮にあって爵をうけることはありえないといってよい。

陀方は何もいわないが、西袿の場合は、もしかすると魏冄の血縁の女、あるいは養女として閨門《けいもん》をくぐったのかもしれない。

「八子であっても王を産めば、いまの権勢だ。西袿は、このままゆけば、美人より上になろう」

それほど西袿は太子に愛されているということである。

「そうですか……」

呂不韋の語気に翳《かげ》りがある。陀方は鈍感な男ではないので、すかさず、

「祩は祟《たた》るか」

と、問うた。呂不韋はわずかにまなざしをさげた。

「祩は悪女どころか、稀有《けう》な善良さをもっております。しかしながら、美しさとはかならず妖気を併有しており、そういう邪気を消すのは淑徳《しゅくとく》しかなく、徳の力で自身でも気づかぬ妖気を排除するということになりますが、それはそうとうにむずかしく、配耦者《はいぐうしゃ》の正しい助力がなければかないません。祩を得た太子の吉凶は、太子自身の徳量にもよります」

「では、吉だ。太子は清曠《せいこう》そのものであり、王にも太后にも愛されており、醜声《しゅうせい》はきこえてこない」

陀方は自家の侍女であった祩に目をかけていただけに、心身にすぐれた美質をもったこの娘を政略の道具にすることは好まなかった。そうなったということは、運命の手によってつれ去られたとおもうしかない。秦都における西祩は陽のあたらぬ婢妾《ひしょう》として一生を終えるかもしれぬ、と陀方はひそかに心を痛めていたところ、太子の寵愛をうけていると魏冄におしえられて、おどろくとともにほっとして陶に帰ってきたのである。西祩のゆくすえを案じているのは呂不韋ばかりではないとい

うことである。

呂不韋は陀方という人物の全象《ぜんしょう》を理解しつつある。陀方は満腔《まんこう》を魏冄にささげており、魏冄がすべてであるということにおいて、他人にむかって血も涙もない面をむけるときがある。が、才覚のつかいかたは非凡であり、人をみぬく目は尋常ではなく、勘もすぐれている。主君の利益をつねに先行させるために、おのれの足もとの利に目をむけるというような私心がない。そこまで自己を徹底させるには、なみなみならぬ心気の力が要《い》る。人は情の多寡《たか》によって肚《はら》と目の位置が変わる。陀方にそれがないのは、政務には害になりやすい情を制御することができるからであろう。ただしかれの冷静さと犀利《さいり》さの下に、熱い情がないことはない、と呂不韋はもっている。

「袿は薄幸の女ですから、世の激甚《げきじん》たる風にさらしたくなかったのです。東宮の後室がいかなるところかわかりませんが、波のたたぬ潭水《たんすい》のようであれば、袿はおだやかに住みつづけられます」

「わしもそう希《ねが》っている。が、呂氏よ、いま太子は咸陽におられぬ」

「どういうことですか」

「かなりまえから、質《ち》として、大梁《たいりょう》におられる」

「えっ、秦の太子でも、人質になるのですか」

「かつて秦は魏《ぎ》と重大な盟約を交わした。そのおり、太子は魏に入国し、それ以来帰国なさっていない」

そうなると西桂も大梁にいるということになる。太子は幽閉されているわけではなく、貴族として紅塵《こうじん》のおよばぬ大邸宅に常住していると陀方はいうが、太子が本国を空《あ》けていることが、後継に関して不利を生じさせるのではないか。呂不韋の胸に当惑がひろがったとき、陀方は目に小さな笑いを灯《とも》して、

「あと数年もすれば、太子は帰国なさるであろう」

と、確信ありげにいった。

——そうか。

以前、太子は魏冄とおりあいが悪かったので、秦からだされた。しかしふたりの仲は改善されつつあるのだろう。呂不韋は了解した。

「さて、主よ、さきほどお話しした企画の手はじめとして、確認しておきたいことがあります。旅行を許可していただきたい」

「陶侯を乗せる舟づくりか。よかろう。ゆくのはよいが、今年、魏は戦場になる。戦いにまきこまれぬような道をえらべ」

「こころして往復します」

呂不韋は雉《ち》と栗《りつ》、それに眕《しん》を従えて、陶邑から消えた。

最初の関門

一

呂不韋《りょふい》の帰還は秋である。

かれが自宅を空《あ》けているあいだ、中原《ちゅうげん》において、秦《しん》軍が韓《かん》軍を大破し、さらに魏《ぎ》軍を潰乱《かいらん》させて、魏の大梁《たいりょう》を包囲するという大戦がおこなわれた。

注目すべきことは、その秦軍の将が白起《はくき》ではなく魏冄《ぎぜん》であったということである。咸陽《かんよう》で壮大な戦略図を画《か》いて諸将を意のままに動かしていたこの宰相が、みずから秦軍を率いて戦場を踏んだのはどうしてであろう。

それを考えるまえに、秦は軍事と外交の方針を変えたということを、頭にいれておかねばならない。

郢《えい》をのがれ、陳《ちん》に首都をすえた楚《そ》の頃襄《けいじょう》王は、趙《ちょう》に亡命していた荘辛《そうしん》を招聘《しょうへい》して回天の道を詢《と》い、東部の兵十余万人を旗下に収めて、猛反撃を開始し、およそ二年を経て、ついに黔中《けんちゅう》の十五邑を奪回するまでの熾盛《しせい》をしめした。頃襄王は父をだました秦への復讎《ふくしゅう》をおもいながらも、どうしても果たせず、その怏鬱《おううつ》から、ときに恣楽《しらく》にはしり、諛媚《ゆび》の臣にかこまれて視界を壅蔽《ようへい》される昧《くら》さにいたが、白起によって、王都をたたきこわされ、火の海を渡り、血の雨をかいくぐって、ようやく目が醒《さ》めた。運命の暑塵《しょじん》を浴びたにもかかわらず、殺されなかったのは、天祐《てんゆう》によるというべきであろう。楚兵に衝天《しょうてん》の勢いをよみがえらせた頃襄王は、最初で最後の光彩を放ったといえる。

江水《こうすい》（長江）南岸での攻防が一進一退をくりかえしはじめた。埒《らち》があかぬとみた魏冄は、

「江南《こうなん》を楚に返す」

というおもいきった譲歩と外交の転換をおこない、楚の地にいた白起を魏の地に移した。停戦を楚にもちかけ、暫定的ではあるが、それを成立させ、秦の一軍を魏の攻略にふりむけた。疲れをしらない白起はたちまち魏の二邑を取った。が、それで進撃をやめた。やめたくてやめたわけではないであろう。白起を働かせすぎたと感じた魏冄によってとめられたのであろう。白起の疲労をおもい、いたわる気持ち

が魏冄にそうさせたといえなくはないが、このままでは軍功がふえる一方の白起を恐れたというほうが正しいのではないか。王朝における白起の席次は魏冄に迫っている。また白起が大功を樹《た》てれば、席次がいれかわるかもしれない。

――白起にどれほどの行政の才があるか。

と、考えれば、執政の席を白起にあけわたすわけにはいかない。魏冄はどこまでも白起を使う立場を保持しなければならない。そのためには、自身も軍功を樹てておく必要がある。そこでかれは白起の活動を停止させておき、みずから秦軍を率いて魏を攻めた。

このとき魏と韓は同盟している。韓は暴鳶《ぼうえん》（暴鳶）将軍に援軍を率いさせて、睾《こう》子《し》将軍の魏軍に合流させ、秦軍を迎撃させた。それをみた魏冄は、

――韓という国は、不実そのものだな。

と、いまさらながらあきれた。韓は、朝に秦に属《つ》いたとおもえば、夕《よる》には魏に趨《はし》っている。衰弱する一方の魏のどこがよいのであろう。韓の君臣は冷静な目で秦の強大さを認め、秦王に仕えて、国歩《こくほ》を安定させることを考えぬのであろうか。枯死する大樹にからんだ蔓《つる》も滅びざるをえない。そのことを韓におしえる必要がある。

――容赦はせぬ。

と、いわんばかりに魏冄は前途に展開した連合軍を苦もなく大破した。魏冄が軍事においても逸才《いっさい》であることは、この一事をみてもわかる。

たたきのめされた暴戴は、自国へ逭《のが》れる道がふさがれたため、敗兵とともに大梁へ逃げこんだ。おもわぬ大敗にうろたえた魏の首脳は、秦にたいして八県をさしだすというかたちで一安を得た。

進撃をやめた魏冄は、楚の首都と副都を陥落させた白起の大功にくらべて、この戦果ではみすぼらしいと感じ、八県のうけとりが終わらぬうちに、ふたたび魏を攻めた。

――大梁を攻め取ってやる。

魏冄は意気込みをあらたにした。

さきの戦いで惨敗した韓は畏縮《いしゅく》して、魏を援《たす》ける軍をだすはずがなく、楚は秦との停戦に合意したばかりなので秦に戈矛《かぼう》をむけるような行動をつつしんでいる。趙は昨年から魏の北辺（河北《かほく》）の邑を攻め、今年、防陵《ぼうりょう》と安陽《あんよう》の攻略にとりかかっている。斉《せい》は国力の回復に専念しているので、魏に援兵をまわすゆとりがあろうとはおもわれぬ。すなわち、いまや魏は孑立《けつりつ》しており、秦としては、腐臭を放ちながらもなお活動をやめぬ巨体というべき魏の余命を断つ絶好の機会を得たといえる。

——どうも魏冄のようすがちがう。

と、気づいた魏の首脳は、和睦《わぼく》のたびに数県をさしだしていては、かぎりなく版《はん》図《と》を縮小してゆくことになると考え、芒卯《ぼうぼう》に魏軍を率いさせて、秦軍の侵寇《しんこう》を阻止しようとした。

芒卯という将軍は、用兵に長じ、応変の才をあわせもっているので、魏将のなかで卓出《たくしゅつ》している。魏はさいごの防戦をこの卓才に託したといってよい。

しかしながら、秦軍と魏軍とでは、兵威《へいい》がちがう。芒卯の非凡な兵術も、秦軍の訇哮《こうこう》たる勢いに押し潰《つぶ》された。ところで『孫子《そんし》』という兵法書のなかに、

「散地《さんち》」

という語がある。それは九地のなかのひとつであるが、たんに地形をいうのではなく、その地におかれた兵の必然をいっている。散地とは、諸侯が自分の国のなかで戦うことで、兵が逃げ散りやすい地をいう。それゆえ、散地で戦ってはいけない、と孫子はいましめている。芒卯は散地で戦ったというべきである。おなじ兵でも、敵国に踏みこんだ場合と、郷里が近い自国にいる場合とでは、心気の高低と構えの強弱があろう。

なすすべなく芒卯は敗走した。魏兵は四散した。

魏毋は潰乱《かいらん》した魏兵にはみむきもせず、芒卯を趕《お》った。北宅《ほくたく》（宅陽《たくよう》）とよばれる地を占領したあと、長駆して大梁を包囲した。北宅は河水《かすい》の南岸域にあり、そこを占拠しておけば、魏の東西交通を遮断することができ、河水北岸にいる魏兵に後方をおびやかされる心配がなくなり、秦軍の進退に便利である。魏毋の戦術眼が孤抜《こばつ》していることが、ここでもわかる。

「さあ、魏王よ、どうする」

本陣の魏毋はどっしりと構えて、大梁の楼殿《ろうでん》を遠望した。兵站《へいたん》に不安がないので、開城するまで包囲が可能である。

この堅牢な包囲陣を破ったのは、たったひとつの口舌であった。

魏王の臣で須賈《しゅか》という弁者が、臆《おく》することなく秦の本陣にでかけてゆき、魏毋を説いた。説述の主旨は明確である。

魏毋は、位人臣《くらいじんしん》を極《きわ》め、望めば得られぬ物はない。さきの戦いでもやすやすと勝ちを得ている。それらはすべて実力によるのであろうか。幸運があったからではないか。追いつめられた魏が兵を総動員して秦軍にぶつけた場合、秦軍がわずかでも敗れれば、それが魏毋の名声をそこない、これまでの勲功が無になる。魏毋の指揮に過失がまったくないこの状態で引くのが、最良ではあるまいか。

いわれてみれば、そうである。

長期の包囲戦には不測の事態が生ずる危険があり、咸陽における執政の席をながながと空けておくのもかしこいことではない。軍事における小疵《しょうし》がどのような膿《うみ》をもち、おのれの権勢を病ませることになるかわからない。

――よし、引こう。

魏冄は廊廟《ろうびょう》の器《き》であるがゆえに、包囲を解いた。先陣を無二の自己主張の場であると考えている白起であれば、したり顔の須賈を斬り殺し、すぐさま大梁の城壁を抉《えぐ》るように、号令をくだしたであろう。

――白起をつかえば大梁を落とせる。

と、わかっていながら、魏冄は白起をいたわり、なだめるような手つきで、かれの出動を抑圧しておかねばならない。たしかに大梁を取り、魏王を奔《はし》らせれば、魏という国はまたたくまに三分の一の版図となり、国力は目にみえて衰亡にむかう。さらに韓は頼る国を失い、恐怖のあまり秦に帰服するであろう。魏冄自身が大梁を取れば何の問題も生じないが、白起がそれをやれば、凱旋した白起を賞して行政に参与させざるをえなくなる。正直なところ、魏冄は白起の行政能力を信じていない。人を殺すことに卓詭《たっき》している者が、急に人を活《い》かせるはずがない。異邦の君臣と民をすべて抹殺してもかまわないと考えているにちがいない白起は、政治の機微を理解する体質をもっていないから、かならず内政と外交に混乱をもたらす。国の内外で叛乱が勃発し、天下に布《し》いてきた威福が崩壊する。五十年前の秦にもどるという恐れさえある。

——いまは、得ることより、喪《うしな》わないことに、意識をむけるべきかもしれぬ。

魏冄は兵を率いて咸陽《かんよう》に帰還した。

おなじころ、呂不韋は三人の従者とともに陶《とう》に帰り着いた。

二

陀方《たほう》に報告を終えた呂不韋《りょふい》は、すぐに栗《りつ》と雉《ち》を濮陽《ぼくよう》にむかわせた。興利《こうり》にふさわしい住居を選定させるためである。

「来春には、濮陽の住人になる」

と、呂不韋は維《い》に語り、さらに雉の妻である小琦《しょうき》にも語った。小琦はまぶしげなまなざしを呂不韋にむけ、何度も小さくうなずいた。

あとで呂不韋は、

「小琦はけだるそうだったが、体調が悪いのか」

と、維にきいた。この問いに維は笑って答えた。

「おなかに子がいるのです」

「そうか。いつ生まれる」

雉が父親になることに呂不韋は新鮮なおどろきをおぼえた。雉は自分の生年を知らない。が、呂不韋がはじめて雉に遇《あ》ったとき、この奴隷の少年は十四、五歳にみえた。それから七年が経《た》ったのであるから、いま、雉は、二十一、二歳ではないか。父親になってもふしぎではない。しかしながら子の誕生は、人につぎの世代を意識させ、現代のとらえかたをすこし変えるような気がする。

「生まれるのは、孟冬《もうとう》でしょう」

維は小琦に姉のように慕われているだけに、小琦から目をそらしたことがなく、妊娠した小琦からかよってくる幸福感と不安感を濃厚にうけとめている。

「維よ、子が欲しいか」

そういわれた維のくびすじに赤みがさした。まだ消えていない女のういういしさが、呂不韋の男としての感情を澡《あら》ってくれる。維を、馴《な》れた肉体としてひきすえるようなことをしたくないというのが、呂不韋の心のありかたであった。

三日後、呂不韋は陀方とともに咸陽《かんよう》にむかって出発した。魏《ぎ》で大勝した魏冄《ぎぜん》に賀を献ずるためである。むろん呂不韋には下心《したごころ》があり、どうしても陀方の口添えが要《い》るので、陀方に足労を乞い、ゆるされたというのが実情である。

呂不韋の従者は昣《しん》だけである。

かれは小琦の弟であるから雉の義弟になるが、すでに十八歳である。まだ童子とよばれる歳ではあるものの、世間の童子とはだいぶちがう。捷敏《しょうびん》さはもちまえであるが、呂不韋に従って危地を脱したこともあれば、旅行したこともすくなくないので、たくわえた胆力に見聞の博《ひろ》さがくわわり、物の用に立つ男になっている。

鑑識《かんしき》に長じた陀方はこの呂不韋の従者に目をやり、すぐには感想を口にせず、魏の国を通過したころ、呂不韋に声をかけ、

「呂氏は材幹《ざいかん》の選抜がうまい」

と、ほめた。

「旬《じゅん》は、勤めに励んでおりますか」

西袿《せいけい》の弟である旬を陀方に薦《すす》めたのは呂不韋である。呂不韋はずいぶんこの童子の顔をみていない。

「ふむ……」

「不始末をしましたか」

呂不韋は陀方の表情に曇りが生じたのをみのがさなかった。

「いや、そうではない。徃に弟がいることを太子がお知りになり、近くにおきたいと仰せになった。大梁《たいりょう》から使者がきたのだ」

太子の西徃への寵愛のはなはだしさは、それだけでわかる。

「どうなさるのですか」

「断るわけにはいくまいが……、いちど、主にうかがってみる」

私臣の遷移《せんい》について、いちいち魏冄の意見を仰ぐ必要はないのに、西徃の弟に関して陀方がそうするのは、太子の愛情にくるまれている西徃が魏冄の制御の効《き》かないところにいるわけではないことをあらわしている。同時に、旬をてばなしたくないという陀方の深意がみえかくれする。旬が大梁へゆき、太子に仕えるとなると、旬はただたんに陀方の臣から太子の臣になるのではなく、どこか魏冄の息のかかった臣ということになるであろう。

旬はまだ十歳であるが、昣にはない気格がみえている。実際のところ、

――旬はほんとうに野人《やじん》の子であったのか。

と、陀方は疑いをもった。かつて呂不韋に同行した向夷《きょうい》に訊《き》き、そのあたりを

たしかめたことがある。陀方はすでに二男一女をもっている。長男は旬と同年齢であり、ふたりの仲の良さをみるにつけて、

――やがて旬は、わが子を佐《たす》けてくれる良臣になるであろう。

と、ひそかに想った。ところが旬を太子にさしださねばならぬとなれば、そういう私心と期待をわきに措《お》かねばならない。

「袿を匿《かく》しておけばよかったか……」

と、陀方は淡いにがさを噬齧《ぜいげつ》するようにいった。そのつぶやきが痛みをともなっていたことを感じつつ、呂不韋は、

――太子に嬪従《ひんじゅう》している袿は美しかろう。

と、想像した。袿は落ち着くべきところに落ち着いたというべきなのか。袿を妻にしたいとは考えたことがない呂不韋は、あらためて袿が雲上の貴人に仕えていることをおもい、陶《とう》にいたころの袿には庶人として生きてゆくことにともなう煩縟《はんじょく》をやむなくとりいれる肉体の重さがなかった、と心のなかで断じた。生活感のとぼしさは、べつなみかたをすれば、野卑に染まらないということであり、けっきょく袿の美しさは質がちがうということである。

呂不韋は、ふと、目を落とした。

——この手は、何を抱いたのか。

煙霞《えんか》のようなものを、あるいは夢幻を——、とおもったとき、自分の手に感傷のしめりがないことに気づいた。はじめから桂と自分とでは住む世界がちがっていた、と割り切る気持ちに暗いひっかかりはない。

韓《かん》をすぎ、函谷関《かんこくかん》を通過してから、冬山《とうざん》の嶺に雪をみた。その雪が麓におりるまで、半月はかかるであろう。

好天がつづいている。

渭水《いすい》の岸にさしかかると、車輪の下から冷気が湧いた。

「帰りは、舟ですね」

と、いった御者《ぎょしゃ》の畛は、秦《しん》ははじめてである。河水《かすい》とは風がちがいます、としきりにいった。

ついに呂不韋は澄んだ大気のなかで咸陽を遠望した。

——もうわたしは賈市《こし》の道を歩きはじめている。

魏冄を口説くことが起業の手はじめであるとおもえば、身がひきしまる。いうまでもなく、いまは徒手空拳《としゅくうけん》である。拳《こぶし》のなかには企望《きぼう》があるといえなくはないが、最大の顧客《こかく》にしたい魏冄にとりあってもらえないと、この企望はたちまち罄尽《けいじん》する。

た。

——計画を変更したくない。

呂不韋の胸中に強い声がある。

咸陽の魏冄邸は圧倒されるほど広大であった。庭の一隅《いちぐう》にある長屋の一室が呂不韋と畛の宿舎である。旅装を解き、夕食をおえると、すぐに呂不韋は陀方に呼ばれた。

殿舎《でんしゃ》のなかを、陀方に随《したが》ってすすみ、一室にはいって、魏冄を待った。

——こんなに早く、謁見することができるとは、おもわなかった。

呂不韋は陀方の厚意を感じた。

が、実情は多少ちがう。

魏冄の専制に批判的であった太子は、人質となって魏に住むようになり、ますます魏冄を怨むようになったが、西袿を寵愛するようになってから、魏冄との関係を改善したい意向をしめした。魏冄と対立していては、いつまで待てば帰国することができるのかというめどがたたない。

むろん魏冄も、次代の秦王との嫌隙《けんげき》を解消しておくことに異存はない。

万機をにぎっている魏冄にとって、ただひとつ懸念があるとすれば、自分にむけられた太子の感情の棘《とげ》であったのだが、その太子が悪感情を抜き去り、歩み寄りをみせはじめたのである。これで懸念も消えた。

西袿は両者の懸《か》け橋になったといえる。

数年以内に帰国がかなうようにとりはからう旨を太子につたえた魏冄は、ふと、呂不韋には福がある、と陀方がいったことを憶《おも》いだした。

——袿は呂不韋に摭《ひろ》われた娘で、いわば呂不韋の身内である。

袿をもらったかわりに呂不韋には何かを与えねばなるまい。魏冄はそうおもっていたのである。

「君は相国《しょうこく》になられた」

魏冄があらわれるまえに、陀方は呂不韋におしえた。相国は常設の官職ではなく、大老とか元老ということばにおきかえてもよく、丞相《じょうしょう》（宰相）の上におかれた位である。

ふりかえってみれば、昭襄《しょうじょう》王の兄の武《ぶ》王が急死したあと、王位継承をめぐって、

「季君《きくん》の乱」

という内乱があり、それを平定し、昭襄王を擁立したのが魏冄であり、それから三十余年、かれは煥乎《かんこ》として昭襄王をささえ、佐《たす》けつづけてきた。この輔弼《ほひつ》のみごとさに比肩できる大功はないであろう。昭襄王が相国という特別な位を魏冄に授与

し、かつてない殊遇《しゅぐう》をおこなっても、人臣のなかでたれが異をとなえるであろうか。

魏冄はいま何歳であるのか。呂不韋は陀方に問うたことがないが、

――六十代であろう。

と、みている。六十五歳か、その前後ではあるまいか。古例では、士大夫《したいふ》は七十歳で致仕《ちし》することになっているが、魏冄の場合は、それにあてはまらないと呂不韋はおもっている。相国という特別な位は、死ぬまでそこから降りることはないという、比類なき尊貴さをともなっているはずである。あと四、五年で魏冄に引退されては、呂不韋の商売にさしつかえが生ずる。

そんなことを考えている呂不韋のまえに、魏冄が晴れやかな容姿であらわれた。

三

拝礼した陀方《たほう》は、賀辞を述べ、陶《とう》の産物や東方の珍物《ちんぶつ》を献じた。

魏冄《ぎぜん》はそれらを目でたしかめただけではなく、立って、実際に手でふれてから、上機嫌な声を放った。ふりかえって呂不韋《りょふい》に目をやり、

「呂氏は、わしにいかなる嘉懽《かかん》をもってきてくれたのか」

と、すわりながらいった。呂不韋はおもむろに稲の穂をさしだした。

「これは、陶の地で得ました嘉禾《かか》でございます」

「嘉禾……」

魏冄は穂をしらべはじめた。

「おそれながら、古昔《こせき》、周公《しゅう》（旦《たん》）は禾を東土に受けて、天子の命を魯《の》ぶ、ということをいたしました。おなじように、お手もとの穂は、二苗があわさって一穂《いっすい》となったもので、秦《しん》王室と君の家とがあわさり、東方で実を結ぶという嘉祥《かしょう》であろうと拝察し、君に献じたのです」

いきなり魏冄は稲穂をふった。

「ひさしぶりに、実のある嘉言をきいたわ。この穂の肥えかたも、かつてないものである。気にいった。嘉納してつかわす」

「かたじけなく存じます」

得ようとすれば得られぬ物はないという権要《けんよう》の人に献上する物をえらぶのはむずかしい。へたな物をえらぶと、才覚のなさをみすかされてしまう。

——これで、最初の関門を通過した。

魏冄は武をもって昭襄王《しょうじょうおう》を擁佑《ようゆう》し、策をもって秦を安定させた人だけに、心身を労苦させることなく、口舌のみをもって顕貴の地位に躋《のぼ》ろうとする佞媚《ねいび》の臣を憎悪している。そういう性質の魏冄に信用してもらうのは、なみたいていのことではないとわかっている呂不韋は、この謁見でわずかなしくじりもしたくない。嘉禾も、考えに考えたすえの献上品である。

――つぎの関門を通るためには、陀方どのの助けが要《い》る。

呂不韋は陀方の口添えを希《ねが》うような目つきをした。陀方は目でうなずき、

「呂氏は冬のあいだに陶をでて濮陽《ぼくよう》に居をかまえ、来春から賈《こ》にいそしむと申しております。その興業に際して、虫のよい訴願をぬけぬけと申しましたので、臣《わたし》の一存で却下しようとしましたが、君の利益になることを独断で潰《つぶ》したとあとでそしられることを恐れ、君の御裁定を仰ぐことにしたしだいです」

と、慎重な口ぶりでいった。

「虫のよい訴願――」

魏冄は目を細めた。が、眼光に衰えはない。

「さようです。おききになれば、呂氏の首を刎《は》ねたくなりましょうが、陶への寄与に免じて、御宥恕《ゆうじょ》をたまわりたく存じます」

「ふふ……」

この日の魏冄はよほど機嫌がよい。鼻で哂《わら》ってから、

「呂氏よ、なんじが賈人《こじん》として立つことは、まえにきいた。ここだけの話であるが、太子はなんじも大梁《たいりょう》に招きたいと仰せになった。西袿《せいけい》が、呂不韋は兄のごとき人です、と申し上げたらしい。だが、その招聘《しょうへい》は、わしの一存で断った。ただしなんじが望めば、いまからでも遅くない。太子に仕えることができる」

と、おもいがけないことをいった。

呂不韋は低頭した。

「たいそうありがたい御配慮でした。太子にお仕えする気は毛頭ありません」

「なんじは変人ゆえ、そう申すにちがいない、とおもってのことだ。それで、その虫のよい訴願を申してみよ」

「まず――」

と、呂不韋は地図をひろげた。河水《かすい》をあらわしている線を指で示し、その指を北にずらした。

「ここが、薪炭《しんたん》採取の地になっていることを、確認してまいりました」

「なにゆえ、そんなところに行ったのか」

「わたしが賈人として立つための資金を、君から賜るためです」

魏冄は目を大きくひらいた。

「なんじを、賈人にするために、わしが金をさずける」

「さようです」

呂不韋はすずしげな表情を魏冄にむけた。嚇《かっ》と口をあけた魏冄は、しかし怒気を発せず、苦笑した。

「なるほど、虫のよい訴願だな。なんじに興業の基《もとい》になる黄金をさずけて、さて、わしの利はどうなる」

「わたしに百金をおさずけになる君の利は、万金となります」

「薪炭《しんたん》採取で万金を得ることができようか」

「この地は――」

呂不韋の指が地図を打った。

「この地は、無限の黄金を蔵《かく》しております。わたしがはじめて陽翟《ようてき》の実家をでたあと、この地に到って、黄金の気が立つのをみました。今年、丹念に調査をし、地中に莫大な黄金が眠っていることは十中、八、九、まちがいないと確信しましたので、君に申し上げたのです。この報告に百金の価値があり、実際に黄金がでましたら、さらに百金を賜りたく存じます」

諸侯をふるえあがらせている魏冄に、これほどあつかましい願いをしたのは、呂不韋が最初で最後であろう。いや、あつかましさは、それだけにとどまらなかった。魏冄の領邑《りょうゆう》である穣《じょう》と陶の産物を一手にあつかわせてもらいたいこと、穣と河水南岸の一邑に南方と西方の産物を収集し中継する基地を設けさせてもらい、輸送の途中に賊に襲われないために陶の旗を車や舟に立てさせてもらいたいことなどを、よどみなく述べた。

魏冄の眉目《びもく》に不快さがちらつきはじめた。かれは諸事を悉知《しっち》している大才であるが、商業を嫌悪しているせいか、産物を移動させて売買することに利がひそんでいることを認めようとしない。利とは害に対するもので、敵国に損害をあたえることが自国の利益になり、自国が拡大すればおのずと国力が増し、敵国は縮小して国力が萎《な》える。しかるに商業は自国を富ますかもしれないが、敵国の不足をおぎなってやることになり、真の利をもたらさない。

「斉《せい》をみよ」

と、魏冄はいう。商業を重視した斉は、たしかにある時期には繁栄したかもしれないが、けっきょく衰弱し、いまの斉は往時の国力にもどっていない。商業の利とはそれほど不安定なものである。それゆえ国の基本は農業にあるべきであり、農業の生産力を高めてゆけば、国歩《こくほ》は危地に陥ることはない。

「君の余命が百歳あるというのでしたら、それでよろしいでしょう」

呂不韋は反駁《はんばく》を開始した。

人の一生はみじかい。はっきりいえば、老年にさしかかっている魏毋が考えている九十歳まで生きるとしても、あと二十五年ほどしかこの世にいられない。魏毋が考えているのは、敵国を滅ぼしては秦の民を植えてゆくというもので、領土拡大はいかにも緩慢である。陶という国が創建されてから今年が七年目にあたり、いまとおなじ国の運営方法をつづけてゆくとすれば、二十五年後に陶の版図《はんと》はどうなっているであろうか。陶は斉と魏《ぎ》にはさまれているようなものであり、伸展することがむずかしい。また、農業は国に安定をもたらすとはいうものの、天災があることを忘れてはならず、三年も饑饉《ききん》がつづけば、国の廩庫《りんこ》は空《から》になり、国力はいちじるしく減退する。

「大洪水により、田土が水没しないともかぎりません」

と、呂不韋はたたみかけた。

同質の富を蓄えていては、国は平面化し、損害をこうむったときとりかえしがつかなくなる。質のちがう富を蓄えて、国を多角化すべきであろう。魏毋の思想には利殖が欠落しているので、富のつかいかたにおいては防衛的であり、攻撃的ではない。それでは富を死蔵することになりかねない。君が富めば、わたしも富む。そうありたいのです」

こういう話にはじめて魏冄は耳をかたむけたといってよい。かれの左右に財政についで具申をする者はひとりもいなかった。眉間《みけん》にしわを寄せた魏冄は、しかし内心、

――おもしろい。

と、おもった。呂不韋の説示に啓発されるところがすくなくなかった。が、魏冄は寡黙のまま呂不韋をしりぞかせた。それから重臣を呼び、呂不韋の提案について討論させた。

三日後、家令に呼びだされた呂不韋は、

「君はなんじの願いをお聴きとどけになった。ここにいる姒叔《じしゅく》が財物を管理しているので、今後、この者と咨《はか》りあって、ことをすすめてゆくように」

と、いわれた。あっと喜んだ呂不韋は地にひたいをつけた。

姒叔はいかにも能吏《のうり》であるという容貌《ようぼう》をもつ三十代の男で、

「百金が下賜《かし》された」

と、感情を殺した声でいい、呂不韋に黄金をあたえた。

——第二の関門を通過した。

この関門は、関税をとるどころか、通る呂不韋を富ましてくれる。第三の関門は山中にある。

「黄金の鉱脈まで先導してもらわねばならぬ」

「さっそく出発いたします」

宿舎にもどった呂不韋は百金を畛《しん》にみせた。

「ほんとうに陶侯からせしめたのですか」

畛は信じられぬように目をまるくした。

「せしめたとは表現が悪い。賜ったというのだ」

と、畛をたしなめたあと、陀方に感謝の辞を呈し、すぐに旅装にとりかかった。呂不韋は一笑し、

時代の魂

一

茅葺《かやぶ》きの家はなかば崩れていた。

屋根に積もった紅葉はすでに黒ずんでいて、その葉を散らして寒鴉《かんあ》が飛び立った。

「この家を改修して宿舎になさるとよいと存じます」

と、呂不韋《りょふい》は姒叔《じしゅく》にいった。

むかし老夫婦が住んでいた家である。ふたりは韓人《かんひと》であったから、このあたりが秦《しん》の支配にはいるまえに、どこかに退去したのであろう。三晋《しん》（韓、魏《ぎ》、趙《ちょう》）の人々は秦をひとかたならず畏避《いひ》しているので、秦に征服された地の定住者は秦になつかず、逃散《とうさん》することが多い。呂不韋が老夫婦に遭《あ》ったのは、九年前である。もしかすると老夫婦のどちらかはすでに亡いかもしれない。

姒叔は顎《あご》で配下をつかうくせがある。性質に傲慢さがあるからであろう。

——長くはつきあいたくない男だ。

と、呂不韋はみている。

姒叔の配下は八十人ほどいる。姒叔は高官であるから、私臣と属吏《ぞくり》はすくなくない。つきしたがってきた鉱夫も多かった。家をしらべさせた姒叔は、

「宿舎につかえぬことはないか……」

と、つぶやき、修築のために十人を残した。

「ここから遠いのか」

「さほどではございません」

軽く頭をさげた呂不韋は眕《しん》とともに先導をつづけた。うっすらと雪の積もった山径を登り、渓流のほとりに到り、呂不韋は対岸を指した。

「あそこが万金の入り口です」

「掘ってみて、黄金のかけらもでなかったときは、どうする」

姒叔は皮肉に毒をふくませた。

——でないはずはない。

呂不韋は夏のあいだに調査をおえている。

「いただいた百金を陶侯《とう》にお返しします」

「当然のことだ。百金に五十金をそえて返してもらいたい」

「ただし、黄金の鉱脈があったときには、さらに百金を賜るお約束になっております」

「知っている。その百金は、陶の邑宰《ゆうさい》からうけとるがよい」

「しかと、うけたまわりました」

姒叔のように吏務《りむ》に凝り固まった男には、よけいな話をしないほうがよい。秦という国が中原《ちゅうげん》の民にきらわれるのは、国全体が吏治《りち》のつめたさをもっているからであろう。

――情が薄い。

呂不韋は組織のむずかしさを感じた。秦が強大になったのは、法を至上としたからであり、法の厳用《げんよう》によって不正が激減したことは事実である。しかしその法は、民の思想を縛り、国家が有害あるいは無益であるとする思想を隔離した。つまり民に読書を禁じたのである。そのため秦の民は創意というものをもたない。秦には、

「牧民《ぼくみん》」

といういいかたさえある。牧は、やしなう、とか、飼う、という意味をもってい

る。もとは管子《かんし》の思想書にあった用語であるが、管子の法を研究した商鞅《しようおう》が秦にもちこんだ。民を家畜化する為政者の意識を象徴しているといえるであろう。下は上のいうことさえきいていればよいということである。商鞅がおこなった法改正は第一次と第二次とがあり、

「第二次変法」

と、よばれるものは、秦の孝公《こう》十二年（紀元前三五〇年）に制定された。それから七十五年が経《た》っているので、秦の民はその法に馴《な》れきっているが、諸家の説に沸《ふっ》騰《とう》した中原に住む人々は、はつらつたる精神の活動をおさえにかかる秦の法を忌嫌《きけん》するのは、むりからぬことであろう。

法とは、すべての情を殺すものなのであろうか。情を活《い》かす法というものはないのであろうか。秦の法がこれほど苛烈でなければ、もうすこし早く秦は中原に進出していたであろう。まず戦い、勝ちをおさめ、占領地の住民を放逐しては秦の民を植えてゆくやりかたでは時がかかりすぎる。秦が恵政をおこない、中原の民が秦の支配を待ちこがれるようになれば、秦は武力をつかわずに中原を得ることができるのに、現実はそうではない。秦の国はけわしい面貌《めんぼう》を中原にむけつづけている。

「では、わたしは、これで――」

呂不韋は姒叔にむかって頭をさげ、足ばやに山をおりはじめた。いちどふりかえった畛は、

「ずいぶん威張った役人ですね。威張らなくては損なのですか」

と、小さく皮肉をいった。

「人が威張って得《とく》になることは、まず、ない。秦の官吏の顔が、国家の顔だ。秦は損をしている」

秦人《しんひと》は計量することができる利害しかわからない。目にみえない損得をはかる計器を頭脳にもっていない。

秦の昭襄《しょうじょう》王も魏毋《ぎぜん》も、天下の諸侯や人臣に恐れられているが、尊敬はされていない。国も人も強ければよいのか、と考えるとき、強さにも質の良否があるのではないか、と呂不韋はおもう。秦には敵にまわった国の民の反感や反発を激化する強大しかない。それが秦の最大の弱点であろう。

国家は、民をやしなっているのか、民に支えられているのか。

支配者だけがいて人民のいない国と、人民しかいなくて君主も大臣もいない国とをおもってみればよい。どちらの国が存立することができるか。

——わたしの体軀《たいく》のどこかに、遊牧民族の血がながれているのか。

遊牧民族の組織は複雑ではない。

国の組織は峻険《しゅんけん》な山岳のようではなく、なだらかな丘陵のようでありたい。それは一庶人が跂想《きそう》するようなことではないが、ふしぎに権力者に昵近《じっきん》する機会にめぐまれた呂不韋は、政治だけではなく政体の骨組みと肉づきにまで、つい目がゆく。

魏毋のような稀代《きたい》の英傑でも、

——人を容《い》れる。

という、ただ一点に、昏《くら》さがある。その欠点さえなければ、陶は大国におよばないまでも魯《ろ》や衛《えい》をしのぐ国力をもつにちがいない。だが、まだ遅くない。呂不韋のような賈市《こし》の嬰孺《えいじゅ》を鉤用《こうよう》した魏毋に、わずかではあるが意識の変化があるとみるべきであろう。

思考の体質といういいかたがゆるされるのであれば、呂不韋は自分自身がどういう体質であるのかは正確にわかっているわけではない。が、いままでに遭った藺《りん》相如《しょうじょ》や黄歇《こうけつ》よりも孟嘗君《もうしょうくん》や魏毋のほうが好きである。けっして後者のふたりに思考の体質が消ているとはおもわないのに、いや、肖ていないがゆえに、惹《ひ》かれるのであろう。あえて理由をつければ、藺相如と黄歇は国家の枠のなかにいてそこからでようとしないのにたいして、孟嘗君と魏毋は、天下を瞰《み》る位置がちがい、羈絆《きはん》がおよばぬ闊歩《かっぽ》を精神がもっている、そこに呂不韋のあこがれがむかうということではないか。べつなみかたをすれば、藺相如と黄歇は国家のためにおのれを殺してもかまわぬ、いわゆる忠義の姿勢を保持している。しかし孟嘗君と魏毋は、おのれを活かすことが人を活かし、国家をも活かす、という心の構えかたをつらぬいている。死ぬということに、誉れも、美しさも、みない。

「活人」

とは、そういうことではないか。人と歓《よろこ》びあうことが精神の基礎である。結歓《けっかん》においては人は平等である。

最初から何か抽象的で特権的なものを負って生きてゆくことはつらい、と呂不韋はおもう。

——賈市がよい。

人の発想には、束縛されなければ生まれないものがある。商売の道はおのれの発想と行動とがおのれに復《かえ》ってくるところであり、宿命的な重圧に苦しんだり、他人がつくったしくみに包含《ほうがん》されつづけることもない。ただしそうおもうことが、すでに束縛された思想を生きることかもしれないが、ここでの呂不韋には迷いがない。人には、思考してから行動する場合と、行動してから思考する場合のふたつがある。

愆謬《けんびゅう》を恐れていては何もできず、人生には愆謬がないはずはなく、むしろその愆《あやま》ちをつぎにどう活かすかということが、自己の小ささから脱する手がかりになるはずであり、おもいがけぬ人生の豊かさに遭遇する道へつながるのではないか。あえていえば、失敗しない人は、おのれのなかのおのれにとどまってしまい、心象のなかで自足してしまう。それゆえ他人《ひと》のために何も産みださない。このふしぎな成功者を世の人は成功者とはいわず、隠者とか幽人とよぶ。

――成功する者は失敗する。

むしろそれが常軌《じょうき》なのではないか。ここまで考えた呂不韋は、急に孫子《そんし》（荀子《じゅんし》）のことばを憶《おも》いだした。

「すでに蔵するところをもって、まさに受けんとするところを害《そこな》わず、これを虚《きょ》というなり」

孫先生の表現の的確さには、つくづく感心せざるをえない。蔵するとは、心のなかでたくわえる、ということであろう。ところが、たくわえたものが、あらたにはいってこようとするものをこばんだり傷つけたりすることがある、これでは人は成長しない、それゆえ人はつねに新しいものをいれる虚をそなえていなければならない。満ちることと足ること、すなわち満足が、虚をうしなわせる。

——虚をもつということが、成長をめざす生きかたの要訣《ようけつ》だ。

呂不韋は歩きつつ、そう考えた。

まばらに散る花びらに似た雪が麓に落ちてきた。

二

鮮乙《せんいつ》を迎えに陽翟《ようてき》へゆく。

この旅の目的のひとつはそれである。鮮乙を父からゆずりうけるには、実家へゆかねばならない。血のかよわぬ、ぬくもりのない家である。父のみが肉親で、ほかはすべて他人であるという意識しか呂不韋《りょふい》にはない。二度と帰りたくない家であるが、今回ばかりは、避けて通るわけにはいかない。

呂不韋の表情はしだいに冴えなくなった。

河水《かすい》の津《みなと》にさしかかった。

人だかりがある。
二、三人の奇声がきこえたが呂不韋は興味をしめさず、通りすぎようとした。が、若い畛《しん》は足をとめ、つまさきだって、人々の肩越しになかをのぞいた。目をまるく

した畛はいそいで呂不韋に追いつき、

「いのちを売っている者がいました」

と、いった。

——いのちを売る。

呂不韋の頭のなかで閃《ひらめ》いた故事がある。

——太公望《たいこうぼう》は棘津《きょくしん》の讎《しゅう》にして庸《もち》いられず。

太公望は棘津という河水の津で自分を售《う》ろうとしたが、傭《やと》ってくれる人がいなかった。售《しゅう》は讎の俗字であるが売るという意味をもつ。

「どんな男か」

呂不韋はきびすを返した。

「農人《のうじん》ではありません」

「どうして農人でないとわかる」

「買い手を求む、と書かれた板を首からさげております。自分で書いた字でしょう。

農人は字を書きません」

「他人《ひと》に書いてもらったかもしれぬではないか」

「あの者の字です」

　眕は二年前から文字を学習している。文字を識《し》らないと賈人《こじん》にはなれぬ、と呂不韋にいわれたからである。最近の眕は読み書きに苦痛を感じなくなった。文字が人を表すことも、わかりかけている。

　話題の男は路傍にすわっているらしい。

　とりかこんでいる人々は冗談をいい、男をからかっている。嫖《かる》い笑声とともに二、三人が立ち去ったので、うしろにいた呂不韋は歩をすすめて、男の横顔を視《み》る位置に立った。

　――申欠《しんけつ》ではないか。

　はっとした瞬間、

「呂氏、死ぬなよ」

と、いった申欠の声が耳孔《じこう》によみがえった。

　孟嘗君《もうしょうくん》の死後、薛《せつ》で勃《お》こった乱により、慈光苑《じこうえん》に避難せざるをえなくなった食客のひとりが申欠である。慈光苑も滅亡寸前であったので、かれは父の申足《しんしょく》とともに、呂不韋の書翰《しょかん》をもって陶《とう》へ急行してくれた。その驚くべき速さが、呂不韋と慈光苑の民のなかの数百人を救ってくれたといってよい。慈光苑を去ろうとする申欠は馬車にのってから、呂氏、死ぬなよ、といった。その別れ際の光景が、いまも

あざやかに胸裡《きょうり》にある。それから四年が経《た》ったいま、衰残《すいざん》の容《かたち》をあらわにした申

欠が、このようなところで自身を売ろうとしている。

呂不韋は無言のまま申欠に近づいてしゃがんだ。頭の影が申欠の胸もとに落ちた。

申欠は目をあげて、わずかに眉《まゆ》をひそめた。逆光になったせいで、目前にしゃがん

だ男の面貌《めんぼう》をたしかめにくくなったらしい。

「おっ――」

申欠の目つきが変わった。

「売り値はいくらだ」

と、呂不韋はささやくようにいった。

「黄金十鎰《いっ》」

「それなら、だせる。場所をかえよう。この人だかりのなかで黄金をみせれば、数

日後には盗賊におそわれる」

「わかった」

首からさげていた板をはずした申欠は、体貌《たいぼう》に生気をよみがえらせて立ち、津の

ほうに歩きはじめた。舟に乗る、という。呂不韋は馬車をとりにゆかねばならない

ので、人目につかぬ木陰をえらんで、黄金十鎰を申欠にわたした。

「助かった」

　申欠は素直な声をだした。

「これは謝礼金だ。申氏のおかげで、多くの人が死なずにすんだ。わたしもそのひとりだ。したがってわたしは申氏を買ったわけではない。むろん、返すにおよばぬ金だ」

　申欠は表情を変えずに呂不韋を凝視している。

「ご尊父は、どうなさった」

「二年前に亡くなった」

「お会いして礼をいいたかったのに、残念だ」

　呂不韋はなぜ申欠が十鎰の黄金を必要としているのかを問わなかった。身を売らねばならぬという切迫さの底に瞢闇《ぼうあん》のわけが沈んでいるにちがいなく、それをききだしたところで、呂不韋はこれ以上申欠に力を添えることはできぬであろう。

「呂氏、住所は陶か」

　立ち去るまえに申欠はそう訊《き》いた。

「いや、濮陽《ぼくよう》になるだろう」

　小さくうなずいた申欠は大股に歩きはじめた。その影を目で追っていた�

「歩行が独特ですね。恐ろしく速い」

と、おどろきを口にした。

「申氏は、孟嘗君の耳目になっていた。千里のかなたで勃《お》こった事件も、十余日後に、孟嘗君が知っていたのは、申氏のような神足《しんそく》の者が食客としていたせいだ」

食客を数千人も養うような身分になりたいとおもわぬではないが、いまの呂不韋にとって、それは舟をつかわずに黄河を越えるにひとしい空想である。

——川は、舟で渡ればよい。

空を飛ぶとか、大河を泳いで渡るとか、その種のことを生きかたにおいて考えると、墜落や溺没《できぼつ》を避けられない。魏冄《ぎぜん》から資金を抽《ひ》きだしたことは、空中に舟をうかべたにひとしい奇術といってもよい。が、この舟を現実の河に着水させ、運行するのはこれからであり、商估《しょうこ》の道をきわめないでふたたび奇術にたよろうとすれば、舟は幻影と化すであろう。春夏秋冬、田圃《でんぽ》にでて汗をながし、土から学んだことを、商估にも生きかたにも活《い》かすべきである。農業にとっての冬が、商業における起業である。

——耕すべきときに耕さないと、秋の稼《みのり》はない。

そんなおもいを胸に、呂不韋は馬車とともに河水を渡った。

対岸から南へむかう道は、陽翟へ到る道である。日が経つにつれて気分が暗く重くなった。

ついに陽翟をみた。

密雲の下にある黒褐色の邑である。

――未来への彩《いろどり》がうせた邑だな。

と、呂不韋は多少の悪感情をまじえておもった。この邑には、悲しさ、辛さ、暗さ、冷え、など、まるで囚人が体験したような苦しみがつまっている。ここに帰るのは、これで最後にしたい。そう願いつつ、呂不韋は門を通った。

実家のまえで馬車をおりた。

視界を人影がかすめた。趨《はし》る影である。その影に睨《にら》まれたと呂不韋は感じた。

――弟ではなかったか。

家のなかに趨りこんだ男が呂季《りょき》であれば、二歳下の弟である。いきなり憎悪の目で迎えられる自身は予想のなかにある。

――昔も今もこういう家だ。

暗く烈しい感情が呂不韋の足どりを荒くした。ずかずかと家にはいった。

奥の部屋にいた養母の東姚《とうよう》は、いちどぞっとしたような表情をしてから、底光りのする目をあちこちにむけた。

――亡霊がでた。

死んだとおもった不韋である。死んでくれることを願っていたといったほうがより正確であろう。東姚にとって呂孟《りょもう》と呂季というふたりの子は目にいれても痛くないが、不韋は納屋にもおきたくない粗大なごみである。

「わたしは会いませんよ」

と、東姚は呂季にむかって甲高い声でいった。心中おだやかではない。いまごろ何の用があって不韋は帰ってきたのか。財産を頒《わ》けよ、とでもいいにきたのであれば、一金もだしたくない。

この日、呂不韋の父は在宅していた。

「不韋が、帰ってきた……。従者はひとりか」

呂氏は表情の衍《ゆた》かな男ではない。このときも愕《おどろ》きをみせず、呂不韋をみても特別な色を顔にあらわさなかった。数日間親戚の家にいて帰ってきた息子をみるような目であった。幼いころの呂不韋は渇仰《かつぎょう》するような心でその父の目の底にあるはずの愛情をさぐった。しかしながら、昔も今も、愛情とよべるほどのぬくみのある色は沈んでいない。呂不韋のなかのどこかが冷えた。

——父は、人としての振盪《しんとう》が小さい。

孟嘗君や魏冄など、時代を代表する英傑に遭《あ》ってきた目が、大賈《たいこ》とはいえぬ一賈人を冷評している。父の欠点などに目をつむるのが孝子のありかたであるとわかっていながら、父からかよってくる底冷えが、呂不韋の心を温めない。

「牘《とく》は、うけとった。また、鮮乙から話をきいた。なんじが陶にいることは、家族のたれも知らぬ」

「そうですか」

沍《さむ》い、と呂不韋は感じた。なぜぶじでいることを早く報《しら》せぬ、と叱るのが父ではないか。父とはいいがたいこの人の情性は、どうなっているのであろう。

「鮮乙からおききになっているかもしれませんが、来春、濮陽で賈《こ》をおこないます。賈市《こし》に不馴《ふな》れな者が多いので、鮮乙を佐《たす》けにしたいとおもい、お許しを乞いにまいりました」

いちおう頭をさげた。

「それも、鮮乙からきかされている。才覚のある鮮乙を移籍させるとなれば、無償というわけにはいかない。なんじの店が、わしの支店であるのなら、話は別だが」

呂不韋は三十鎰の黄金を父のまえにおいた。ことばを添えなかったのは、父にたいしてはこの黄金のほうが多弁である、とおもったからである。

おもむろに三十鎰をたしかめた呂氏は、そのなかから十鎰の黄金を不韋の膝もとにもどして、

「これは、餞別だ」

と、感情の色のない声でいった。

三

陽翟《ようてき》をでた鮮乙《せんいつ》は、いちど馬車からおりて、邑にむかって一礼した。

それをみた呂不韋《りょふい》は、複雑な感慨をおぼえた。

——この邑は、わたしを産んだが、育ててはくれなかった。

そう強く自分にいって、邑をふりかえることをやめた。

あいかわらず頭上に密雲がある。凍雨《とうう》に打たれるまえに、陽翟から離れたい。

車中にもどった鮮乙は、

「仲《ちゅう》さまには信じられないかもしれませんが、呂氏は、肆中《しちゅう》で働く者に、もれなく気づかっておられた。わたしが妹のもとへゆかなかったのも、呂氏に敬服してい

たからです。呂氏は本物の賈人《こじん》ですよ」

と、おもいがけないことをいった。

――信じたくもないことだ。

胸中にそういう声がある。しかしながら、やめた店員がきわめてすくないのは事実であり、人使いのうまさが父にあることは否定できない。商販《しょうはん》にのぞむと、ちがう人格があらわれる、というのが父なのであろう。

――父のようにはなりたくない。

理屈ではなく感情がそういっている。十人中九人が父をほめても、呂不韋だけはそういう気になれない。呂不韋には疎外感のなかで苦悩する長い日々が過去にあったことはたしかであり、幼少の魂を苦痛に晒《さら》したままかえりみなかったのが父であることはまぎれもない。

「鮮乙よ、もしも父という人が他人であったら、わたしにとって仇敵《きゅうてき》になろう。父が本物の賈人であるのなら、なおさらそうだ」

呂不韋は烈しさをこめていった。

鮮乙ばかりでなく眕《しん》も眉《まゆ》をひそめた。父子の関係とは、他人の推察がおよばない複雑で粘性をふくんだ暗《くら》さがあるらしい。

「陽翟の実家は獄のようなものだった。そこからだしてくれたのは鮮乙だ。いまでも感謝している」

荒立った感情をしずめるようないいかたをした呂不韋は、陽翟に関することを話題の外に置き捨て、魏冄《ぎぜん》について語りはじめた。魏冄の肯許《こうきょ》を得て、かれの封国《ほうこく》の生産物を一手にあつかえるようになったこと、南方の産物を中原に送りこむために穣《じょう》に中継所をすえてもよいこと、興業の資金を下賜《かし》されたことなどを鮮乙に語《つ》げておかねばならない。

「陶《とう》侯は、黄金の気を、百金で買ってくれたのですか」

おどろきの連続である。天下で魏冄を恐れぬ人はいない。その鬼神のごとき人から、考えられぬ厚意を抽《ひ》きだした呂不韋のふしぎさを鮮乙はあらためて感じた。

「なんじにつれていってもらったあの山だ」

「あの山はしらべました。黄金の鉱脈はありません」

「場所がちがう。山師《さんし》は上へ登りすぎた。鉱脈への入り口はもっと下にある。渓流《ちゅうげん》のほとりに黄金の気が立ったのをみたのだ。そのときは信じがたかったが、思い返すたびに、あれこそ黄金の気であったと信ずるおもいが強くなり、今年の夏に丹念な調査をおこなった。まず、まちがいはない。ただし黄金の採掘は国家の事業であり、一賈人の手には負えない。やむなく黄金を陶侯にゆずった。ますます豊かになる陶侯は、あらたに百金をわたしにさずけても、痛くも痒《かゆ》くもあるまい」

「そういうことですか」

鮮乙は苦笑した。

——韓《かん》は損をしたな。

と、おもったからである。もともとあの地は韓の王族の所有で、利用価値のとぼしい山が多かった。

「山に金はねむっておらぬか」

その王族から呂氏は調査を依頼された。そのため、あの山師を呂氏が起用したのである。山師は黄金の鉱脈を発見することができなかったのに、山師とともに山にはいった呂不韋がみつけてしまった。黄金のほうで、人を選んだといえなくもない。

——もしかすると……。

と、鮮乙はおもう。魏冄がみたのは、呂不韋から立ち昇る黄金の気ではなかったか。魏冄が欲したのは実際の黄金ではなく、陶の国を富ましてくれる呂不韋そのものであったと考えたほうが正確であろう。さきの百金は呂不韋への謝礼であり、あとの百金は投資である。鮮乙の算術では、そうなる。

——魏冄がうしろにいる商売とは、やりやすいのか、やりにくいのか。

冷静な鮮乙が昂奮をおぼえた。呂不韋の代人として魏冄に面謁しなければならない日があることをおもえば、血が沸いてくる。陶という国の富力にかかわることを呂不韋がおこない、東奔西走する呂不韋の家を治め、事業を裁量するのが自分なのである。いままでとはずいぶんちがう意識で商売にのぞむ必要があろう。

濮陽《ぼくよう》へむかう三人は、魏《ぎ》の首都である大梁《たいりょう》で新春を迎えた。

「秦《しん》の太子の邸《いえ》があるはずだ、さがしてくれ」

ふたりにそういった呂不韋は、唐挙《とうきょ》の家を訪ねた。弟子がでてきた。

「おっ、呂仲《りょちゅう》どのですな」

「ひさしく先生にお目にかかっておりませんので、御挨拶にまいりました。先生は御在宅でしょうか」

「あいにく、先生は静養のために、南陽《なんよう》におられる」

唐挙は、豊艶《ほうえん》な美女である彭氏《ほうし》と弟子のひとりをしたがえて、河水《かすい》の北、少水《しょうすい》のほとりにある野王《やおう》という邑で、長期滞在をしているという。

「倓《たん》先生はご一緒ではないのですね」

「倓先生は御在宅でしょう」

その声にうながされるように、呂不韋は倓慶《たんけい》の家へむかった。歩きながら、急に気づいたことがある。

魏冄が大梁を包囲することを予見していたので、唐挙は騒乱をきらって、大梁をでて河水の北で静寧《せいねい》さを楽しもうとしたのであろう。まだ唐挙が大梁に帰らぬということは、今年も、魏冄による魏の攻略があるのか。

が、活人剣の倓慶は、騒がしさがつづきそうな大梁からでていない。

——犬俶《けんしゅく》という老人に門前払いをされるかもしれぬ。

それを覚悟の訪問である。

応接にでてきたのは犬俶ではなかった。弟子というより、倓慶の身内のひとりであろうとおもわせる青年である。

「呂仲どのと申されるか。しばらくお待ちください」

すぐに倓慶があらわれた。

「呂氏、生きていたか」

「薛《せつ》の乱にまきこまれましたが、死をまぬかれました。微貲《びし》をたくわえ、今年から、濮陽において賈《こ》をおこなうことになりました」

「それは、大慶——。呂氏なら、成功するであろう」

「嘉言《かげん》を愉《たの》しく拝受しました」

「高晬《こうすい》のことを、知っているか」

「薛の公子である叔佐《しゅくさ》さまに仕え、叔佐さまが楚《そ》王に厚遇されたため、楚王の陪《ばい》臣《しん》として陳《ちん》にいるとおもわれます」

「その通りだが……」

倓慶の口もとに淡いにがさがでた。かれの弟子のなかに、ひとりふたりと楚へゆく者がある。高晬の誘いの手が弟子に伸びているらしい。高晬は倓慶の弟子であるのだから、師の意向や推挙を待って、才能のある者を招くのが礼である。だが高晬は師には無断で、甘言をもって同門の剣士を楚にいざなっている。

「あの者の剣は、人を活《い》かさず、人を殺す。ゆえに、破門した」

高晬に目をかけた倓慶だけに苦しい決断であったのではないか。

「高晬どのは……」

「高晬は天寿をまっとうできぬであろう。横死する。人を殺す者は、人に殺される。高晬は、死ぬまでそのことがわからぬ」

高晬は生涯、何かを否定しつづける人なのではないか。時代というものに陰陽があれば、高晬は時代の陰気をぞんぶんに吸って、陽気を犯しつづけるのであろう。

さいごに、自己を否定して、地中に沈む。ひとつの時代が生き物であれば、そういう生きかたがあるかもしれぬ。高睟は時代の陰《くら》い魂を宿したのか。

旅舎《りょしゃ》にもどった呂不韋はしばらく鬱念《うつねん》のなかにいた。

――わたしは人を活かしたい。

呂不韋の生きかたの基本はそれ以外にない。

鮮乙と眕が帰ってきた。太子邸をみつけたという。呂不韋には、西袿《せいけい》に会うことにためらいがあるが、賈人として立つと決めたかぎりは、利を胎孕《たいよう》しているとおもわれる人に接しておかねばならない。

濮陽《ぼくよう》の難

一

なぜ、こうなるのか。

またしても夢幻に染められているとおもいたいが、いま呂不韋《りょふい》にすきまなく寄り添っているのは、まぎれもなく西祥の滑沢《かったく》たる肌体《きたい》である。

西祥が秦《しん》の太子に寵愛されているのは事実で、西祥に面会を求めた呂不韋は、太子邸にはいることができた。さらに、西祥の義兄として太子に拝謁することになった。

——わたしは西祥の義兄ではない。

と、いえば、西祥のささやかな虚構をこわすことになる。

いうまでもなく太子はつぎの秦王である。この太子が王位に即《つ》くころには、秦は天下の半分を支配しているであろう。この予見は動かしがたい。賈人《こじん》として巨大になりたいのなら、ここを好機として太子にとりいっておくべきである。しかしながら呂不韋はみえすいた媚態《びたい》をなすことをきらい、不快をあたえぬ程度の贄礼《しれい》を献じた。

——ここがわたしの悪いところだ。

清名《せいめい》にこだわっていては、巨利を獲《う》るのにときがかかりすぎる。いやらしいともわれるような媚附《びふ》もあえてするのが賈人の根性というものであろう。が、呂不韋は、

——ほんとうの賈人は清実《せいじつ》なものだ。

と、心のどこかで信じている。

堂下にすわっての拝謁である。王や太子を直視することのできる臣はほとんどいない。まして呂不韋は身分の低い賈人である。太子の容貌《ようぼう》をうかがい知ることはできない。が、太子は呂不韋の容貌を瞰《み》ることができる。

——徉の義兄というだけあって美貌だな。

と、太子は気にいり、

「賈《こ》に倦《う》んだら、わしに仕えよ」

と、最大級の厚意をしめした。呂不韋はすこしほっとした。この太子の関心が蓄財にないことを感じたからである。

夕《よる》、西桂の使いが旅舎《りょしゃ》にきて、呂不韋だけが都内の民家に案内された。ほどなく西桂がしのんできた。

「月が落ちるまえに、帰らねばなりません」

と、いった西桂は、太子邸での生活をさほどくわしく語らず、ただ、

「怖いのです。むしょうに怖い。はやく弟にきてもらいたいのです」

と、いい、呂不韋の胸に安心を求めるようなしぐさをした。西桂はふるえている。そのふるえが呂不韋につたわってくる。

——何が怖いのか。

とは、呂不韋は問わなかった。生きてゆくことは怖いことだ。怖いと感じることは、西桂が生きようとしていることにほかならない。西桂に愛情をそそいでいる太子は、父の昭襄《しょうじょう》王のもとで起居することがかなわず、異邦の首都でむなしく日々をすごさねばならぬところに、不満と不足とをおぼえているにちがいないが、その生活ぶりに貧窮の影が射しているわけではなく、おもてからみるかぎり充備《じゅうび》している。

太子の性質がどのようであるかは、西袿が黙っているかぎり、呂不韋には推察する手がかりさえないが、とにかく、淫放《いんぽう》であるといううわさはまったくきこえてこない。淫放どころか、清快《せいかい》な人なのかもしれない。ただし、清らかさを好みすぎて、清狂《せいきょう》であってはこまる。西袿が、怖い、というのは、ほかの侍妾《じしょう》に嫉視《しっし》され、おびやかされているというのではなく、太子に愛されすぎている自分が怖いということか、あるいは、太子の性質におもいがけない棘茨《きょくし》があるということか。

「袿よ、恐れることはない。袿のなかには尊貴な血がながれている」

「尊貴……、わたしが……」

西袿はかすかなおどろきをみせた。呂不韋の胸からはなれた顔が仰向いている。

ここで呂不韋は、

「袿は楚《そ》王の女《むすめ》だ」

とは、いわなかった。太古、諸侯は后《こう》とよばれ、地の神にひとしかった。それを憶《おも》いだした呂不韋は、

「袿は地から生まれた。いわば地祇《ちぎ》の女だ。尊貴でないはずがない」

と、おごそかにいった。西袿の目もとに微笑がただよった。話に具象がとぼしいので、自分をなぐさめてくれるために呂不韋がとっさに創《つく》った話にちがいない、と

西袿はおもった。

「わたしは、野人《やじん》の児です」

　西袿の声は哀しいひびきをもった。

「ちがう。いままで袿には黙っていたが、わたしだけが、袿の祖父の声をきいた。亡くなる直前に、孫娘は地から生まれた、といった。袿がわたしの話を信じないように、わたしもそのことばを信じなかった。だから、いままで黙っていた。が、秦王の嫡子に袿が愛されたことを知ったとき、それまで信じなかったことを信じるようになった。野人の児が秦の太子に愛されることは、天地がさかさまになっても、ありえない。太子は袿のなかにある尊貴さをみぬいたのだろう」

「仲《ちゅう》さま……、そんなことが――」

　西袿はあえぎはじめた。いきなり首を烈しくふって、呂不韋にすがりついた。

　呂不韋は黙っている。

　この沈黙が西袿には恐ろしかった。呂不韋が尋常な人ではないことくらい西袿にはわかっている。呂不韋にいのちを救われた者は、西袿や田焦《でんしょう》ばかりではない。

　――このかたは、人を助けるために、天からつかわされたのだ。

とさえ西袿はおもっている。陶《とう》にいたとき呂不韋を聖人として仰ぎみていた人がすくなからずいた。呂不韋のわきにいたといえる維《い》という女人は、まるで神に仕えるように呂不韋に仕えていた。呂不韋に近づけない西桂は維にたいする妬情《とじょう》をあわれむしかなかった。生涯、呂不韋の声のとどくところにいられたら、どれほど自分がやすらかであろう、とおもえばおもうほど、呂不韋が遠ざかるような感じがしてきた。陶をはなれなければならないとわかったとき、桂は意を決して小さな冒険をおこなった。渠水《きょすい》工事を巡視する陀方《たほう》に呂不韋が随行すると知った西桂は、夜陰にまぎれて郊外へ趨《はし》り、呂不韋を求めた。求めたのは呂不韋の愛情ではなく、自分の真実のありかであったといったほうがよいであろう。維が神に仕える巫女《ふじょ》であるなら、自分は神へささげられる犠牲であってもかまわない。神にむさぼり食われる自分でありたい。自分がほんとうに空虚になり、その空虚をある霊力によってすみずみまで塡《うず》められることを望んだ。これこそ淫巧《いんこう》であると人にさげすまれようと、呂不韋にさげすまれなければ、かまわない。西桂自身にとってはそれは清厳《せいげん》な行為であった。盗賊どもに翫瀆《がんとく》されたという心の痛手と肉体のよごれを、癒《いや》し滌《あら》ってくれるのは、呂不韋しかいない、と本能がささやいていた。

　西桂は夜の底に横たわった。が、心身にはいってきたのは夜気ではない。快味《かいみ》をともなった陽気である。現実がはぎとられて夢中に押しあげられてゆくという感覚は、はじめてひらかれたような深堅《しんけん》な襞《ひだ》を付属させていて、それがたくましくあたたかな活力の所在にふれつづけていた。

西祥は自分を忘れた。というより、心身のすべてが呂不韋のものであった。そういうふしぎさは、太子に抱かれたときにはなかった。

――仲さまと太子では、何かがちがう。

太子のはるかむこうにしか呂不韋はおらず、その呂不韋を恋い慕っている西祥は、つねに哀愁のなかにいた。

が、いま、西祥と呂不韋のあいだに介在するものは、なにひとつない。たがいの息さえむすばれている。安心とは、これをいうのか。西祥は安心にひたりきった。

――童女のようだ。

部屋のすみに小さな明かりがある。燭火から遠いせいで、かえって西祥の肌体が幽美にみえた。玉雪《ぎょくせつ》の肌とは、これをいうのか、と呂不韋の詩心からつぶやきがもれた。西祥が楚の王女であり、深窓に育ったとすれば、一庶人とけっしてこういう媾《まじ》わりをしなかったであろう。

太子の寵妾《ちょうしょう》となった西祥の美しさは極限までできているといってよい。が、この美しさは呂不韋の活力源にはならない。新しい何かを創ってゆく気のない貴族が耽《たん》溺《でき》する美しさなのではないか。呂不韋は西桂を嫌ってきたわけではなく、むしろ愛情の目をもって見守ってきたつもりであるが、西桂がなみなみならぬ美しさをもっていたがゆえに、苟得《こうとく》ということに用心してきた。が、いま西桂は、美しさがつねに付帯させている緊張をぬぎすてたやすらぎという素面《そめん》をみせている。人は、このように、幼児にもどりたくなるときがあるのかもしれない。呂不韋は成熟した肢体のなかにある清らかな魂にはじめてふれたような気がした。それが呂不韋自身にとってての慰撫《いぶ》になった。

二

大梁《たいりょう》をでた三人は衛《えい》の首都である濮陽《ぼくよう》に近づいた。

大梁から濮陽まで、馬車でおよそ六日である。しばらく雨がふらなかったので地が乾ききっていたが、あと一日で濮陽というところで細雨に遭《あ》った。車中の呂不韋《りょふい》は地のやすらぎを感じた。

呂不韋の体内に余韻のようなものがある。このせつなさをふくんだ余韻が、眼前に展開する雨下の春景色に微妙に調和している。

しれない。

――雉《ち》と栗《りつ》は、どうしているか。

呂不韋の指示をうけたふたりは、興業の準備をおこなっている。店舗を併有している住宅と倉庫を建てるにふさわしい地を確保し、営業許可を願いでて、すでに建造をはじめているはずであり、複雑な建築物ではない倉庫はもう完成しているかもしれない。

「恐ろしいものだな。業を興すときは、無難がよいのか、それとも、多少の困難があったほうがよいのか」

と、一抹の不安をおぼえている呂不韋は、沈毅《ちんき》さをみせている鮮乙《せんいつ》にきいた。

「仲《ちゅう》さま、困難のない興業などないのです。賈市《こし》にかぎらず、困難の大小とは、それを克服しようとする知恵の大小に匹敵し、ひとつの困難を越えれば、ひとつの知恵の泉に至ります。ですから、困難は多いほうがよいのです」

「はは、そうよ。それにちがいない。自分の事業となると、そういうことさえわからなくなる。人とは軟弱なものだな」

起業に際して吉《よ》いきざしをみたいとおもう呂不韋は、いつのまにか弱気になっている自分を感じ、肚《はら》のすわった鮮乙のことばをきいて、ようやく挑戦的になった。

濮陽にはいった。

津《みなと》に近いところに新しい倉庫が建っている。広さも高さも充分にある建物である。所有者の名もしるしもみあたらないが、

――これはわたしの倉庫だ。

と、呂不韋は感じた。ついで役所へゆき、転入の手続きをおこなった。そこで雉と栗の住所をきいた。

「住むのは郭壁《かくへき》の外でもよい」

と、ふたりにはいっておいたが、住所には里名があり、郭壁のなかであった。郭壁のなかに住めば、にわかな外寇《がいこう》にさらされることはなく、自宅のまわりに高い牆垣《しょうえん》を築く必要はない。

やがて建築中の建物が目にうつった。

「あれだ」

建物の設計図を画《か》いたのは呂不韋自身であるが、頭のなかにある完成予想図よりも実際の建物は大きかった。

「主のご到着だ」

眕《しん》が馬を停めて、叫んだ。すぐに雉と栗がはずむようにでてきた。馬車をおりた呂不韋が、

「すべてがうまくいった」

と、いうと、雉と栗は両手を高々とあげて、頭上で何度も手を拍《う》った。さっそくふたりは報告をおこなった。居住に関しては何の問題もない。問題は賈《こ》に関することである。営業許可がおりないという。店舗は商業区域内にだすべきであり、それ以外の区域では、商売をゆるさない、と胥吏《しょり》はいっているらしい。

「胥吏ではだめだ。市長に訴えたか」

「市長には会わせてもらえません。市掾《しえん》には会いました。が、いうことは胥吏とおなじです」

市掾は市場監督補佐である。

「ここで物を売買するわけではないといったのか」

「口が酸《す》っぱくなるほどいっても、わかってもらえないのです」

と、雉と栗は口をそろえた。

「奇妙だな」

税制度としては、売買される物品のひとつひとつに税がかけられるわけではなく、店舗にかけられる。商家の場合は二重に税をかけられるといってよく、その税率も高い。徴税に熱心な役所としては、呂不韋の自宅を店舗とみなし、倉庫にも税をかけたほうがよいのに、そうしないのは不可解である。

「どうおもう」

と、呂不韋は鮮乙にきいた。

「しらべてみなければわかりませんが、主の商売の規模が大きいので、地元の賈人《こじん》が恐れて、胥吏をあやつって阻止しているのではないでしょうか」

「それだ」

荀安《こうあん》にぬくぬくとしてきた大賈《たいこ》が、ここにはいるにちがいない。かれは呂不韋がつくらせた倉庫の大きさをみておどろき、店員にさぐらせてから、呂不韋に商売をはじめさせないように画策し、市の役人に贈賄したのであろう。市長にさえ会うことができたら、埒《らち》があくのに、そうさせない力が働いている。

「濮陽には知人がいます。わたしがしらべてみます」

と、鮮乙はいい、この夜帰ってこなかった。

呂不韋の宿舎は敷地内の小屋である。

雉の妻である小琦《しょうき》が男児を産んだことを、夜の歓談で知った。

「この家の完成は、およそ四十日後だろう。二十日経《た》ったら、いちど陶《とう》にもどり小琦と維《い》をつれてくる」

と、呂不韋は三人にいった。二十日間をむだにすごすつもりはない。邯鄲《かんたん》へゆき、鮮乙の妹の鮮芳《せんほう》と顕貴の席にすわっている藺相如《りんしょうじょ》に会うという予定を立てた。

翌日、鮮乙がもどってきた。

「はっきりわかるのは、今夕です」

知人がしらべてくれている、という。

この日、夕方まで、雉、鮮乙、栗、畛を相手に呂不韋はこれからの商販《しょうはん》について細かなことまで語った。濮陽を本拠にして東方の一部と河北《かほく》に散在する賈人に需用の物品を供給してゆく。基本的には小売りをしない。

「陶と邯鄲に産物の集積所をつくることになろう。さらに、いちど穣《じょう》の役人に会っておく必要がある」

濮陽における宰領をすべて鮮乙にまかせ、雉と畛に補佐させることにした。おそらく邯鄲が準本拠になるので、そこに栗を常住させることに決めた。

「才覚のある者を集めてくれ」

と、呂不韋は鮮乙にいった。かつて中華において商業を発達させ、すぐれた商人を輩出したのは鄭《てい》という国である。鄭は滅び韓《かん》となった。が、商業における伝統は滅びず、あいかわらず韓人《かんひと》は賈においで異能を発揮している。呂不韋の才能の一部は韓という国があたえてくれたことを否《いな》めない。

夕方、鮮乙はふたりの男を迎えた。小さなおどろきをしめした鮮乙は、

「知人だけではなく、かれの主人まできました」

と、呂不韋にささやいた。

呂不韋に面会を求めたのは、

「戚芝《せきし》」

という商人である。いきなり呂不韋は、

「あなたの氏姓は戚ではなく、孫《そん》ではありませんか」

と、いって、戚芝を喜ばせた。

「なるほど、あなたは尋常な人ではない。いかにもわが家は衛の孫文子《そんぶんし》から岐《わか》れたものです」

「やはり、そうですか。あなたは衛の宰相の末裔《まつえい》ということになる」

戚は宿《せき》とも書かれ、春秋時代では衛国の一邑で、宰相の孫林父《そんりんほ》（文子）の采邑《さいゆう》であった。儒教を学んだ者は春秋時代の歴史にくわしい。孫林父は君主と対立して、君主を追放するという果悍《かかん》な行為をおこなったので、衛では評判が悪く、それゆえこの商人の先祖は孫氏を名告《なの》らずに邑名の戚を氏としたのであろう。しかしながら、

孫氏の鼻祖《びそ》は衛の君主であった武《ぶ》公であるから、戚芝の体内にながれている血は誇りにみちているにちがいない。

それはそれとして、いまの戚芝の商売の規模は血胤《けついん》の尊貴さに比例していない。衛にも大賈がいて、商戦ではとてもかなわない。

――かの家を陵駕《りょうが》するのは、わしの代ではむりか。

そうおもっていたところ、廛肆《てんし》の長から呂不韋のことをきかされた。呂不韋は二十五歳という若さにありながら、陶侯の信頼が篤《あつ》く、陶侯の采邑の生産物を一手にあつかうことになったという。そうなると呂不韋は陶という国の商務を代行しているといえる。

「陶侯との契約は、まことですか」

「まことです。河水《かすい》をつかっての運送も保証されました。あえていえば、秦《しん》の全土を往来するのに、いちいち許可を申請する必要はなく、まもなく趙《ちょう》でもそうなりましょう。明年には、たぶん楚《そ》も出入りと往来を許してくれるでしょう」

「これは、おどろいた。どうしてそうなるのか、とは、問いません。賈市《こし》の才は年齢にはかかわりがない。いますでに、あなたより二十も年上のわたしはあなたにおよばない。名馬の尾をつかんでいれば、おなじように千里を走破することができる。

わたしに尾をつかませてもらえまいか」

　戚芝は呂不韋がてがける産物を濮陽を中心に独占販売したい。呂不韋が小売りをやらないと知って、なおさら意欲を強めた。

「はは、わたしの師はわたしを駑馬《どば》だといいました。駑馬の尾をつかんでいては、一日に三十里もすすめませんよ」

「呂氏の師をけなすわけではないが、わたしの目には、あなたは千里の名馬にみえる」

「人の値踏みは、ひそかにやるものです」

と、呂不韋は微笑した。つられて微笑した戚芝は、すぐにその微笑を斂《おさ》めた。

「呂氏が賈市に踏みだすことを、恐れ、さまたげている者がいます。その者は配下をつかって、呂氏の倉庫とここを見張らせているはずです」

「では、あなたもここにきたことを知られてしまった」

「その者は、わたしなんぞを恐れていない。邪魔であるのは、呂氏でしょう。外出は用心なさるべきです。市長に面会しようとすれば、そのまえに、その者の凶悪さに直面することになるでしょう」

「暴力にさらされるということですか……」

呂不韋は浮かぬ顔をした。商戦に暴力がはいってきては、おもしろくない。その暴力を排除するにはどうしたらよいか。

戚芝が帰ったあと、呂不韋はこともなげに、

「明日、市長に会いにゆく」

と、いったので、雉と畛の目つきにけわしさがでた。

三

大路にでた呂不韋《りょふい》の馬車は、いきなり悍驁《かんごう》な男どもにとりまかれた。

車中の呂不韋は、

「ここで争えば罰せられる。承知か」

と、遠くまでとどくような声でいった。ひげの濃い巨体の男が、

「罰せられぬところへゆけば、罰せられぬ」

と、くちごもるようにいい、馬車を小路にいれ、さらに歩いて、狭い草地で足を停めた。

「市長のもとまで先導してくれるのではないのか」

と、呂不韋はゆとりのある声でからかった。

「やかましい。市長に会うまえに、あの世に行ってもらう」

「それは、こまる。とはいえ、なんじをあの世にやりたくない」

「なんだと――」

ひげの男は凶悪な目を呂不韋にむけた。車中には呂不韋のほかに雉《ち》と眕《しん》がいる。いま十人の男どもに包囲されているが、雉と眕が武器をもてば、またたくまに眼下の十人は斃《たお》れるであろう。

「悪いことはいわぬ。通せ。いのちを大切にせよ」

「うるせえ」

ひげの男が匕首《ひしゅ》をぬくと、ほかの男どももはいっせいに武器をかまえた。その武器は匕首や棒などで、さすがに剣や矛《ほこ》などではない。

「やるのか……」

すでに棒をつかんでいる雉と眕に、あのひげの男にききたいことがあるので逃すな、といった。うなずいたふたりは馬車から飛びおりた。雉は薛《せつ》にいたとき、孟《もう》嘗君《しょうくん》の食客のひとりから武術を伝授されたらしい。眕は義兄の雉から武術を習得しつつある。このふたりはそれぞれ五人を相手にしなければならないが、雉は戦いの呼吸を自得《じとく》しているように、あっというまに目前のふたりを倒し、首領とおもわれるひげの男を蹴りあげた。

「やっ、彘《いのこ》が浮いたわ」
二、三人で押しても倒れそうにない巨体が雉の一蹴《いっしゅう》で浮きあがった。呂不韋が一笑したとき、遠くで、
「争乱をなす者を捕捉《ほそく》する」

という鋭気にみちた声があがった。さっと男どもが逃げ散った。が、雉に腕をねじあげられ、棒で首すじを押さえつけられたひげの男は身動きすることができない。

剣を携えた武人らしき者が趨《はし》ってきた。

「呂氏であろう」

その声にききおぼえがある。凝視した呂不韋は、あっと表情を明るくした。

「段季《だんき》どの――」

「やはり、そうか。大路でみかけたので、あとを追ってきた。けがはないか」

そういった段季は体貌《たいぼう》に冴えがあった。

くりかえすことになるが、段季は孟嘗君の食客であった。呂不韋はかれに昵交《じっこう》したわけではないが、その情熱を秘めた誠烈な人格に敬意と好意をもち、段季も呂不

韋の異才を認めていた。薛の内乱の際に、太子と叔佐《しゅくさ》を奉戴《ほうたい》する側に趨った段季は、いちど敗れて、薛をしりぞき、けっきょく叔佐の生母を衛《えい》まで護衛してゆき、戦場にはもどらなかった。いま段季の衣服をみると、在野の人ではない、と呂不韋にはおもわれた。

馬車をおりた呂不韋は段季に一礼した。

「この大男に襲われました。この者をつかって、わたしを市長に会わせまいとしている者を知らねばなりません」

呂不韋の声を片耳におさめた段季は、脂汗を浮かべているひげの男をのぞきこみ、

「羊番《ようはん》か……」

と、つぶやき、顔をあげて雉に、

「この男には、いちど会ったことがある。手をはなしてやれ。凶暴な男ではない。ききたいことがあるので、ふたりだけにしてくれ」

と、いった。呂不韋がうなずくと、雉は力をゆるめた。腕をさすりながら草のうえにすわった羊番は、うなだれて、段季にはまったく頭があがらないようであった。やがて段季は拳《こぶし》で羊番の背を打った。はじかれたように羊番は立って、段季にむかって頭をさげてから、走り去った。

おもむろに呂不韋に近づいた段季は、

「あの者は羊番といい、義俠《ぎきょう》をきどっている狷急《けんきゅう》な男だ。犯罪者をかくまうことはあるが、盗窃《とうせつ》をおこなったことはない。むろん人を殺したことはない。この襲撃も殺意があってのことではあるまい。羊番をつかった者の名はわかったが、少々しらべたいことがあるので、今夕、呂氏の宿舎へゆく。そこで話す」

と、役人らしい口調でいった。呂不韋が住所を語《つ》げると、

「呂氏は、衛人《えいひと》になったのか」

と、段季は小さく笑った。

夕方、建築中の家のまえに二乗の馬車が停まった。その馬車からおりたのは段季のほかに小柄な男であった。ふたりをみつけた眇がかれらを小屋に案内した。

呂不韋のまえにすわった段季は、

「ここにいるのは、衛の大賈《たいこ》で、蠍《さそり》の異名をとる甘単《かんぜん》だ」

と、紹介した。

「ははあ、蠍が羊をつかったのですか」

哄笑《こうしょう》する呂不韋をするどくみつめた甘単は、じわじわと笑いを目もとにしみださせて、

「わたしも薛公の客であるときがありました。ただし呂氏のように代舎《だいしゃ》には住んだことがない」

と、低い声でいった。代舎の住人は孟嘗君の賓客《ひんかく》である。

「わたしも幸舎《こうしゃ》どまりであった」

と、笑いをただよわせた段季は、両者に誤解がある、それを消去させたい、といった。

「わたしは濮陽《ぼくよう》に居をかまえたばかりで、蟖どのに誤解を生じさせるようなことは、何もおこなっていないはずだが……」

甘単は細い目をさらに細くした。

「戚芝《せきし》がここにきたでしょう。あの者の妄言《ぼうげん》をわたしが信じてしまい、呂氏に迷惑をかけることになった。羊番のこともあわせて詫びます」

衛の大賈が呂不韋に頭をさげた。挙措《きょそ》にすがすがしさがある。

——なるほどこの男は孟嘗君の客であったにちがいない。

一瞬、呂不韋は甘単に肚《はら》の剛鋭さを感じた。

「戚氏の妄言とは、どのようなものであったのですか」

「呂氏は陶侯《とう》の内意をうけた諜者《ちょうしゃ》で、衛の富を攫《さら》いにきた、というものです。戚芝こそ、魏《ぎ》の貴門を後ろ楯にして、衛の富を魏へ移しているのに、つい戚芝の狡猾《こうかつ》さを忘れて、呂氏の侵入を禦《ふせ》ごうとした」

「すると、戚氏の本拠は魏の大梁《たいりょう》ですか」

「いまでは本拠のほうが商売の規模が小さくなったとはいえ、濮陽の肆《みせ》は、根や幹ではなく、枝にすぎない」

「わたしは、ここ濮陽を本拠にするつもりです。今後、陶、秦《しん》、趙《ちょう》、楚《そ》などの産物を手がけるつもりですが、その輸入をもって衛の産物を撲滅するつもりはありません。ことわっておきますが、わたしは小売りをおこないません。また、とりあつかう産物のすべてを戚氏にまかせるつもりはありません。衛の産物を輸出することもしますし、あなたが必要とする物を、かき集めて納入することもいといません」

陶だけを富まそうとする賈人《こじん》ではないことを、ここではっきりといっておかねばならない。

「それをきいて、安心した」

そういいつつ、甘単は呂不韋という少壮の賈人のうしろに大物の影がちらついていることを感じている。この男をみくびり、敵にまわすと損だ、という計算が甘単の脳裡《のうり》ではたらきはじめている。とくに戚芝が呂不韋に強くむすびつくと自分にと

って大きな不利が生ずるとわかるので、

「せっかくここにきたのだから、商売の話もしたい」

と、いった。まだひとつの荷も動かしていない呂不韋を信用した。孟嘗君の客であったという共通の体験が信を産んだといえる。

うなずいた呂不韋は鮮乙《せんいつ》をよび、甘単の応接をまかせ、自身は段季をいざなって小屋の外にでた。

「段季どのは、衛のお役人ですね」

「司寇《しこう》を補佐している」

衛姫《えいき》とよばれていた叔佐の生母は、いまの衛君の姉である。生国にもどった衛姫は、段季の人柄の良さと誠忠さを推察していたらしく、弟である君主に対面したとき、段季を推挙した。段季が官途に就いたのは、衛姫の篤情にふれたせいである。

ちなみにいまの衛君は死後懐君《かいくん》とよばれる人で、名は公期《こうき》といい、先代の君主であった嗣君《しくん》の子である。嗣君は孟嘗君の無二の親友であった。さらにいえば、いまの衛の宰相は殷順且《いんじゅんしょ》という。

「それで、段季どのは、羊番のような者にくわしい」

「ああいう者から、盗賊についての情報を入手することができる。あれはあれで、濮陽のために役立っている」

「ひとつ、わからないことがあります」

「ふむ……」

「妨害をしりぞけて、市長に会えば、わたしは営業許可を得ることができましたか」

「たぶん、な」

「わからないのは、そこです」

「呂氏よ、ここから先は、政治にかかわる」

と、いった段季は、いまの市長が魏に反感をいだき、斉《せい》にも同情が涼《うす》く、たぶんに連横《れんこう》論者であるため、呂氏のうしろに魏毋《ぎぜん》がいると知れば、喜んで営業許可をあたえたであろう、といった。

「市長だけが、衛のなかで、秦に親しもうとしているのですか」

「そうではない。魏への反感を強めているのは、堂上のかたがたもそうだ。が、この種の話は、このあたりでとめておくのが、身のほどというものだろう」

「よくわかりました」

さすがに段季は孟嘗君に仕えただけあって、ものごとがやすらかにおさまる程度ということに敏感である。また段季の仲介のおかげで興業に踏みだせそうになったので、ふかぶかと頭をさげて、謝辞を述べた。

路傍の花

一

衛《えい》の先代の君主である嗣君《しくん》は、華麗さを嗜《この》んだ。

聴政においては、緤錯《せっさく》と挐薄《じょはく》というふたりを重用しつづけた。そこで嗣君が病《やまい》に倒れたとき、

——このままでは、衛は頽弊《たいへい》してしまう。

と、愁えた殷順且《いんじゅんしょ》という臣が、病室にすすんではいり、諫言《かんげん》を呈した。浪費家であった嗣君であるが、次代には質実さが必要であるとさとり、うなずいて、殷順且に宰相の印《いん》をあたえ、

「わしが死んだら、なんじが国政をみよ」

と、いった。このため殷順且はあとつぎの公期《こうき》を輔佐し、緤錯と挐薄の族をこと

ごとく追放した。

嗣君は孟嘗君《もうしょうくん》の親友であったので、孟嘗君が斉《せい》の宰相であったあいだは、衛と斉とに友誼《ゆうぎ》が保たれていた。孟嘗君が斉をでて魏《ぎ》に奔《はし》ったことにより、衛の外交も変化をみせ、魏との関係が良好になり、斉との友誼が冷えた。燕《えん》軍に攻めこまれた斉を棄てた湣《びん》王が衛に亡命したとき、嗣君はいやな顔もせず、うやうやしく湣王を迎えて臣下のごとく仕えたが、衛の重臣たちは湣王を露骨に嫌悪し、亡命者たちの応接にけわしさをみせたという事実がある。その後、孟嘗君が亡くなってから、薛《せつ》という国が斉と魏の共謀によって滅亡させられたのをみて、衛は魏へ不信をいだいた。

――魏にはあのような陰黠《いんかつ》さがある。

と、衛は用心した。いつなんどき魏は斉と共謀して衛を滅ぼすかわからない。これが衛の公室がもっている恐れである。したがって衛は外交において魏から遠ざかる工夫をしはじめたといってよい。

呂不韋《りょふい》が衛の首都である濮陽《ぼくよう》の住人になったのは、こういうときである。

衛の大賈《たいこ》である甘単《かんぜん》との和解が成ったので、市長に会うまでもなく営業許可がおりたが、

「市長に会っておいたほうがよい」

と、段季《だんき》にいわれ、邯鄲《かんたん》ゆきを延ばして、指定された面会日まで濮陽にいた。この間、船匠《せんしょう》をおとずれ、荷を運ぶにふさわしい舟筏《しゅうばつ》の製造を依頼した。必要なのは舟ばかりではない。車も人も要《い》る。呂不韋はわずかな休息もとらず奔走した。あれこれめどがついたとき、腰がぬけるほどの疲れをおぼえ、

「黄金がいくらあっても足りそうにない」

と、呂不韋は嘆息した。が、鮮乙《せんいつ》はゆとりのある表情で、

「心配なさることはありません。甘氏がここにきたことは、たちまち衛国中に知れ渡ったでしょう。あと十日もすれば、近隣に住んでいる大小の賈人《こじん》がやってきます。仲《ちゅう》さまが陶《とう》侯に委任されたたったひとりの賈人であることがわかれば、各国の貴門も財をふやすべく、使者をよこすでしょう。使者がくるということは、黄金がくるということです」

と、きっぱりといった。

殖産に熱心な貴族は大賈とうまくむすんで財をふやそうとする。賈市《こし》には表と裏の金のながれがあるということである。鮮乙は呂不韋の父のもとで、賈市の表裏に目くばりができるほどの経験をつんできた。賈市の道に一歩足をいれたばかりの呂

不韋は、鮮乙の才知に、あらためて感心した。

「そうか……。だが、できることなら、借財なしで立ちあがりたい」

「陶の百金がはいれば、きれいに立ちあがれます」

黄金の鉱脈が発見されていれば、そうなるが、まだ発見されないでいると、百金を下賜《かし》されないばかりか、すでにうけとった百金に五十金をそえて返さなくてはならない。

突然、呂不韋は力なく笑った。

「家を建て、業を起こし、人をつかう。この程度の規模で、こういうあわただしさだ。いままで感じたことのない不安に、うちのめされそうだ。営業をはじめるまえから、わたしは父におよびそうにないとおもわれてならない。たよりない主人であろう。嗤《わら》ってくれ」

鮮乙の目容《もくよう》がやわらいだ。

「仲さまは、失敗を恐れすぎている。賈市は最初の歩幅が肝心です。その歩幅が小さければ、ゆきつく先は、たかが知れている。大胆に踏みだしておく。この歩幅に馴《な》れることです」

「善いことをいう」

「歩幅の大小にかかわりなく失敗と成功があります。ただし失敗に大小はなく、成功に大小があります。多くの人と成功を喜びあうことだけを考えて、励勉《れいべん》すればよろしいではありませんか」

「おどろいた。鮮乙は生まれながらの賈人だな。わたしは賈市に浸《つか》っても、肩をすっかり沈めることができそうもない。家業が順調になり、肥厚《ひこう》を得たとき、家産をそっくりなんじに貽《おく》り、わたしは隠居したいというのが、いまの望みだ。おどろいたか」

「おどろきました。なさけなさすぎて、おどろいたのです」

鮮乙は吹きだした。

が、呂不韋はなかば本気であった。

多くの人を喜ばせるために賈市で成功するのは善美といえよう。しかしその先に何があるのか、と考えたとき、充実感にとぼしくなる。陳《ちん》の大賈の西忠《せいちゅう》のように、美麗な邸《いえ》を建て、美妾《びしょう》を侍《はべ》らせたところで、おそらく呂不韋の心は愉《たの》しまない。むしろ閑居を得て読書し、孫子《そんし》（荀子《じゅんし》）や魯仲連《ろちゅうれん》のような師を招いて学問をするほうが愉しい。呂不韋の心のどこかに、修学へのあこがれが良い香りとともに残留している。芳気《ほうき》のただよわぬ賈《こ》の世界で、財を得るために血まなこになっている自分をおもいえがくと、心気にうるおいがなくなる。したがって、賈人として成功したいが、成功したらべつの道にすすみたい、と創業時に考えているのが呂不韋であった。

市長に会う日がきた。

呂不韋は鮮乙と雉《ち》をしたがえて市長邸へ行った。

市長は老人ではなかった。三十四、五という年齢で、つまり呂不韋より十ほど上にすぎず、容貌《ようぼう》は質のよい鋭気にみちていた。市長も呂不韋の若さを意外に感じたようであった。

とにかく、その年齢で市を監督する長官であるということは、この人物は賤劣《せんれつ》な身分から累進《るいしん》したのではなく、おそらく公族か貴門の出身であるにちがいない。

「起業時に、たいそうな評判が立っているので、どういう男かとおもっていたが、姦宄《かんき》のにおいはせず、すずしげである」

「おそれいります。韓《かん》の陽翟《ようてき》の賈人、呂氏の次子で不韋と申します。微力ながら、濮陽の繁栄のために、尽くすつもりでおります」

ここで市長に礼物をすすめた。それには関心をしめさず、

「なんじのことをいろいろ教えてくれる者がいる。かつて薛公の賓客《ひんかく》となり、いま

や陶侯の信任を得たときく。まことか」

と、市長は強い語気でいった。かれの関心はここにある。

「薛の代舎《だいしゃ》に住んでいたことはたしかです。あと半年もすれば、陶の余剰の産物を動かすことができましょう。そうなれば、衛の産物を、秦《しん》や楚《そ》に運ぶことができると存じます」

「絹を、その二国に売りたい。できるか」

「できると存じます」

呂不韋はいいよどまなかった。

秦人《しんひと》は華美な服装をきらうが、絹織物を拒絶しているわけではない。黄河より南の地は積雪がすくないので、冬に裘《かわごろも》を着ないですむ。絹の衣服は冬にあたたかく夏にすずしいのである。楚の旧領に多くの秦人が移住した。絹商人は睢陽《すいよう》（もと宋《そう》の首都）のあたりに多いが、秦の郡県にはいりこめるかどうか。それらの商人を飛びこえるかたちで、衛の絹糸や絹織物を南方に送りこむことは不可能ではない。なにしろ穣《じょう》を輸送の中継基地としてつかうことができるのである。

「衛は産物がすくない。どうしても輸出より輸入のほうが大きい。これでは国は富《ふ》力《りょく》をうしなう。なんじに諮《はか》りたいのは、そのことよ」

初対面の呂不韋の行動力を信じ、知恵を借りようとしたことが、すでに市長の好意であった。

君主や大臣など、為政者が考えねばならぬことを、この市長が考えているということは、この市長は政治に関心があり、しかも君主の諮問をうけることがあるということで、他国の市長とはちがう。ただし大臣になりたいために、功績を積もうとしているようにはみえない。この市長には欲望の臭いがしない。純粋な心で公室と国家のために尽くそうとしている人だ、と呂不韋は感じたので、意中を飾らずに語った。話は、秦の経略の方向にまでおよんだ。

市長はいう。

「陶侯が秦軍をつかって魏の力を殺《そ》ぎつづけるであろうことは、わしにもわかっている。魏は、独力では秦に抗しきれぬので、他国に援助を求めるしかないが、さて、どうするか。趙《ちょう》と結び、斉と結ぶか」

「魏と斉の両国は、協力して薛を滅ぼしたのですから、盟約が成っていることはたしかです。いま、趙を説いているところでしょう」

「そうであろうな……」

市長はすこし浮かぬ顔をした。魏の勢力の回復を悦《よろこ》ばぬ顔である、と呂不韋はみた。

「わたしは明日にも濮陽を発《た》ち、趙の上卿《じょうけい》である藺《りん》氏にお目にかかります。趙のことは、それでわかります」

「なんじを賈人にしておくのは惜しい。わが国の謁者《えっしゃ》にしたい」

市長はそういい、笑声を立てた。

二

呂不韋《りょふい》は栗《りつ》をしたがえて邯鄲《かんたん》にむかった。

昨年、趙《ちょう》将の廉頗《れんぱ》が魏《ぎ》を攻め、防陵《ぼうりょう》と安陽《あんよう》を攻め取ったので、趙の版図《はんと》はだいぶ南にふくれた。

「寄り道をする」

と、栗にいった呂不韋は、邯鄲へまっすぐにゆかず、安陽と防陵のあいだを通って西行し、山間にある雀《じゃく》氏の家に立ち寄った。

はじめて呂不韋を歓待してくれたのが雀氏である。あいかわらず大規模に鶏を飼育している。大きな養鶏場がみえた。

六十代の雀氏は健勝であった。二十五歳の呂不韋をみて、かれは歓声を放った。

「あの少年が、賈人《こじん》として立たれたか。わたしは予言しましたな。商估《しょうこ》の途《みち》を歩めば大商人となり、官武の途を歩めば、一国一軍をあずかる人となる、と。憶《おぼ》えておられるか」

呂不韋は一笑した。

「忘れなかったので、こうして、ここに立っております」

「いやあ、よくいらっしゃった」

奥の一室に呂不韋を招きいれた雀氏は、少壮の賈人をほれぼれとながめて、

「娶嫁《しゅか》なさったか」

と、きいた。まずそれが気になるらしい。

「まだです。というより、ある事情があり、おそらく生涯、妻を娶《めと》ることはなく、いまは妻にひとしい者がおります」

「たれも呂氏の嫡妻になれぬとなれば、いまからでも遅くないということだが、あいにく末女は他家に嫁《か》したばかりで、呂氏の家の掃除をさせるような娘がわたしにはいない。残念なことです」

雀氏は家と家との結びつきを強めるには、婚媾《こんこう》をはずせぬ、と考えているようで

ある。

夕方、雀氏の子のひとりである雀慎《じゃくしん》が顔をみせた。かつて呂不韋と鮮乙《せんいつ》を伯陽《はくよう》まで送ってくれた人である。かれは鮮乙とかわらぬ年齢であるらしい。四十歳くらいであろう。

「父はあなたが大商人になると信じているので、わが家をあなたの婚戚にしたがっています。わが子はすべて男なので、手のほどこしようがない」

と、雀慎は笑った。

雀慎は雀氏の長男ではないようだが、いまこの家を宰領しているのはかれである、と呂不韋にはおもわれた。雀氏の係累《けいるい》についてはくわしいことはわからない。

「たがいが婚家にならなくても、わたしは交誼《こうぎ》を保ってゆくつもりです」

「よくぞ、おっしゃった。わたしもそうです」

夕食後、雀氏は呂不韋の耳もとで、

「従者は、もの静かなかただが、妻帯は――」

と、小声できいた。

「あの者は栗といい、楚《そ》の貴族の家僕《かぼく》でした。これから邯鄲へゆき、支店をひらく準備をします。ゆくゆくは趙の商売を栗にまかせるつもりでいます。むろん、栗は独身です」

「それなら、ちょっと――」

雀氏は目で呂不韋を誘い、明かりが灯《とも》っている織縫《しょくほう》の部屋にはいった。広い部屋のなかに独りでいた女が、ふたりを認め、立って頭をさげた。呂不韋がすわると女もすわった。女はおどろくほど夭《わか》い。十四、五歳であろう。

「親戚の娘で、莘厘《しんりん》といいます。娘といいましたが、いちど結婚しました。すぐに夫に死別して、実家に帰ってきたのです。しかし実家にいたくないと申して、わが家にきています」

「そうですか」

女の幽《くら》い過去と心の傷にはなるべくふれたくない。

「どうでしょうかな。莘厘を従者のかたの妻にするというのは」

「これは、強引きわまりない」

呂不韋は苦笑した。

「莘厘は農より賈《こ》にあこがれているようなのです。そうだな」

「はい」

莘厘は顔をあげた。面立ちに険《けん》がなく、色が皎《しろ》い。陰気さからは遠い容貌《ようぼう》である。

——この人は健康な佳美《かび》をもっている。

一瞬、呂不韋はほっとした。どちらかといえば栗は陰気な男で、それに複雑な事情をかかえた女を添わせるわけにはいかないとおもっていたが、莘厘のうしろには憂鬱なものはないらしい。眉宇《びう》に艶《つや》があるのは、いちど結婚したせいであろう。

莘厘はまじまじと呂不韋を視《み》た。そのぶしつけさに気づいたように、急に目もとを赤らめ、すこしうつむいた。

「雀氏は乱暴なことをおっしゃったが、わたしの従者に会ったこともないのに、結婚したいとおもうはずがない」

「いえ、従者のかたには、お目にかかり、お話もいたしました」

「雀氏のたくらみは電光の速さをもっている」

呂不韋はかるく笑った。それから声に真摯《しんし》さをくわえて、結婚のことは、雀氏に強《し》いられたのでしょう、それともあなたの意志ですか、ときいた。目をあげた莘厘は、

「わたしの願いです。もらってくださるのなら、あのかたのもとにゆきたいとおもっています」

と、はっきりいった。知のきらめきを呂不韋は感じた。莘厘は、情が抱擁《ほうよう》する翳《かげ》

を知の力で払うことができる、めずらしい一人であろう。

「和氏《かし》の璧《へき》を道で拾ったときより、おどろいた。あなたが栗の妻になれば、栗は天下の名宝よりあなたを大切にするでしょう。すみませんが、栗をここに――」

と、呂不韋は、笑貌《しょうぼう》を保ったままの雀氏にたのんだ。いちど立った雀氏は、一考して、呂不韋を室外に招き、

「ここだけの話ですが、莘厘は婚家に財産のすべてを取られたらしい。こんどの結婚は、身ひとつでゆくことになります。多少のことは、わたしがしますが……」

と、ささやいた。うなずいた呂不韋は、

「ここに五金があります。これを莘氏のために使ってください」

と、いい、莘厘と栗の目のとどかぬところで雀氏に金貨を渡した。

部屋にはいった栗は、話をきくや、すぐに逃げだそうとするように腰を浮かした。袖をつかんだ呂不韋は、

「莘氏はなんじをからかったわけではない。一生をなんじに託そうとしている。断るのは随意だが、わたしの目には、莘氏ほどなんじの妻にふさわしい人はいない、とうつっているので、腰をすえて返答をしなさい」

と、叱るようにいった。

「仲《ちゅう》さま――」

栗は困惑を絵に画《か》いたような表情をした。

「なんじが断れば、わたしが莘氏をひきとり、店のために働いてもらうことにします」

「すこし、すこしお待ちください」

呂不韋の膝もとにひたいをすりつけた栗は、暗い土間に呂不韋をいざない、

「わたしは女人を愛するすべを知らないのです。莘氏は既婚であるとはいえ、あのように夭く美しいのですから、なにもわたしのような者に嫁すことはありません。わたしは女人に幸福をもたらす男ではないのです」

と、汗をかきながら訴えた。

「栗よ、女人を愛せなければ、主を愛せず、配下を愛せず、物をも愛せない。賈人にはなれない。わたしはなんじにも学んで習え、といっている。莘厘は賢い。莘厘を妻として、人の愛しかたを教えられるとよい」

そうさとされた栗は、なおも恐縮して遁辞《とんじ》をかまえたが、呂不韋はききながし、

「これは神が決めた結婚のような気がする。のがれれば、なんじは生涯祟《たた》られるぞ」

と、いって、ついに承諾させた。結納《ゆいのう》にひとしいことをおこなって雀氏の家をあとにした呂不韋は、

「天祐《てんゆう》、天祐——」

と、つぶやいて、上機嫌であった。いぶかしげな顔つきの栗は、

「あの……、どういうことですか」

と、おずおずときいた。

「そうではないか。邯鄲に店をつくり、なんじにまかせるのはよいが、なんじは少々暗い。商売には陽気が必要だ。莘厘は光源のようなものだ、すえておくだけであたりが明るくなる。莘厘を得たことで、趙における商売はすでに成功した。わたしはそう確信している」

「はあ、わたしは暗いですか」

「栗よ、誤解してはならぬ。男は陰の気によって完成する。陳《ちん》の大賈《たいこ》である西忠《せいちゅう》も、衛《えい》の甘単《かんぜん》も、じつはなんじより暗く、陰気が強い。しかし信用につながるのは、陽気ではなく、陰気だ。人ひとりが陰陽をつかいわけるのはむずかしいが、夫妻となれば、たやすい」

「そういうものですか……」

栗はわずかに首をふった。嫩葉《どんよう》のような莘厘がどうして自分のような男の妻になりたいのか、いまだにわからない。雀氏にからかわれたのではないか。

が、突然、栗はからだの芯がうずくような悦《よろこ》びを感じ、ゆるやかな径路《けいろ》にすわりこんで、呂不韋を仰ぎみた。

呂不韋はふりかえった。

「足をくじいたのか」

「そうではないのです。主に従ってゆくにつれて、幸運にめぐりあうふしぎさに、足がふるえているのです」

「美女は、男を足弱《あしよわ》にするのか。はじめて知ったよ」

一笑した呂不韋はさっさと歩いてゆく。はね起きた栗は自分の感動が呂不韋につたわらなかったとおもい、

「主はこの世の人を救いにきた聖人です」

と、しきりにいった。呂不韋はとりあわず、かなり歩いてから、

「なんじが聖人の弟子であるなら、ひとりでも多くの人を救うことをこころがけよ。賈では人を救えないとおもえば、賈を棄ててもかまわぬ。わたしに恩義を感じるあまり、自身でみつけた道を歩きそこなってはならない」

と、誠情にあふれたいいかたをした。栗は心喉《しんこう》に熱いものをおぼえ、ついに涙ぐみ、旧主（桑衣《そうい》）には悪いが、この人がわたしにとって真の主だ、と全身全霊でおもった。

三

邯鄲《かんたん》にはいった呂不韋《りょふい》は、最初に鮮芳《せんほう》をたずねた。

鮮芳の家は増築されたようである。

中牟《ちゅうぼう》の近くに本拠をかまえている冥《めい》氏は、鮮芳をつかってさらに家産を肥碩《ひせき》させたということであろう。

——冥氏には負けたくない。

冥氏への反感はぬきがたい。冥氏を越える富商にはなりたい。が、鮮芳へは悪感情をもっていない呂不韋である。

——鮮芳は独身をつらぬくつもりらしい。

むろん鮮芳が藺相如《りんしょうじょ》とただならぬ関係にあることは承知している。鮮芳の家は藺相如の妾宅《しょうたく》であるといえばいえなくないが、鮮芳は藺相如を愛していながら、賈《こ》における意識と女としての生きかたは藺相如に倚侍《いじ》しておらず、男顔まけの賈人《こじん》として邯鄲ではそうとうに有名になっている。

「仲《ちゅう》どの――」

呂不韋を奥の部屋に迎えいれた鮮芳は、眼前にすわった若い賈人をほれぼれとみた。

「今年、濮陽《ぼくよう》の住人になりました。先年は、栗《りつ》がご迷惑をおかけしました。小環《しょうかん》の急逝にはおどろきました」

鮮芳へは、話が山ほどある。

「兄は――」

「わが家の宰制をおこなってもらっています」

「とうとう仲どのを助けることになったのですね。兄が濮陽にいるのなら、いちど濮陽に行ってみようかしら」

「どうぞ、何度でもきてください」

鮮芳は情報通ではあるが、趙《ちょう》の国からでたことはないらしく、呂不韋が見聞したことを話すと、熱心にきいた。とくに陶《とう》について大いなる興味をしめした。

「陶は衛《えい》より大きな国になりますか」

「かならず——」

「陶が伸長するためには、魏《ぎ》か斉《せい》の地を削奪《さくだつ》せねばなりません」

「魏の地を取るでしょう」

「すると、陶は西へ伸びるということですね」

「陶侯は水上交通の要地を望むはずですから、かならずしも西へ伸びるわけではありますまい。また陶が魏と斉にはさまれているように、二国が境を接する地を陶侯は好んで取ります。すると陶は、北か南へ伸びると予想したほうがよいでしょう」

「ほほ、仲どのは目のつけどころがよい」

そういう鮮芳は耳のよい人である。

「ところで、小環の児のゆくえが、わからないのですよ」

小環が産んだのは女児であり、生きていれば今年で五歳になる。

「小環が仕えていた楚《そ》の貴族は、まだ趙にいるのですか」

「いません。楚に帰ったようです。楚は安定したようですね」

鮮芳の耳には楚の噪音《そうおん》がきこえなくなった。

「楚の貴族が女児をひきとって、帰国したのではありませんか」

鮮芳はうなずかない。

「小環を邸内におくことをはばかった人です。愛妾の児をひきとる勇気はありますまい」

小環の薄幸を大いに哀れんだ鮮芳は、楚の貴族に反感をもっているらしく、ことばのすみずみに辛《から》さを利《き》かした。

「そうみえますか……」

呂不韋には鮮芳とちがった感情のおきかたがある。

楚の貴族が小環を身近におかなかったからといって、愛していなかったというのは、ちがうであろう。かれが直面していた諸事情をわきにおいて、小環と自身のために最善を考えたことが、男の都合にすぎない、と切りすてられるように評されてしまえば、いいわけの虚しさを感ずるだけであろう。呂不韋がわかっていることは、小環は傷つきやすい感性をもっていて、優しさのない男には近づかないということである。楚の貴族というひとりの男を小環の心身がうけいれたということは、のがれられないほど大きな力でおさえつけられたのではなく、男の優しさにほだされたのであろう。小環は人の愛情に敏感であった。こういう性質の女が、目にいれても痛くない自分の児を、死にのぞんでたれに託したか。それをさぐりあてたところで、どうなるものでもないが、気にならないことはない。

「明日は、藺氏を訪問します」

呂不韋は気分をあらためたようないいかたをした。

いまの趙は国王が恵文王《けいぶんおう》であり、藺相如と廉頗《れんぱ》が車の両輪となって国を無難に運営している。内憂も外患もないというのが趙であった。

夕方、栗を従えて呂不韋は藺氏邸の門をたたいた。

「ついに、きたか」

藺相如は大いに喜び、庭まで呂不韋を出迎えた。さらにこのふたりを堂にあげた。いきなり藺相如は、

「呂氏、よく生きていてくれた。国宝を守りぬいてくれた者を見捨てるようなことをしたわしは、なんじが生きていなければ、あやまれぬ。すまなかった」

と、頭をさげた。趙の上卿《じょうけい》が賈人にしめす礼容ではあるまい。呂不韋は起立して拝手し、

「疾《やまい》が癒《い》えて、すぐに邯鄲に発《た》てば、藺邑《りんゆう》で難に遭《あ》わずにすんだのです。すべてはわたしの愆悔《けんかい》です」

と、はっきりいい、恨みの色をみせなかった。

「そういってくれて、わしの心は快晴となった。呂氏よ、わが家に泊まってゆけ」

と、いった藺相如は呂不韋のために小宴を催した。なんとこの宴席に、廉頗があらわれたのである。席のふんいきを変えるほどの異彩をもった人物である。廉頗はよく光る目で呂不韋を視《み》てから、

「和氏《かし》の璧《へき》の話はきいている。趙臣ではないなんじが、わが王と国の名誉をいのちがけで守ったのであるから、表彰されて当然だ」

と、重みのある声でいい、藺相如に目をむけた。藺相如は微笑して、

「呂氏が表彰をうける気があれば、すぐにでも申請するが……」

と、やわらかくいった。呂不韋は廉頗にむかって拝礼をおこない、

「将軍のおことばが、わたしにとっては彰徳《しょうとく》です。これ以上、何を望みましょうや」

と、うやうやしくいった。

「呂氏とやら、なんじは人あたりがよすぎる。圭角《けいかく》がないと、大賈《たいこ》にはなれぬ」

廉頗は歯に衣《きぬ》をきせない。

「恐れいりました。仰せのごとく、周《しゅう》の大賈であった白圭《はくけい》は名に圭をもっておりました。不韋は、何ももってはおりません。が、わが師である孫子《そんし》は、君子は大心《たいしん》ならばすなわち天を敬いて道あり、といいました。天は空虚なものですが、大心ある

者にはそれが大道となり正道となる。何もないがゆえに、すでにあるものより、巨大なものになりうる、ということを将軍はお考えになりませぬか」

廉頗は瞠目《どうもく》した。藺相如の目が咲《わら》った。

「孫子というのか、なんじの師は……」

廉頗の眉間《みけん》に思考のしわがでた。

「そうです」

「その一言に真理がある。まやかしの学者ではないな。孫子はどこにいるのか」

「おそらく斉の臨淄《りんし》におられましょう」

「わが王のために招いてみたい」

と、いった廉頗は、呂不韋をみなおしたらしく、急にみずから呂不韋の杯に酒をついだ。このときから宴席のふんいきがはなやいだ。女たちがはいってきた。呂不韋は栗をからかって、

「わたしの目には美女ばかりにみえるが、なんじの目にはそうは映るまい」

と、いった。栗は婚約者である莘厘《しんりん》ばかりを心のなかでみつめているであろう。

「そのようなことは、けっして――」

と、栗はいうものの、語気に力がない。

呂不韋のうしろにひとりの女がひかえた。あまりに静かなので、気になった呂不韋はふりむいた。

――僖福《きふく》……。

いきなり藺邑の天地がよみがえった。

「どうなさったのですか」

うわの空の栗に声をかけられたのであるから、呂不韋のいずまいにめだった異状があったのであろう。

「いや、どうもせぬ」

呂不韋は寡黙になった。僖福はつかずはなれずというところでつつましくすわっている。呂不韋にとってここからの宴が長く感じられた。気持ちよく酔った廉頗が呂不韋にも声をかけて去ると、女たちもひとりふたりと姿を消し、

「呂氏、ゆっくりとやすめ」

と、藺相如が意味ありげに笑って腰をあげたとき、宴は終了であった。栗とは寝所がちがうらしく、回廊でわかれた。僖福が呂不韋をみちびいてゆく。気がつくと細雨が顔にあたった。足をとめた呂不韋は近くの燎《にわび》をみた。そのまま呂不韋が動かないので、手燭をめぐらして僖福が近寄った。呂不韋の手が女の肩を抱いた。やが

て、女のからだがやわらかくなった。

衛《えい》の帰趨《きすう》

一

呂不韋《りょふい》はなつかしさのなかにいた。

僖福《きふく》の息づかいは、生気と不安とに満ちていた十代の呂不韋をよみがえらせた。

——この女《ひと》がわたしの安心の源であったのだ。

むろん僖福にいのちを救われたことがそうおもわせたのであろうが、僖福には人をなぐさめてゆく愛情の質の良さがある。肌体《きたい》がもっているぬくもりも、ほかの女とは微妙にちがう。あえていえば男に幻想も妄想もいだかせない平明な体温をたもっている。

美しいかたちの胸であった。

薄物を胸もとまで引きあげた僖福は、深い息をくりかえしていたが、呂不韋のほ

うに目をむけずに、

「子がいるのです」

と、いった。僖福の胸から手をはなして、うつぶせになっていた呂不韋は、目をひらき、

「わたしの子か」

と、きいた。

「そうです。八歳になります」

「そうか。それなら、その子とともに濮陽《ぼくよう》にくるとよい」

「いえ、わたしは主君にお願いして、わが子を官人にするつもりです。賈人《こじん》にはしません」

僖福は気格が高い。

「すると、そなたは――」

「死ぬまで、藺《りん》氏にお仕えします」

迷いのない口調であった。

そのことをいいたいがために、春の夜の区々《くく》たる底で、呂不韋の息に肢体をさらしたとすれば、なおさら僖福の心はわかりにくい。ただし、僖福に嫌悪された、と

は呂不韋はおもわない。呂不韋の身辺には維《い》という女がいる、と僖福は知ったのであろう。維をおしのけて、正妻におさまるというあつかましさが僖福にはないということではないか。

「子の名をおしえてくれ」

子の名は父がつけるものである。が、その子が生まれたとき、呂不韋は僖福のかたわらにいなかった。名づけ親がたれであるのかは僖福しか知らない。しばらく黙っていた僖福はようやく口をひらいた。

「碧《へき》です」

「そうか。碧は青だが、じつは白玉あるいは白石ということだ。長男をあらわす伯を考えてのことであろう。命名してくれた人に、礼をいいたい」

そういった呂不韋は、碧は、和氏《かし》の璧《へき》の璧かもしれないと感じた。その璧にみちびかれて、呂不韋は僖福に際会《さいかい》し、男子を得た。そういう事情を知っている者が命名者ではあるまいか。となると、その命名者は僖福の父兄ではなく、医人の芊老《せんろう》ではないだろうか。

それはそれとして、碧を手もとにおけぬことを知った呂不韋は、翌朝、藺相如《りんしょうじょ》に面会して、

「御厚情をたまわりました。僖福と碧のことを、ひたすらお頼みするしかありません」

と、しずかに頭をさげた。

「そうか、僖福はなんじのもとにゆきたいとはいわなかったのか。碧は聡明な子だ。わが家で仕えさせず、ゆくゆくは太子の嗣子《しし》に仕えさせようとおもう」

恵文《けいぶん》王の太子は丹《たん》といい、のちの孝成《こうせい》王である。その太子丹の子は、偃《えん》という。のちの悼襄《とうじょう》王である。丹が太子として立てられたのは三年前である。当然、太子の子は若く、まだ十代である。

「御高配、痛みいります」

藺相如が碧の養父になってくれたようなものである。呂不韋は趙《ちょう》の宰相といってよい藺相如にすくなからぬ恩を感じた。が、藺相如は恩着せがましい態度はみせず、

「なんじの賈《こ》のことをきこう」

と、さらりと話題を転じ、呂不韋の企業の全貌を知ろうとした。ききおえた藺相如は、

「諸侯は陶《とう》侯を血も涙もない宰相であるとおもっている。その陶侯に呂氏は信用されたか」

と、軽いおどろきをそえていい、しかしべつなことを考えはじめた。魏毋《ぎぜん》の意識に変化があるのではないか。おそらく魏毋は陶という国の運営と発展とを第一に考えはじめたらしい。

証拠といっては何であるが、今年、またしても魏毋は軍旅を催し、胡傷《こしょう》（胡陽《こよう》）という将軍に魏《ぎ》を攻めさせた。呂不韋は知らないであろうが、十日ほどまえに恵文王のもとに援助を求める魏王の使者がきた。いま秦軍に攻撃されているのは、魏の一邑である巻《けん》である。巻は河水《かすい》の重要な津《みなと》である扈《こ》に近い。魏毋がそこを押さえてしまえば、河水の往来が容易になり、しかも魏が造った長城の外をまわる陸路をつかって済水《せいすい》に達するという安全な路を確保することができる。いうまでもなく陶は済水のほとりにある。

——巻攻めは、秦のためであるというより陶のためだ。

と、藺相如は呂不韋と話すうちに、にわかな明瞭さを得た。

魏毋の経略が交通の要地を押さえてゆくというものであるのは、むかしと変わらないが、跂想《きそう》する方向がちがってきた。すべてが秦《しん》のため、というわけではなくなってきたということである。万事を魏毋にまかせている秦の昭襄《しょうじょう》王はそれに気づいていないであろう。

じつのところ藺相如の意中には、昭襄王への嫌悪や魏冄への批判はない。国政をあずかっているかれにとって趙の国歩《こくほ》につまずきをもたらさないことが最上であり、それには、

――秦と争わない。

ということが肝要である。したがってここまで趙は秦との盟約を守り、国力の伸長を西へふりむけず、斉《せい》または魏を侵すというかたちに徹してきた。いちどは燕《えん》将の楽毅《がっき》によって征服された斉は、楽毅が趙に亡命したあと、奇蹟的に回復したが、往時の隆昌にはおよばない。魏はかつて天下第一の富国であったが、秦に押されつづけ、いまやその富庶《ふしょ》は半減している。そういう二国を趙は攻め、たしかに成果を得ているものの、このまま斉と魏が縮小をつづければどうなるか、ということを考えねばならぬときに恵文王と藺相如はさしかかっている。

楚《そ》をみればわかる。秦に匹敵する版図《はんと》をもっていた楚は、外交に失敗し、内政も軟弱となり、秦によって滅亡寸前においこまれ、かろうじて国土の三分の一を死守した。それからすこし威勢をもりかえしたが、それでも楚は栄華を誇っていたころの半分の版図しかもたない。それだけ秦が太ったのである。魏もたぶんおなじ悲惨さに遭遇するであろう。またしても肥大するのは秦である。魏の国力をおとしめた

あとの秦が戈矛《かぼう》をむけるのは、趙にむかってしかないではないか。

まもなく趙が直面するであろう選択とは、魏が秦に服属してから秦と戦うか、魏が秦と戦っているあいだに秦と戦うか、というふたつにひとつである。秦と戦いたくないが、戦わざるをえないときがくる。

「どうせ秦と戦うのであるから、いま魏を援《たす》けて、秦軍の東進を阻止すべきである」

という声が、重臣のあいだにある。が、藺相如は、

――はやまってはならない。

と、おもっている。廉頗《れんぱ》も同意見である。さきに趙が盟約を破棄して秦を攻めれば、道義における劣勢がかならず戦局に不利をもたらす。秦の背信をみてから立ったほうが有利である。したがってなるべく秦とは戦わずになりゆきを見守ってゆくのが賢明であるという諷意《ふうい》を恵文王にかよわせている。しかしながら恵文王の心中には、

――魏が哀れではないか。

という感情があるらしい。魏の王室とのつながりも強くなっている。恵文王の弟の趙勝《ちょうしょう》（平原君《へいげんくん》）の夫人は、魏の昭《しょう》王の女《むすめ》である。もともと趙は韓《かん》と親戚づきあ

いをしていた。そういう親密さも、恵文王の父の武霊王《ぶれい》のときに涼々《りょうりょう》となり、いまや韓に友誼《ゆうぎ》をもたない。魏のほうに同情がある。恵文王の情意の内容を推察した藺相如は、兵馬を斉にむけることにした。今年、燕周《えんしゅう》という将に斉を攻めさせている。

が、魏冄が陶の国を強化し、領土を拡大するとなれば、趙の外交と軍事はあらたな問題をかかえることになる。魏冄が秦の宰相であると同時に陶の国主であるかぎり、趙としては秦の戦略に二面をみなければならない。

「なんじは陶侯の臣下ではないが、陶侯は趙をどうみているか、わかるのではないか」

と、藺相如は問うた。

「陶侯は趙を敵視していません。趙を敵にまわすと、陶という国は魏、斉、趙の三国の脅迫にさらされますので、得策ではありません」

「常識では、そうだが……」

呂不韋の答えにものたりなさをおぼえた藺相如は、もうすこし掘り下げたところにある允当《いんとう》を求めるような目つきをした。

——藺氏はうわべの精正さでは満足しないらしい。

内心に苦笑を浮かべた呂不韋は、

「わたしが陶侯であれば――」

と、いいかたを変えた。ここからの推量は大胆であった。

陶という国を安定させ、さらに拡大するためには、魏か斉の国を侵すしかない。しかし両国に挟撃されたとき孤立無援になるという危険があり、できることなら陶独自の外交として趙とむすんでおきたいが、陶の国主としての魏冄の外交が、秦の宰相としての魏冄の政策に適合しないという奇妙な事態が生ずるのを恐れるとすれば、魏冄はさしあたり衛《えい》に交誼《こうぎ》をもとめておき、ひそかに衛を趙に近づけて、趙、衛、陶といううめだたぬ同盟の道をさぐるであろう。もしも魏冄の意に反して秦が趙と戦うことになっても、陶は衛とつながりがあるにすぎないようにみせているので、魏冄は秦国内での批判をかわすことができる。

「やがて衛君は、趙の保庇《ほひ》を願う使者を送ってくるでしょう」

「なるほど、そのときは、衛と陶との同盟が成ったとみてよいわけか」

はじめて藺相如は手で軽く膝を打った。呂不韋の卓抜した予見に感心したのである。

「さて、ここに二百鎰《いつ》の黄金がある。百鎰は趙の執政としてなんじの功を賞するものであり、あとの百鎰は藺氏の家主《かしゅ》としてなんじの事業へ投資するものである。うけよ」

藺相如の声は、さわやかであった。

二

呂不韋《りょふい》は邯鄲《かんたん》に十日間滞在した。

藺相如《りんしょうじょ》の後ろ楯があるので、土地の取得も容易で、すぐに店舗と倉庫の建造にとりかかれそうであった。小さな民家を手にいれ、そこに栗《りつ》を住まわせることにした。僕婢《ぼくひ》を付けた。

「邯鄲と趙《ちょう》についてしらべられるだけしらべておけ。竣工《しゅんこう》後に、莘厘《しんりん》を迎えにゆくがよい」

と、呂不韋はいい、栗に五十金を渡した。邯鄲をあとにした呂不韋はひとり旅である。邯鄲から濮陽《ぼくよう》のあいだにわずかな戦火も立ち昇ってはいない。安陽《あんよう》から黎《れい》にゆき、黎で舟に乗って濮陽にもどった。

「邯鄲で得た苞苴《ほうしょ》よ」

と、呂不韋は黄金をみせた。鮮乙《せんいつ》はおどろかず、

「黄金には足があるのです。富盛《ふせい》のもとに、みずから歩いてくる」

と、こともなげにその黄金をうけとった。

さしあたり呂不韋が確立しなければならないのは、陶《とう》から濮陽、濮陽から邯鄲への輸送路である。

「羊《よう》は使えますよ」

と、鮮乙はいった。羊というのは俠客《きょうきゃく》きどりの羊番《ようはん》のことである。かれはまたたくまに百人ほどの人夫を集めることができる、と鮮乙はいう。

「が、羊を常用するわけにはいくまい」

店員でもない羊番に輸送を宰領させられない。羊番を使いこなせる度量があるのは、鮮乙と雉《ち》であるが、このふたりを遠方にだすわけにはいかない。

――人材が足りぬ。

痛感するのは、そのことである。

呂不韋が不在のあいだ、鮮乙はほかの賈人《こじん》にも会い、需要をとりまとめた。すでに呂不韋の事業は出発しているということである。

「わかった。とにかく、陶へ行ってくる」

雉と畛《しん》、それに鮮乙が雇った僕隷《ぼくれい》のうち三人を従えて、呂不韋は馬車で陶にむかった。

「黄金の鉱脈は、どうなったのでしょう」

と、畛は心配そうにいった。

「黄金がでないとなれば、わたしは百金に五十金をそえて返さねばならない」

「あの威張った役人は、黄金を掘りあてたのに、でなかったと欺騙《きへん》をおこなうのではありますまいか」

「欺騙か……。畛は語彙《ごい》をふやしたな。学問をしているのか」

「濮陽に儒者がいます。さほど高名ではない老学者ですが、孟子《もうし》の弟子であるということです。入門をゆるしてくれました」

孟子が亡くなったのは、この時点からかぞえて、十五年前（紀元前二八九年）である。その年は、秦《しん》の昭襄《しょうじょう》王が西帝を称《とな》え、斉《せい》の湣《びん》王が東帝を称えた前年にあたる。東西王朝の最盛期に、覇政《はせい》を否定しつづけた孟子は、出生地である鄒《すう》（魯《ろ》の南隣の小国）で歿した。呂不韋は孟子の教義については、まったくといってよいほど知らない。

「雉も、その儒者の門弟になったのか」

「わたしは——」

と、雉は首をよこにふった。わたしの師は主とおなじで孫子《そんし》ですから、ほかの師には仕えません、といった。

「雉よ、わたしの師は孫子ばかりではないぞ。慎子《しんし》も魯子《ろし》も、師だ。学問を厭《いと》うていると、やがて畛に追いぬかれる。小さなことをおろそかにしてはならないことを、学問は教えてくれる。いまの一歩がなければ、明日の千歩はない」

「そういう主を師と仰ぎたい。わたしの師は孫子と主のふたりで充分です」

雉は終生耳学問の男であった。

「やれやれ、なんじにはうまく遁《に》げられた」

呂不韋はそういいながら、しばらく学問の道から遠いところを必死に歩かねばならぬ自分を感じていた。

陶に到着するや、陀方《たほう》に謁見した。

「きたな——」

と、いった陀方の微笑が、呂不韋に吉を予感させた。

「黄金の採掘は、どうなりましたか」

懸念はこの一点にある。

「順調だ」

そういわれた瞬間、はりつめていたものがあたたかく衰えた。魏冄《ぎぜん》の家に損害をあたえては、自身の起業はなめらかさを欠く。

「鉱脈の規模は、いかがですか」

「かなり大きい」

「そうですか。これでわたしは陶侯をあざむかずにすみました」

欺騙はなかった、とおもい、心中で小さく笑った。

「呂氏に、わが君からの褒美がある」

「百金でございましょう」

「それもあるが、ほかにもある」

「何を賜るのですか」

「車馬と隷人《れいじん》が下賜《かし》される」

「それは、かたじけなく存じます」

と、呂不韋は拝手した。武功を樹《た》てたあとの武人のような気分になった。

「庭内に、その車馬がある。車は、わが君がわざわざ秦で造らせたものだ。馬もみごとだぞ。みるがよい」

ふたりは庭におり立った。

「あれですか」

呂不韋は目を細めた。総漆《うるし》塗りの車体である。近くでよくみるとあちこちに青貝細工がほどこされていて、青冥《せいめい》から落ちてくる光ににぶいきらめきをみせた。華美ではないだけに、奥の深い美しさをそなえている車であるといえる。魏冄のひとかたならぬ好意と配慮とがこめられている、と呂不韋は感じた。

「どうだ。天下無二の車であろう。武人が乗るにしては体貌《たいぼう》に勁《つよ》さがなく、高官が乗るにしては表情がひかえめであるが、賈人である呂氏にはふさわしい」

「まことにうれしい賜賚《しらい》です。たいせつにつかわせていただきます」

廏舎《きゅうしゃ》にいる馬をみた呂不韋は、いつのまにか庭にならんですわっている隷人たちをみた。二十人もいる。男が十二人で女が八人である。男の年齢はそろって三十代のようにみえ、女は二十歳をすぎた者はひとりもいないようである。魏冄の目に厳選された隷人であろう。いきなり呂不韋はしゃがみ、それぞれの名と生国をきいた。

陶における呂不韋の宿舎は、陀方邸のなかの客室である。それに付随する長屋に、男子を産んだ小琦《しょうき》と維《い》が住んでいた。呂不韋が客室にはいると、飛ぶように維がやってきた。

「待たせたな。迎えにきた」

きれいにすわった維の目に涙がもりあがった。その涙がこぼれ落ちても、ぬぐおうとせず、笑顔をつくろうとした。

――こういういじらしさが、維にはある。

趙で多少のすさみをかかえこんだような呂不韋の心はやすらいだ。

ひさしぶりに甘眠《かんみん》した。目をさますと、とうに維は起きたらしく、かたわらにぬくもりはない。呂不韋の起床を知って、長屋から維がもどってきた。容貌《ようぼう》にうるおいのある輝きがあり、その立《た》ち居《い》がいきいきとしていた。

「食事は終わったか」

「いえ、みな、主がお起きになるのを待っています」

「待たせているのか」

いそいで着替えを終え、口を漱《すす》いだ呂不韋は、ふと憶《おも》いだしたように、

「維よ」

と、呼びとめ、女の耳朶《じだ》に唇を近づけた。

「はい――」

すこしからだを固くした維はわずかに眉宇《びう》を赧《あか》くした。

「陶侯から隷人を二十人も賜った。そのうち女が八人いる。一人をのぞいて、七人のうち三人をそなたに属《つ》ける。面とむかって選ぼうとすると、情がゆれて、おもいが定まらぬ。いまから七人の生国と名をいうから、三人を選べ」

「あの……」

一人をのぞいて、というのが維には解《げ》せない。

維のとまどいにかまわず、

「よいか、すぐに選ぶのだぞ」

と、せかした呂不韋は、はやくちで七人の生国と名をいった。

三

食事を終えた呂不韋《りょふい》はひとりの隷人《れいじん》を随《したが》えて、田焦《でんしょう》の邸《いえ》へ行った。

田焦は不在であった。

かれが黄外《こうがい》の講義を聴きに行っているということなので、呂不韋は帰りを待つことにした。邸内で働いている者の大半は、呂不韋とともに慈光苑《じこうえん》を脱出した人々であるから、呂不韋に敬意をいだいていて、呂不韋をみかけると多数が挨拶にきた。

「どうですか、陶《とう》での生活は」

と、呂不韋はひとりひとりに声をかけた。

秦《しん》という国は鬼が棲《す》むようなところであるとおもっていたが、けっしてそうではなく、とくに田焦のもとでは不公平がなく、すごしやすいというのが、ほとんどの者の感想であった。

「それは、よかった」

農本《のうほん》思想を秦に植えつけたのは、商鞅《しょうおう》であるが、その思想が形骸化しないで、成熟したのが、いまの秦であろう。陶もむろん農業重視の国である。

呂不韋はここで灌漑《かんがい》工事の進捗《しんちょく》について知った。もう完成したも同然であるらしい。工事の設計者であり監督でもあった鄭国《ていこく》はすでに引き揚げ、いま黄外が農民をつかってわずかな修正をおこなっているようである。

——となれば、陶の来年からの農産物の量は、いままでの三倍以上になろう。

自給自足はもとより余剰が生じよう。その余剰の活用を、魏冄《ぎぜん》が考えぬはずはない。陶の国力を呂不韋の起業の推進力としたことは、適宜《てきぎ》を得たといえるであろう。

呂不韋はいちど隷人をふりかえった。

粗衣を着た女である。膝をくずさずにすわりつづけている。それをみた呂不韋は心中でうなずいた。

「お待たせした」

田焦の明るい声である。この農民の統率者は体貌《たいぼう》にふくよかさをくわえた。むろん田焦は呂不韋より年齢は上であるが、まだ三十には達していない。信望の篤《あつ》みをそなえたはつらつたる指導者である。

「すでに濮陽《ぼくよう》の住人になりました」

「賈人《こじん》として立たれたのですか。呂氏がこの邑からいなくなるのは、ずいぶん淋しいことです」

年下の呂不韋にたいしてぞんざいな口をきいたことがない田焦は、ここでも賈人となった呂不韋をみくだすような眼つきをしなかった。かれは呂不韋のうしろにすわっている婢女《ひじょ》にいぶかしげに眼をやってから、

「黄先生と菽粟《しゅくぞく》の改良をおこなってきましたが、実の大きな菽《まめ》を得ることができました。饑饉《ききん》のときは、この菽で飢えをしのぐことができます」

と、新種の菽をみせた。呂不韋はそれを手にとるや、

「なるほど、これを蒸《む》せば、充分に粟《ぞく》の代わりになります」

と、いった。かれは菽の生育に適した土壌について問うた。呂不韋の質問にひとつひとつ丁寧に答えていた田焦は、また婢女に目をむけた。それに気づいた呂不韋は膝をずらした。

「田焦どの、今日は、願いがあってきました。ここにひかえている者は、陶侯から賜った隷人のひとりで、茜《せん》といいます。生国はあなたとおなじ楚《そ》です。この者を、できることなら、あなたの近くで使っていただきたい。それが願いです」

田焦は笑った。温かい笑いである。

「承知しました」

即諾《そくだく》である。かれはすぐに家人を呼び、茜を着替えさせるように命じた。この邸に隷僕《れいぼく》がいないわけではないが、田焦は人を差別することを嫌い、衣服も別《わ》けない。田焦自身も美衣に腕を通したことがない。

しずかに茜が退室したのをみとどけた田焦は、また笑い、

「あれで隷人ですか。貴門の女《むすめ》でしょう。華粧《かしょう》をゆるせば、たちまち婉淑《えんしゅく》さが香り立つ」

と、すこし首をかたむけていった。

「あなたもそうみましたか。あの女は隷人のなかできわだって美しい。陶侯が使っ

てもよいのに、そうはせず、わたしにさげ渡した」

「呂氏を監視するための間諜《かんちょう》ですか」

と、めずらしく田焦は戯言《ぎげん》を口にした。だが、呂不韋は笑わなかった。最初に茜をみたとき、

——この女は、身近に置かぬほうがよい。

という勘が働いた。呂不韋は女の姿色にたいする自身の嗜好《しこう》をふりかえったことはないが、茜を目前にして、自分はこの女を愛しそうだ、と直感した。女は姣冶《こうや》としたものをもっている。肢体がそなえている膚理《ふり》の姣《うつく》しさは、全身を視《み》なくてもわかるし、女の心身にほどこされている陰陽も、清潔な妖しさをともなって変転しそうである。女の幽門をさぐろうとすれば、そこに自身が埋没しそうになるのではないか。女の幽美さに翻弄《ほんろう》される自身をさらすことは、維《い》を哀しませる。まず、そうおもったのである。

つぎにおもったことは、田焦とおなじように、この女は、

「呂氏の行状について密《ひそ》かに報《しら》せよ」

と、陶侯にいいつけられてきたのではないか、ということである。これが邪推であろうとなかろうと、茜は自家の外に移したほうがよい、と速断した。

「貴門の女がなにゆえ隷人になったのか、と考えたのです。戦地で捕虜になったというより、父兄の罪に連座したからでしょう」

「たぶん、そうです」

田焦は同意をしめした。

女が戦火に追われ、秦兵に捕らえられて陵辱《りょうじょく》されたのであれば、もうすこし居ずまいにくずれがあってもよい。が、茜はまだ守るべき自分をもっているようで、悲惨な過去があるにせよ、暴力にしいたげられたとおもわれるなげやりさはない。田焦にもそれはわかる。

「茜はたぶん学問に関心がある。賈市《こし》については、どこかで軽蔑しているでしょう。田焦どのに仕えれば、素直に日々をすごせます」

「学問に関心があるなら、黄先生におあずけしたほうがよいのに、呂氏はあえてそうしなかった。そのわけは――」

「一言でいえば、婉麗《えんれい》な隷人は家中に波風を立たせます。あなたはまだ妻帯していない。それに、人のうわべの美醜に心を動かされない。偏愛《へんあい》もない。あえていえば、人ばかりを愛さず、草木も土も愛している。茜は聡明であるようにみえますが、心の宏《ひろ》さはどうでしょうか。あなたという宏器《こうき》に接することで、人の大きさを知ってもらい、怨恨を秘めているにちがいない茜の心の闇を破らせたいのです」

「これは、おどろいた」

「あなたをおどろかすようなことをいいましたか」

「はは、呂氏は美女に弱いということです」

「その通りです」

呂不韋はみじかく苦笑した。

「花にこだわってはなりませんよ。花の先に実《み》を看るべきです」

「茜はまだ花ともいえない。わたしでは実を結ぶまで育てられない」

「呂氏は――」

と、いった田焦はいちど口をつぐみ、それから、

「賈人にしては、仁義が篤すぎる。茜のような美少女を意のままにあつかえるとわかれば、ふつうの賈人は、まず利用ということを考えます。高く売れないか、とも考えるでしょう。隷人を人とみず、物とみる。非情なものです。愛情の手で人を掘りさげるような癖をもつ人は、賈市にはむかず、為政にむいています。呂氏が貴門に生まれなかったことは、天下の損失でしょう。惜しいことです。あなたがどこかの国の王族のひとりであれば、孟嘗君《もうしょうくん》に比肩することができたでしょうに」

と、いい、呂不韋におどろきをあたえた。

——たいした賈人にはなれそうもない。

田焦のいう通りかもしれない。呂不韋自身には利への執着がない。賈人として大成しても、孫《そん》先生が称《ほ》めてくれるであろうか。この不安は、ぬぐい去れないものである。

「花に目を奪われないように、こころがけます。それを賈人としての第一歩とします」

「失礼なことを、いいました」

「いや、箴言《しんげん》は、黄金にまさる。一生の宝となります」

と、軽く頭をさげた。

「ところで、この菽のことで、再度うかがうことになるかもしれません」

田焦邸をでた呂不韋はその足で黄外に挨拶に行った。心が軽い。荷物を田焦邸でおろした感じである。黄外に歓迎された呂不韋は、晴れやかな表情で長時間語り、食事をともにしてから、陀方《たほう》邸へもどった。夜、帰宅した陀方に新種の菽をみせた。

「衛《えい》の民にも栽培させたいのです」

農業の秘法を無償で提供するのであるから、陶の好意を衛にみせたことになり、衛と結びつくきっかけになりうる。衛とひそかに結べば、陶としては河水《かすい》沿岸の経略を有利にすすめることができる。

「衛が魏《ぎ》の与国《よこく》であっては、陶侯はお困りになりませんか」

「呂氏――」

陀方は瞠目《どうもく》した。魏冄の内意にある方向は、まさに河水沿岸の要地を取るということであり、大きな懸念は、衛が魏のためにそのあたりの交通を遮断するということである。秦にとって衛が障壁《しょうへき》になると、取った要地を半分も活用することができなくなる。衛の帰趨《きすう》があきらかにならないかぎり、魏冄としては策戦の立てようがない。

「菽で衛を釣るのか」

「衛の公室は魏から離れたがっています。が、強国の後ろ楯がなければ、離れられません。そこから先は、わたしの手に負えることではありません」

「わかった。なんじが濮陽にもどるとき、この菽の栽培を指導することができる者と、衛の要人に接触する者を付けよう」

「わたしはいったん濮陽に帰ったあと、穣《じょう》へゆきます。どなたをおたずねすればよろしいですか」

「葉芃《しょうほう》に会え」

呂不韋はこの年をふくめて三年間諸国をかけずりまわることになる。

時勢の人

一

呂不韋《りょふい》は、陶《とう》を出発するまえに、渠水《きょすい》をつぶさにみた。

——鄭国《ていこく》という水工《すいこう》はぬかりのない仕事をした。

一目瞭然である。韓人《かんひと》はずるがしこいといわれるが、鄭国のおこなった工事は誠実さそのものであった。また、あちこちに創意工夫がみうけられる。かれを推薦した呂不韋はひそかに誇りをおぼえた。

陀方《たほう》邸にもどった呂不韋は、ふたたび外出して、官府へゆき、諸司《しょし》に面会した。呂不韋は魏丹《ぎぜん》に認められた唯一の賈人《こじん》であるから、役人の応対もおろそかではない。

それから呂不韋は田焦《でんしょう》邸の門をくぐった。新種の菽《まめ》の栽培を衛《えい》で指導する者は、田焦の弟子の、

「華佶《かきつ》」

という者であると役人からきかされた。その華佶にも会っておきたい。

「田先生はすぐにお帰りになります。どうぞ、こちらに――」

と、案内してくれたのが茜《せん》であったので、呂不韋は妙な気分になった。茜の表情に生気がもどっている。自分の佼《うつく》しさにうぬぼれず、秘蔵しているものをけっしてむきだしにしそうもない茜の心身の居ずまいのよさに、あらためて打たれるおもいがした。

――わたしはこういう女《ひと》に弱い。

呂不韋はおのれを嗤《わら》った。

退室しようとした茜は、たちどまり、揖《ゆう》の礼をして、

「ひとつ、おうかがいしてよろしいでしょうか」

と、いった。固さのとれた声であった。

「どうぞ――」

呂不韋は膝をまわして茜を直視した。微光のなかで端座している呂不韋は、むしろ翳《かげ》の多い容貌《ようぼう》であったにもかかわらず、茜にはまぶしくみえた。

「わたしは、いつ、あなたさまのもとにもどれるのでしょうか」

意外なことをきかされたおもいの呂不韋は、しかしおどろきをみせず、

「田先生に何と言われましたか」

と、おだやかにきいた。

「あなたさまの事業は拡大するので、かならず人が足りなくなる、そのとき、奥むきではなく、表むきのことで、わたしはあなたさまの手足となる、と田先生はおっしゃいました」

これも意外であった。だが、

——鮮芳《せんほう》の例がある。

と、呂不韋はおもった。冥《めい》氏は鮮芳に商売をまかせて悠々と暮らしているではないか。女には商才がないといいきれない。

「賈市《こし》について知っていますか」

「まったく存じません」

茜は自分を飾るようなことをいわない。

「にもかかわらず、田先生はそう予言なさった。たしかに自分の運命は自分ではわからない。が、他人《ひと》の運命については、わかるときがある。あなたにせよ、わたしにせよ、そうなるか、ならぬか、楽しみに歳月をすごしましょう」

呂不韋は毅然《きぜん》としたいいかたをした。

「はい……」

茜はうなだれて、きびすをめぐらした。

しばらくすると、田焦が華佶をともなってあらわれた。華佶は頭髪に白いものがあるものの、四十代であろう。面皮にきわだった衰えはない。かれは慈光苑《じこうえん》にいた民ではなく、黄外《こうがい》の農学に関心があって、魏《ぎ》から聴講にきてそのまま陶に住みついた男である。

「父祖は宋人《そうひと》です」

と、華佶はいった。ただし宋という国はもはやない。性格に悪癖をもっている人ではないとみた呂不韋は、新種の菽について二、三の質問をしてから、

「明朝、発《た》ちます」

と、いった。新種の菽は華佶によってもちこまれたものであることがわかった。

華佶が退室したあと、呂不韋は田焦に、

「茜はあなたの妻にふさわしいとおもったのだが……」

と、苦笑をまじえていった。田焦は目に笑いを灯《とも》した。

「わたしは明年、三十歳になって、結婚します。むろん妻にするのは茜ではない。

茜の眼中には呂氏しかいない。それくらいは、わたしにもわかります」

呂不韋にはわからぬことであった。

陀方邸にもどった呂不韋は、夕《よる》、陀方から、衛まで同行するのは向夷《きょうい》である、ときかされた。

「おどろきました」

たしかに向夷は呂不韋とともに楚《そ》へ行った。そのときみごとに使命をはたしたとはいえ、かれはどちらかといえば武人で、しかも人への好悪《こうお》がはっきりしていて、外交のような表裏がさだかでない面でねばりづよさを発揮する性質をもっていないように呂不韋には感じられた。

「呂氏よ、あの男は、変わった。成長したといってよい。呂氏が田焦のいのちを救ったことが大いなる衝撃となったようだ。いまでは田焦と昵交《じっこう》している」

「そうでしたか」

おそらく向夷は陀方の配下として多くの人を斬ってきた。陀方はいまでは血なまぐささから遠いところに温顔をすえているが、血河をずぶとく渡ってきた男である。だが、陀方の人格に崩れがないのは、行動の主題を主君と国家のためという一点においたせいで、私欲に爛《ただ》れることがなかったからである。向夷はいちど自分を棄てたとおもわれる昏《くら》さをもっていたが、呂不韋とともに行動しているあいだに、新生の呼吸を得たようである。

「ところで、旬《じゅん》の姿がみえませんが、やはり……」

と、呂不韋はいった。

「その、やはりよ。太子の使者が再三来駕《らいが》しては、おことわりするわけにはいかぬ。すでに旬は大梁《たいりょう》にいる」

陀方の語気が弱くなった。かれはそれ以上のことをいわなかったが、陀方の長子は旬にひとかたならず目をかけていた。かれは弟を太子に奪われたような気分になっているであろう。陀方は親として子の心情がわかるだけに、多少のやるせなさを感じている。

「旬を、どう観《み》ておられましたか」

あえて呂不韋はきいた。呂不韋はながいあいだ旬を観察する機会をうしなっていた。旬については、陀方のほうがよく知っているであろう。

「ふむ、旬は、家族の危険を知って、他人に救助を求めるために、雨下の山野を奔《はし》ったように、胆力と気力にすぐれたものがある。さらに情が篤《あつ》い。いわば仁孝《じんこう》をあわせもっている。ただし人への好悪を晦《くら》ますことができないので、成人となったあと、敵をもつかもしれない。が、介居《かいきょ》するほど器量は狭くない。良臣になろう」

呂不韋は小さくうなずいた。

「太子が次代の王になれば、旬は側近として、当然のことながら、権力をもちます。それでも良臣でいられましょうか」

「そこまでは、わからぬ。後宮における袿《けい》どのの地位しだいということもある。王の寵愛が袿どのから離れれば、ねじれが旬に生ずるかもしれぬ」

陀方の観測は冷静でしかも正確である。

袿と旬という姉弟に共通していることは、感性が豊かであるがゆえに傷つきやすさをもっているということである、と呂不韋はおもっている。争いは閨門《けいもん》の内にもあり、君側《くんそく》にもあるので、そういう闘争の場裡《じょうり》にふたりを投げこみたくなかったというのが呂不韋の真情である。が、現実は呂不韋の希《ねが》いを蹂《ふ》みつけたむこうにある。

夜が明ければ、出発である。

まず、舟に乗り、対岸に渡る。

向夷のほうがさきに津《みなと》にきていた。かれの従者は五、六人であり、そのなかに華信がいた。よくみると、ともに楚へ行った平太《へいたい》もいた。平太は向夷の家臣になったらしい。

「長刀がみあたりませんね」

と、いきなり呂不韋はいった。向夷は苦笑して、

「皮肉はよせ」

と、みじかくいって舟に乗りこんだ。それから手招きをした。おなじ舟に乗れ、と呂不韋にいったのである。舟中で向夷は、

「あれは、みな、なんじの従者か」

と、あきれたようにいった。呂不韋の従者は急にふえた。なにしろ下賜《かし》された隷《れい》人《じん》が、呂不韋家の僕婢《ぼくひ》になったのであり、それに維《い》や雉《ち》の家族などをくわえると、呂不韋をかこむ集団は貧弱どころか、呂不韋のありようはすでに大賈《たいこ》の盛栄そのものであった。

「いまは虚勢を張るしかありません」

と、呂不韋は向夷にむかって笑った。

対岸に着いてから呂不韋は隷人のひとりに御《ぎょ》をさせた。名は、

「竿《かん》」

と、いうが、かれが本名を告げたかどうかはわからない。呂不韋よりあきらかに

年齢が上であるこの男の生国は、なんと陬遠《すうえん》の蜀《しょく》であるという。むろん蜀という国ももはやない。蜀が秦《しん》の一郡（蜀郡）になったのは十一年前である。男の隷人のなかで、竿だけが独特なふんいきをもっていた。昏《くら》い重厚さがあるといってよいか、あるいは堅忍を感じさせる勁《つよ》いものをあえて鲁《にぶ》さでくるんでいるというか、この男の表皮を一皮、二皮と剝《は》いでゆくと、おもいがけない俊哲《しゅんてつ》がほとばしりそうである。

呂不韋は蜀の方言を知らないが、竿がときどき発することばをきいていると、楚のなまりがあるように感じられた。

北へすすんで濮水《ぼくすい》にさしかかったとき、突然、呂不韋は隷人たちを集めた。

「あらかじめいっておく。三年間、わが家で働いたら、奴隷の身分から解放する。それからはどこへゆこうと随意だが、わが家に残る者は、家人としてあつかう」

呂不韋は隷人たちの反応をたしかめもせず、舟に乗りこんだ。舟中で竿を近づけ、

「あなたは蜀の貴門の子弟であろう。あるいは、蜀王の末裔《まつえい》か。わたしはよけいな穿鑿《せんさく》はしない。蜀へもどりたかったら、ここから去ってもよい」

と、低い声でいった。竿の目は、底光りがした。袂《たもと》のなかに手をいれた呂不韋は、紗羅《さら》でくるんだ十金を竿の膝もとにすすめた。

「これは旅費です」

竿は目を落として考えこんだ。しばらく微動だにしなかった。やがてその黄金をつかみ、

「御恩は忘れません」

と、烈しく目をあげ、舟からおりると、一礼して去った。その後姿をみかけた眕《しん》は、首をひねって、

「あれは、どうしたのですか」

と、きいた。呂不韋はおだやかに微笑した。

「内密の仕事をいいつけたのです。眕よ、御をたのむ」

呂不韋はなにごともなかったように、車中で維と歓談をはじめた。

二

呂不韋《りょふい》の家は完成していた。

大廈《たいか》といってよい。

呂不韋を笑顔で迎えた鮮乙《せんいつ》は、にわかにふえた僕婢《ぼくひ》をみて、どうしたのです、とも問わずに、その笑顔に翳《かげ》のない苦《にが》みをくわえた。

呂不韋は客室を三棟つくらせた。食客をかかえるわけでもない賈人《こじん》にしては分《ぶん》に過ぎることかもしれないが、

――こういうむだが、いつか活《い》きるのだ。

と、孟嘗君《もうしょうくん》のありようをみてきた呂不韋は信じている。げんに向夷《きょうい》と華佶《かきつ》は、その客室の最初の客となる。だが、鮮乙は、

「すでに、客人がいます」

と、意外なことを告げた。

「客人――」

「申欠《しんけつ》とおっしゃるかたです。主の客人とみましたが、ちがいますか」

「あの男が、きたのか……。おお、客よ、よく気づかってくれた」

河水《かすい》の津《みなと》でいのちを売っていた申欠に、呂不韋は黄金を渡した。その後の申欠について、まったく気にしていなかったわけではないが、あえて忘れることにしていた。

「どんな顔をしてはいってきた」

「ためらわず、はいってきました。顔は、すこし暗かった、とおもいます」

「そうか……」

あの黄金が活用されなかったのではないか、と呂不韋は感じた。

「ところで、わたしはどんな顔をしてはいってきた」

「百金を賜った、と、ありありと顔に書かれていました」

「わたしは正直者だな」

哄笑《こうしょう》した呂不韋は客室にいそいだ。が、申欠は外出したらしく、かれの姿をみつけることができなかったので、いそいで旅装をぬぎすて、髪を洗ってから、市長に会いに行った。市長に菽《まめ》をあずけて、帰宅した呂不韋は、ようやく申欠の顔をみた。

「あの黄金は、死にましたか」

「ふむ、恩人の娘を救うことはできなかったが、わたしは涸渇《こかつ》をまぬかれた。黄金を返しにきたのではないということは、呂氏に仕えるためにきたのだ」

呂不韋はわずかに手を挙げた。

「黄金を返してくれ、とは、申さなかったはずですが」

「わかっている。が、わたしはうけとった黄金を返さなくてもよいほど呂氏に親しくない。それゆえ、借りたものは返す。黄金はもはや手もとにないので、呂氏の下で働くことにした」

「そうですか……」

すこし考えた呂不韋は、

「では、こうしましょう。あなたは人の三倍ほど早く往来することができる。その技術を、まず、四、五人に教えてくれませんか。わたしの商売のやりかたでは、情報の早さと正確さとが重要です。その四、五人については、あなたが選べばよい。わが家にふさわしい者がいなければ、衛《えい》の国内をさがし、趙《ちょう》や陶《とう》からつれてきてもかまわない。あなたの郷里の者でもよい」

と、いった。ゆくゆく呂不韋は天下に情報網を敷きたいのである。

「呂氏は、孟嘗君のまねをするのか」

「良いことはまねても、恥ではありません」

「それは、そうだ」

申欠は幽《ほの》かに笑った。呂不韋は鮮乙を呼んだ。申欠の配下は濮陽《ぼくよう》で常勤するわけではないので、情報を運んできたとき、申欠の配下であるというしるしを確認する必要がある。

「割り符は、だめだ」

と、申欠はいった。人に奪われる物を使用しないほうがよい。申欠は、配下にはすべて申の姓をあたえ、名のかわりに数字をつける、とおもしろいことをいった。

「申一、申二、申三、申四――」

と、いうふうになる。さらに名に陽数（奇数）をもつものの生国は、嘗《しょう》、で、陰数（偶数）をもつものの生国は、薛《せつ》、ということにしておく。

「かならず生国を問うてもらいたい。わたしの配下になった者は、呂氏と鮮氏の顔を知らない」

「やってもらえるとなれば、あなた専用の馬車を用意させます。鮮乙から三十金をうけとってください。三月後に、わたしは穰《じょう》にいますので、そこで会いましょう」

「明日から、仕事か。呂氏は孟嘗君より人使いが荒い」

翌朝、申欠は客室から消えた。

それから三日後の夕《よる》、市長とともに衛の農政担当官が呂不韋の家を密訪した。来訪者はそれだけではなく、おどろくべきことに、宰相である殷順且《いんじゅんしょ》が微服で同行してきた。

殷順且は宮中から華美を追放した男であるだけに、自身も美服と美膳とを嗜《この》まず、質を重んじた生活をしており、正妻のほかに妾《しょう》がいないわけではないが、後室の者の装飾を禁じていた。かれは着席するや、呂不韋にむかって、

「わたしのことを、今後、商正《しょうせい》とよんでもらいたい」

と、いった。氏名を隠しておきたいのであろう。殷は、古昔《こせき》、商とよばれていた天下王朝の名称であり、正は、長官の意味をもち、卿《けい》に通ずる。

「かしこまりました」

会談のために席をつくり、向夷と華佶とを衛の要人に会わせれば、呂不韋の仕事は終わりである。同席する必要はない。

その会談は深夜までつづいた。

殷順且は来訪したときに、

「われわれをもてなす気づかいは無用である」

と、いったので、呂不韋は饋薦《きせん》をひかえた。それでも気になったので、維《い》をつかって会談のようすをさぐらせたが、殷順且からいちども酒肴《しゅこう》を要求されなかった。

――殷氏は食言《しょくげん》をしない人だ。

と、呂不韋は感心した。殷順且は信頼してよい人物である。

会談を終えた殷順且は、疲れもみせず、

「面倒をかけた」

と、みじかくいっただけで、すみやかに去った。おくれて退室した市長は、会談

の内容をすこし暗示することをいい、農政担当官とともに馬車に乗った。その馬車を見送った呂不韋は、客室にゆき、

「端緒は、とらえましたか」

と、向夷にきいた。

「端緒をとらえたのは、なんじよ。わしはそれをたぐり寄せねばならぬ」

「手ごたえはどうです」

「あったというべきか。つぎは、陀方《たほう》どのが濮陽にくることになろう。とにかく華氏は濮陽に残って、菽《まめ》の栽培のしかたを教えることになった。明後日、華氏はむこうが用意してくれた舎《いえ》に移る。わしは明日帰る」

向夷の口ぶりはすっきりしないが、なんのことはない、かれは使命をはたしたのである。

長刀を損《す》てた向夷は、かつてはみえなかったものが、みえるようになったのであろう。一言でいえば、人がみえるようになった。もっといえば、武器を保持しないおのれの弱さを通して、人の弱さに同情し、あわれむ心をもった。知恵とは、弱者から生ずるものである。人を殺す長刀が、おのれと他人とを同時に活かす知恵にかわった。そういえるのではないか。

——そういうふうに向夷をかえたのは、何であるのか。

と、問いたいところであるが、呂不韋は口をひらかなかった。人は突然かわるときがある。突然かわったと他人の目にはうつるが、実際は、そうではないのかもしれない。が、偉くなる者は、突然人がかわったとみえるときをもつ。それだけはたしかである。

三

濮陽《ぼくよう》では小さなとりひきがすでにはじまっていたので、その進捗《しんちょく》をみとどけてから、呂不韋《りょふい》は穣《じょう》にむかって出発した。

従者は眕《しん》のほかに数人いる。呂不韋は眕にも馬車をあたえ、御《ぎょ》は、あらたに家人となった者にさせた。

——陳《ちん》をのぞいてゆこう。

楚《そ》の北辺の城邑《じょうゆう》であった陳は、もとは陳という国の首都であったのだから、けっして規模は小さくない。いまや楚の首都である。ただしこの首都はずいぶん魏《ぎ》の国に近い。

秦《しん》軍が魏を攻めているらしいが、呂不韋がすすむ道は戦火から遠く、やがて静かに秋の色に染まる景色であった。

――西忠《せいちゅう》家はどうなったか。

その陳の大賈《たいこ》の家は宮殿のようであったという憶《おも》いがある。陳は秦軍に攻められなかったので、当然都内に戦禍《せんか》のあとはなく、昔通りの光景が呂不韋の視界にあった。西忠家もなんらかわりなく立っていたが、わずかに陰気な感じがした。呂不韋は門をたたいて、

「西氏にお目にかかりたい。濮陽の呂不韋という者です」

と、いった。わきにある小門がひらかれた。

「主は静養中ですので、どなたにもお会いしません。おひきとりください」

門扉はすぐに閉じられた。

――西忠どのは罹病《りびょう》したのか。

そういうこともあって家が昏《くら》くみえたのであろう。

呂不韋は西忠と組んで商売をするつもりはない。むしろ西忠は呂不韋にとって商売上の敵となるであろう。ただし挨拶だけはしておきたいとおもったのだが、それがゆるされなければしかたがない。

「黄《こう》氏の邸《いえ》をさがしてくれ」

と、呂不韋は従者にいった。黄歇《こうけつ》は頃襄《けいじょう》王の重臣であるから、王宮に近いところに住んでいるはずである。が、黄歇の邸はおもいがけなく王宮からはなれているらしい。

「わかったか」

と、いったものの、呂不韋の表情は冴えない。

――黄氏の家宰《かさい》にいやな目にあわされた。

あの家宰がいるかぎり、黄歇に気持ちよく面会することができない。

「眇よ、黄氏の邸へゆき、濮陽で賈人《こじん》となった呂不韋が御挨拶にまいりました、といい、お会いくださいますか、ときいてくるのだ」

そういいつけた呂不韋は、従者とともに、旅行者を泊めている民家にはいった。

馬車で往復した眇は、

「黄氏のお帰りが遅くなるので、あらためて返辞をする、ということでした」

と、いった。

「なんじが会ったのは、偏屈な老人か」

「ちがいます。若くて感じのよい臣でした」

家宰がいきなり他邦の賈人の使用人に会うとはおもわれないので、応接にでたその家臣は賤臣であろう。

「たいそう大きな廈《いえ》でした」

権門《けんもん》そのものといってよい。黄歇がいかに楚王に信頼されているかが、それだけでもわかる、と昣はいった。

富貴を得れば、それにふさわしい美観のなかに衣食住をおきなおすというのが楚《そ》人《ひと》である。権貴がませばますほど、自身と周辺から装飾をけずりとるような、逆な表現をする者は楚人にはいない。目にうつるものがすべてであるとするところに、楚人の精神の浅さがあり、玄理《げんり》をさぐる必要のない生きかたを継承してきたがゆえに、この国には哲学者が育たなかった。

じつは政治と外交にも玄妙さが要《い》る。そのあたりを自得《じとく》する風土をもたない楚は、もっとも単純な権益の表現である武力に国の軸をすえてきたがゆえに、国家としての奥ゆきのなさを露呈するかたちとなり、自国をうわまわる武力によってもろくも敗亡の道においやられた。楚の国力のありかたが偏奇《へんき》であり平面的であった。それは楚人の精神のありかたと無関係ではない。かつての楚人は、文化、ということもわからなかったであろう。文化が、国力の偏奇を匡《ただ》し、国としての奥ゆきをつくる、とは、夢にもおもわなかったにちがいない。文化についていえば、秦にも文化はない。呂不韋にとって、それが怖い。今日の楚が明日の秦になりうるのである。無益、あるいは無用の真の意味がわからないところに、文化はない、といってよい。ひるがえって、呂不韋自身の商売も、利を追いつづけると利によって滅ぼされる。

他者を批判したことばは、かならずおのれにかえってくる。黄歇を批判する心が働いたことは、おのれに驕夸《きょうこ》が生じたことにならないか。人を批判して平然としていられるのは、ほんとうに何ももたない庶民にだけゆるされることである。呂不韋はすでに財をもっている。

――門前払いでなかっただけ、ましか。

呂不韋は胸裡《きょうり》に浮かんでいた苦笑をうち消した。夜が明けたら、穣へむかって発《た》つつもりでいた。

ところが、夜中、呂不韋は起こされた。

黄歇の使者がこの宿にやってきたのである。使者は、昼間に畛を応接した若い家臣であった。夜になって帰宅した黄歇は、臣下の報告のなかに呂不韋の名があったのでおどろき、

「すぐに招きたい」

と、いったという。

「いまから、ですか」

「ご迷惑でなければ――」

従者のかたがたも、どうぞ、ごいっしょに」

そういわれて、この主従は深夜に宿をでることになった。ねむい目をこすっていた宿の主人は、黄歇の家臣から渡された金貨をみるや、忽然《こつぜん》とねむ気が飛んだようであった。

月下にある邸は、なるほど大廈《たいか》であった。

黄歇は客を養うことを好むらしく、邸内に百人ほどの食客が起居しているという。孟嘗君《もうしょうくん》の食客は数千人であったから、黄歇の食客の数はとてもそれにはおよばないが、それでも大きな封地《ほうち》をもたぬ身で客を養っているところに、黄歇の度量の広さと覇気《はき》とがうかがえる。

黄歇は席を設けて待っていた。

「よくきてくれた。臣下に非礼があったら、宥《ゆる》してもらいたい」

はつらつたる声である。

――昌盛《しょうせい》する者の声とは、これだ。

と、呂不韋は痛感した。

「まえもってお報《しら》せしない手前にこそ、非礼があります」

「そういってくれるか。なんじはいっそう佳《よ》い男になったな。賈《こ》をはじめたのか」

「おそれいります。濮陽に居を構えました」

「なんじの従者……、名は……、何といったか」

「鮮乙《せんいつ》でございますか」

「その者は、黄金をとりにこなくなった。ここに五十鎰《いつ》ある。それで残金はまちがいないか」

楚の危急存亡のときをへて、遷都、反撃など頃襄王の近臣としてなすべきことが山ほどあったにちがいないのに、そういう些細《ささい》なことをよくも忘れなかったものである。

「まちがいございません。いま鮮乙は濮陽にあって、わたしの右腕として大いに働いてくれています。この黄金は、かならず鮮乙に渡します。感謝申し上げます」

「なんじと話しあいたい、といいたいところであるが、もはや深夜だ。明晩にしよう。ゆっくり休んでくれ」

さっと黄歇は退室した。

——この人が楚をささえるのだ。

予感というより、実感であった。黄歇から風雲さえ感じた。かれにくらべれば、魏冄《ぎぜん》や藺相如《りんしょうじょ》は穏々《おんおん》たる気でおおわれている。

——時勢が人を選んでゆく。

これも実感であった。藺相如がいるかぎり趙《ちょう》はかたむかないと感じたように、黄歇がいるかぎり楚は滅びないであろう。

翌日、呂不韋は邸内を歩いた。食客が住んでいる家屋もみた。食客にとって悪い待遇ではなさそうである。

——かれらを養ってゆくのは、たいへんなことだ。

中華において最初に食客をかかえたのはたれであろう。

「賓客《ひんかく》」

と、明記するかぎり、その賓客を厚遇したのは孟嘗君の父の靖郭君《せいかくくん》が最初の人であろう。が、靖郭君が斉《せい》の大臣として活躍していたころよりおよそ百五十年前に、晋《しん》の権門として諸侯にひとしい威勢を誇っていた趙鞅《ちょうおう》（簡子《かんし》）が、家臣とはべつに、のちに賓客とよばれるような人を当時かかえていたのではあるまいか。

賓客あるいは食客をかかえるのはよいが、かれらの心をつなぎとめるのは、予想以上にむずかしい。

夕方、帰宅した黄歇は、呂不韋を招いて、食事をともにした。酒がでるころに、呂不韋は濮陽に居をすえるまでの経緯と近況とを語った。呂不韋が魏冄の信頼を得ているると知った黄歇は、大いに関心をしめして、

「陶《とう》侯はいま魏を攻めている。将来、陶侯はどのように戦略を発展させてゆくとおもうか」

と、問うた。

「河水《かすい》沿岸の要地をつぎつぎにおさえることにより、魏を南北に分断し、河水より北にある魏の力を枯死させるでしょう。それに併行して、自国である陶を肥大させるために、あらたな策戦を陶より北の地で展開するのではありますまいか」

その策戦に衛《えい》がかかわりをもつ、とまで呂不韋はいわない。

「ふむ……。いま楚は、対岸の火災をながめているようなものだが、遠い火が突然川を越えて飛んでくることもありうる」

「陶侯の軍事には、予告があるのではありませんか」

「と、申すと」

黄歇はすこし首をかたむけた。

「楚を攻めるのであれば、そのまえに、問いをおこなうにひとしい兵のつかいかたをする」

問うて、答えがない、あるいは答えに不遜《ふそん》さがある場合、魏毋は敢然《かんぜん》とその国を攻める。呂不韋はそうみている。

「呂氏の着目《ちゃくもく》は、特異だな。ここだけの話だが、いま秦軍は長社《ちょうしゃ》を攻めている。魏の一邑で、韓《かん》との国境にきわめて近い。秦軍が長社を落とすことは、わが国への問いかな」

「陳から長社までは――」

「およそ二百七十里だ」

「ふつうの行軍で九日の距離ですね。急げば、五、六日です」

「そういうことだ」

「なるほど、陶侯は恐ろしい人です。この春には、秦軍が巻《けん》を攻めている、とききました。ところがいま、秦軍は長社を攻めている。巻も長社も、魏と韓の国境上にあるといってよい邑です。そういう邑を落としては、秦の兵と民とをつめこんでゆく。韓が秦に服従しなければできぬことです。服従しない魏を両断し、さらに南の魏を包囲するという戦略です。もっといえば、長社を取ってしまえば、そこに結集させた兵で、いつでも陳を急襲することができます」

「すると、長社攻めは、わが国への問いか」

長社は洧水《いすい》に近い。洧水は東南にながれくだって、陳の西方で潁水《えいすい》とあわさる。すなわち洧水にそって秦軍が南下すれば、楚としてはその軍を阻止しにくい。が、地形の険峻《けんしゅん》さの有無は国都の防衛にほとんどかかわりがない。国都は、人が守るのであり、山川が守ってくれるわけではない。郢《えい》の陥落を目《ま》のあたりにした黄歇にはそのおもいが強い。したがって秦軍の南下をくいとめるのは、国境に巨大な塞《とりで》を作って戍兵《じゅへい》を増強することが最善ではなく、国力の浪費につながらない外交でも可能である。

——陶侯の問いに答える用意をせねばなるまい。

黄歇は呂不韋と話すあいだに、ひとつの着想を得た。

太子の死

一

「いそぎ旅か」

と、黄歇《こうけつ》に問われた呂不韋《りょふい》が、ちがいます、と答えたことで、陳《ちん》に十日間も滞在することになった。

秋の風が吹きはじめた。

黄歇邸で起居しているあいだ、呂不韋は頻繁に食客の住宅をおとずれ、かれらと親しくなった。ひとりの食客は呂不韋が薛《せつ》の代舎《だいしゃ》にいたことを仄聞《そくぶん》して、

「まことか、まことか」

と、念をおした。食客たちにとって孟嘗君《もうしょうくん》から賓客《ひんかく》の待遇をうけることは奇蹟に近い。一生の誇りとなる。呂不韋はしずかに笑い、

「黄氏の客であったということも、羨望《せんぼう》の目でみられるときがきましょう」

と、いった。黄歇はまだ国政を左右する地位にはいないが、近い将来、そうなるのではないか。もしかすると時代を代表する英傑になるかもしれない。

「呂氏は目が高い。楚《そ》には、黄氏にまさる器量をそなえた人物はいない」

かつて楚は武門と武人しか尊重しなかったといってよい。黄歇のような柔軟性をもった才幹を必要としなかった。が、楚は弱者に顚落《てんらく》した。そうなってはじめて、国家を支える臣に質のちがう才能が要《い》るようになったのである。

むろん呂不韋は黄歇邸のなかにだけいたわけではなく、陳という都の内外をみた。また眕《しん》をつかって叔佐《しゅくさ》と高睟《こうすい》のことをききこませたが、明確な報告を得られなかった。やむなく呂不韋は家宰《かさい》に面会を求め、叔佐の所在について問うた。この家宰は、あの吝嗇家《りんしょくか》ではなく、ものごしにゆとりをもった壮年の人である。

「叔佐どのというと……、薛の公子ですか。正確にいえば、臣籍にはない人です。楚王の賓客といってよい。いまどこにおられるかは、明日、お答えします」

そういった家宰は、翌日、叔佐が陳にはいないことを呂不韋におしえた。

「彭城《ほうじょう》のほうにおられるようです。散らばった薛の旧臣を集め、薛の奪回を考えておられるようです。しかし、私見をいいますと、わが国はまだ安定しておらず、

ようで」

斉《せい》と魏《ぎ》を刺戟《しげき》するのは得策ではないので、当分そちらに兵をむけることはないでしょう」

この家宰の観測は正しいであろう。楚にとって、中原《ちゅうげん》における戦いに介入しないことが得策であり、そこに黄歇の腐心があると呂不韋はみている。叔佐に兵を貸しあたえて、薛を攻めさせるようなことをするはずがない。おそらく叔佐もそれを承知していながら、陳で無為の日々をすごすことができず、薛に近い彭城へでかけたのであろう。あえていえば、叔佐は生涯戦いを求めてさまようのではないか。高睟はその叔佐に随従しつづけ、けっきょく野で果てるのか。

——あのふたりは、何かにとらわれている。

ふたりは意のままに行動しているようにみえていながら、目にみえぬ大きな檻《おり》のなかで右往左往しているにすぎない。

——挙措《きょそ》は変《へん》に応じて窮《きわ》まらず。

王者とはそういうものだ、と師の孫子《そんし》（荀子《じゅんし》）に教えられた。人にはそれぞれこだわりがあり、そのこだわりを捨てて、変化してゆく現実や環境に順応してゆくことの、何とむずかしいことか。叔佐と高睟を蒙《くら》くとらわれた者として視《み》る呂不韋自身はどうなのか。自分のことを問うてもむだである。わかるはずがない。呂不韋は人の生きかたのむずかしさに直面したとき、孫子に際会《さいかい》したことがいかに大きかったか、を痛感する。ことばはそれほど大きな力をもっているのである。

陳をあとにするまえに、呂不韋はふたたび黄歇に招かれた。

「楚をみたであろう。どうおもうか」

「人々が必死に生きております。すくなくともあと十年は、災難に遭《あ》うことはありますまい」

人心によけいな欲望がない、と呂不韋は好感をもって楚人《そひと》をみた。しかしながら、この感じのよい緊張がいつまでつづくか。国家が富強をとりもどせば、人心にたるみが生ずるにちがいない。儒教の教えのなかに、

「貧困のなかにあって人を怨まずにいるのはむずかしいが、富裕を得て驕《おご》らないのはやさしい」

というものがある。楚人は、富裕を得ればかならず驕る。自制や謙遜《けんそん》などを知らずにきた国民なのである。

「あと十年とは、こころもとない。楚には、何が足りぬ」

「自浄《じじょう》ということ、それが不足していると存じます」

「自浄か……、たしかにな。さきの首都陥落により、権門《けんもん》がついえて、すこしは王

朝が清潔になった。が、他から加えられた力により、自身を匡《ただ》すのではなく、おのれの力でおのれを匡すことを、楚人はおこたってきた」

「国全体が客を養うことをお勧めします。かれらは国を浄化します」

「奇抜なことをいう」

黄歇は笑った。だが、かれは食客の重要さを知っている。食客は阿諛《あゆ》の集団ではない。むしろ批判の集団に化しやすい。批判者を内にもつということで、黄歇は正《せい》立《りつ》を保っていることができるのである。

笑いを斂《おさ》めたあと、しばらく黙っていた黄歇は、

「わしは陶《とう》侯に頭をさげようとおもう。いまがその時宜《じぎ》であるとおもうが、呂氏はどう考えるか」

と、しずかにいった。楚は威勢を挽回《ばんかい》した。ふたたび滅びそうになってから秦《しん》に平身低頭しても、まにあわない。秦に軽視されない国威を背景に、謙屈《けんくつ》をしめせば、秦はそれなりに楚を尊重し信頼するであろう。

「陶侯はいさぎよさをお好みになるので、その御決断は、まことに時宜を得たものだとおもわれます。しかし、楚人の性癖をおもいますと、それは至難のことではありますまいか」

黄歇がいったことは、黄歇自身が陶侯に頭をさげるだけではなく、楚王が秦王に頭をさげるということである。楚の重臣の大半がそういう屈辱に王をさらすことに異を立てるであろう。

「至難であっても不可能ではない。そうしなければ、十年後に、楚は滅亡してしまう。陶侯がおこなった予告を知りながら、何もせぬとあっては、忠肝《ちゅうかん》が廃《すた》れる。楚人は敵国に攻められてから、王のために死ねば、それが忠君だと勘ちがいしている。それでは王を護《まも》ることもできず、国のためにもならず、自身の死に満足して訖《おわ》る。わしはほんとうの忠勇とは何であるかを、楚人に知らしめたい。楚人の意識を改革したいのだ」

こういうことをいう黄歇は楚人としては特異であろう。

――黄氏は垂名《すいめい》の人になろう。

と、呂不韋は感じた。

「いまおっしゃったことは、わたしばかりでなく、天も聴いていたでしょう。言動が天を振《うご》かせば、かならず天祐《てんゆう》に遭います」

「よくぞいってくれた。呂氏は和氏《かし》の璧《へき》を拾ってわしを救ってくれたが、いままた和氏の璧におとらぬ玉声《ぎょくせい》を献じてくれた。礼をいう。楚の国内の通行に不便がかからぬようにしておいた。今後、いつでもわが家に立ち寄るがよい。わしが不在でも、家宰が呂氏を賓客としてもてなすであろう」

「かたじけなく存じます」

呂不韋は拝礼した。

好風《こうふう》に吹かれるようなおもいで陳を発《た》つことができた。和氏の璧を拾ったことが、たったそれだけのことが、おもいがけぬ道を啓《ひら》いたことは、まぎれもない。そうふりかえると、

——あの璧は、神の手によって、道に置かれていたのではないか。

とさえおもわれてくる。

呂不韋と従者は穰《じょう》へむかった。上蔡《じょうさい》から重丘《ちょうきゅう》へゆき、さらに西行して宛《えん》にはいり、南下して穰に到着した。この間、不快なことにいちども遭わなかった。

呂不韋の頭上に、旻天《びんてん》がひろがっている。

穰の郭門《かくもん》に呂不韋の馬車がさしかかった。すると笠をかぶった女が馬車に近づいてきた。

「わたしに用があるのか……」

この呂不韋のつぶやきをきいて御者《ぎょしゃ》は馬車を駐《と》めた。むろん車中からは女の顔は

みえない。女は笠をあげて呂不韋をみた。いわゆる美女ではないが、目鼻立ちにくずれのない女で、眼光に強さがあった。二十四、五歳であろう。

――ただものではないな。

と、呂不韋は心に緊張をもって女の目をみつめた。

「濮陽《ぼくよう》の呂氏でございますね」

「そうだが……」

「申一《しんいつ》でございます」

「あっ――」

この女は申欠《しんけつ》の配下なのか。虚《きょ》を衝《つ》かれたおもいの呂不韋は、すぐにことばをだすことができず、ようやく、

「生国はどこか」

と、問うた。

「嘗《しょう》でございます」

まちがいなくこの女は申欠の配下であり、間接的にだが呂不韋の家人ということになる。

「申欠は、穣にきているのか」

「いえ、主のおいいつけをはたすべく、飛びまわっています。代人としてわたしがまいりました」

「ははあ、そなたは申欠の妻だな」

「御高祭の通りです」

これからは飛柳《ひりゅう》とおよびください、と女はいった。

――飛柳か……。

殷《いん》（商《しょう》）の紂《ちゅう》王の重臣に飛廉《ひれん》という者がいたが、その飛は氏姓ではなかった。ただし飛廉の末裔《まつえい》に非子《ひし》という者がいた。飛廉は秦王の遠祖である。非子も秦王室で祀《まつ》られるべき先祖のひとりである。申欠の妻の飛は氏姓であるとはおもわれないが、家の始祖をしらべれば、秦王室の系統にゆきあたるかもしれない。

「馬車に乗るがよい」

呂不韋は飛柳をうしろの馬車に乗せた。

二

呂《りょ》氏の主従は旅舎《りょしゃ》に落ち着いた。

おどろいたことに、飛柳《ひりゅう》は鮮乙《せんいつ》からのことづけを呂不韋《りょふい》につたえた。飛柳は鮮乙に会ってから穣《じょう》にきたのである。

飛柳から渡された牘《とく》には、楚《そ》の産物の名がならべられている。それをみるや、呂不韋は苦笑した。

「毒蛇を欲している者がいるのか」

「薬にするのでしょう」

と、飛柳は表情をやわらげていった。

「なるほど、毒は薬になる。これは……、巫《ふ》山の山頂の石とある。何につかうのかな」

「巫山は巫祝《ふしゅく》が籠《こ》もった山なので、霊力があるのでしょう」

「そういう沽販《こはん》もあるのか」

笑いをまじえながら話しているうちに、飛柳の知識の豊富さに感心しはじめた呂不韋は、

――この女の才能を、使い走りに限定することはない。

と、おもいはじめた。しばらく身近に置いて賈市《こし》を学ばせたい。

翌日、呂不韋は葉芃《しょうほう》に会った。

「ああ、あなたが呂氏か」

葉芃はすでに魏冄《ぎぜん》からの通達をうけとっているという。

——出自の卑しくない人だ。

話しはじめると、すぐにそのことがわかった。かれは苦労をしなかったわけではないらしいが、話の内容も表情も陰翳《いんえい》が浅い。こういう人は独創にとぼしいので、世間を独歩するとたちまち風塵に埋没してしまうにちがいない。しかし堅牢な組織のなかではすごしやすい心の型をもっており、性格にいやみがないので、さほど下僚にきらわれない上司でいられるであろう。妹がいて、宣太后《せんたいこう》に仕えているということを、誇らしげに葉芃はいった。

「このような物を集めて、濮陽《ぼくよう》に送らねばなりません」

集荷すべき物の名と数量とを箇条書きにしてきた。その量と種類の多さに葉芃は目を見張った。

「邑内に倉庫を建てさせていただきたいのです」

「それは、こちらでする。いまから工事をはじめれば、年内に竣《お》わる」

穣が保有する労働力は豊富である。出荷のための農産物を念頭において田圃《でんぽ》を拡大することも容易である。穣という邑全体が商売をするようなものである。穣が集結しえない産物に関しては、呂不韋が配下をつかって集め、穣の倉庫に積んでおき、時機をみて濮陽に送ることになるであろう。輸送路は、なるべく川をつかいたい。自家の舟と筏《いかだ》を造らせているが、それでは足りない場合に、どうするか。問題は山積している。

連日、協議がおこなわれた。実務のための役人があらわれた会に、呂不韋は昣《しん》と飛柳とを出席させた。こまかなこともおろそかにしたくないので、

「わからぬことがあったら、恐れずに問え」

と、呂不韋はふたりにいった。拙速《せっそく》では、あとあとかならず双方が難《なん》を構えるようになる。秦《しん》は法の国である。双方が合意して決定し、契約したことは、かならず遂行されなければならない。

すべてが終わったのは、十日後である。

呂不韋は疲れをおぼえたが、のんびりと休息しているわけにはいかない。すぐに数人の従業員を募集した。呂不韋が面接してその数人を選び、昣と飛柳に属《つ》けた。

「倉庫は年内に建つ。求めている物をみつけたら、すぐにここに送るように手配してくれ」

と、呂不韋はふたりに金と馬車とをあたえた。呂不韋自身は穣の四隣をめぐった。

みなれない穀物をみつければ、農人に近づいて、種をわけてもらった。山中にもはいり、樹木や鳥獣を観察した。炭焼き小屋に泊まったこともある。

いちど穰にもどった呂不韋は、初冬の風に吹かれながら、河水《かすい》のほとりにむかい、舟人《しゅうじん》の長に面会して、話をつけてからふたたび穰にもどった。邑の外は晩冬の色である。

倉庫は完成していた。

なかをのぞくと、すでに産物が積まれていた。半月後に、飛柳がもどってきたので、

「まもなく荷がでる。それらは官物《かんぶつ》なので、いちど陶《とう》の倉庫にはいる。陶から濮陽へ運ぶ手配をするように鮮乙に報《しら》せよ」

と、呂不韋はいった。

「さっそく、発《た》ちます。主は、どうなさいますか」

「畛の帰着を待ち、こちらで集めた産物とともに、舟で濮陽に帰る」

「わかりました。では――」

飛柳が馬車で去った日は年末で、それから二十日後に、畛がもどってきた。荷のなかに石があるので、呂不韋は、

「巫山に登ったのか」

と、笑いながらきいた。

「巫祝のひとりにたのんで、とってきてもらいました。ですから、これがほんとうに巫山の山頂の石かどうかは、わかりません」

「その者を信ずるしかないか」

呂不韋が穣を発ったのは二月の上旬である。河水までの道順は、宛《えん》、魯陽《ろよう》、南《なん》梁《りょう》を経て河南《かなん》に到るというものであったから、道中、事件とよべるほどのものを目撃せず、苦難にも遭《あ》わなかった。というのは、かれが東寄りの道をとり、韓《かん》の首都を通ろうとしたら、韓都の北の華陽《かよう》で、趙《ちょう》と魏《ぎ》の大軍を遠望して、道をえらびなおさざるをえなくなっていたからである。戦国史のなかの大戦はすくなくないが、

「華陽の戦い」

と、よばれるものが、この年にある。

簡潔にいえば、こうである。

秦に国土をけずりとられてきた魏が、趙の助力を得て、大反攻をおこなったのである。二国の連合軍は韓に侵入して、華陽という邑を包囲した。このとき韓は秦の盟下にあるので、くりかえし秦に救援を訴願した。韓の面従腹背をにがにがしくお

もっていた魏冄は、その訴願をききながしていた。ところがあらたに韓からやってきた陳筮《ちんぜい》の機知のある言をきくや、すばやく援軍を発した。この援軍は八日で戦地に到着した。電撃戦といってよい。秦将は、白起《はくき》と胡傷《こしょう》であり、ふたりはやすやすと連合軍を撃破して、魏将の芒卯《ぼうぼう》を逐《お》った。連合軍の大敗であり、斬首された兵の数は十五万であった。恐れた魏は、秦に南陽《なんよう》をあたえて和睦《わぼく》にこぎつけた。ついでにいえば、秦が南陽郡を置いたのはこの年であるが、この郡は穰や宛などの邑をふくんだ郡であり、魏からさしだされた南陽、すなわち河水北岸ではない。また、巻《けん》、蔡陽《さいよう》、長社《ちょうしゃ》という魏の三邑を秦軍が攻め取ったのも、この年であるとされる。が、胡傷は前年から秦軍を魏の国内に展開させていたのではあるまいか。すなわち韓の要請をうけて魏冄は救援の軍を東行させたのであるが、自身で征《ゆ》くかわりに、白起を遣《や》り、すでに魏にいる胡傷の軍と合流させたのであろう。

ここで特記しておかねばならぬことがある。

楚の黄歇《こうけつ》の働きである。

かれは危機意識を濃厚にもっていた。それゆえ、秦を憎みつづける頃襄王《けいじょう》をくりかえし説き、秦と和親する道をさぐるべく、楚を発って秦にむかった。秦都に到着したとき、すでに華陽における大勝の報が昭襄《しょうじょう》王のもとにとどけられ、魏冄と

のあいだに、

——白起に楚を攻めさせよう。

という籌画《ちゅうかく》がまとまりつつあった。それを仄聞《そくぶん》した黄歇は、

——なるほど、去年、陶侯はわが国に問うていたのか。

と、呂不韋の耳目のよさに感心すると同時に、心を寒くした。いまの楚は白起の一撃で滅亡してしまう。ここはどうしても秦王と陶侯の謀計を破却《はきゃく》しなければならない。そうおもった黄歇はさっそく昭襄王に書面をたてまつった。楚を攻めることが無益であり、楚との友誼《ゆうぎ》が巨利をもたらすことを、たくみに説いたのである。

——そうかもしれぬ。

昭襄王は白起の進軍を中止させ、楚と同盟する意向をしめした。黄歇がこのとき秦にいなかったら、楚は滅亡していたであろう。黄歇が楚を救ったことはまぎれもない。

秦と楚の同盟は成り、いったん楚に帰った黄歇は、翌年、太子元《げん》(または完《かん》)とともに再度秦へむかった。ふたりは盟約の保証というべき人質になって秦都で暮らすことになる。ふたりが帰国するのは、それから九年後のことである。

賈人《こじん》として奔走しはじめた呂不韋は、かなりあとになってそのことを知った。が、

呂不韋の関心は楚の国歩《こくほ》にはない。自身のことで必死であった。

「濮陽の呂氏」

が、賈市《こし》において盛名を馳《は》せるには、五年を要した。この五年間は、苦労の連続であったにもかかわらず、ふりかえってみたとき、高麗《こうれい》な歳月であったように呂不韋には感じられた。呂不韋の下にいた者も懸命に働き、家中は活気にあふれ、生活に雑念がなかった。

――純粋に生きた。

呂不韋は自分をそうみた。

栗《りつ》にまかせてある邯鄲《かんたん》の支店に盛業のきざしがあらわれるには、さらに一年を要した。栗の妻となった莘厘《しんりん》の内助の功が大きい、と呂不韋はおもっている。

華陽の戦いのあった年からかぞえて六年後に、呂不韋は三十二歳になった。この年に陶へ行った呂不韋は、陀方《たほう》からおもいがけないことを告げられた。

三

秦《しん》の太子外《がい》が魏《ぎ》で亡くなったという。次代の秦王が客死したのである。

「いまといたばかりの訃報《ふほう》だ」

と、陀方《たほう》は昏《くら》い表情でいった。凶《わる》い予感が呂不韋《りょふい》の胸のなかをはしった。

「袿《けい》と旬《じゅん》はどうなりましたか。まさか——」

まさか、といったのは、殉死させられたのではあるまいか、と胸騒ぎがしたからである。王侯はもっとも愛した者たちをひきつれて黄泉《こうせん》へ旅立つことはめずらしくない。袿と旬が太子の恵愛をうけたのであれば、冥界でも扈従《こしょう》せざるをえない。

「ふむ……、太子に仕えていた者がどうなったのかは、まだわかっていない。が、太子は異邦の地で亡くなったのだから、そこで埋葬されるはずはなく、遺骸は秦にかえされるはずだ」

「帰葬ということですね」

当然、喪主は太子の子ということになるが、実際に葬儀をおこなうのは父の昭《しょう》襄《じょう》王である。そのとき昭襄王が太子の愛妾《あいしょう》や側近を殉死させるとは考えにくい。ただし太子を慕う袿と旬が自分の意志で殉死するということはありうる。とにかくその姉弟の前途がいきなり闇で閉ざされたように感じた呂不韋は心に痛みをおぼえた。

しかしながら、この太子の死が、まさか自分の命運にかかわりをもつことになるとは、さすがの呂不韋も予見することができなかった。

顔を曇らせている陀方の懸念はべつなところにもある。

秦王室は正統な嗣人《しじん》を喪《うしな》ったのである。これから昭襄王は自分の子のなかから、あらたに太子を選ばなくてはならない。立太子《りったいし》、は国家の大事である。これまで昭襄王は国家の命運を左右する重大事に関しては、かならず宣太后《せんたいこう》と魏冄《ぎぜん》の意見を聴いてきた。このたびもそうするであろう。宣太后と魏冄は公子のなかのたれを推薦するのか。この選択を謬《あやま》ると、盛栄のさなかにいる魏冄の将来に、不吉な影が射す。

いや、すでに魏冄の勢威に多少のかげりがある。

「秦王にとりいっている者がいる」

と、陀方は憂鬱そうにいった。呂不韋にとっては初耳であった。

「張儀《ちょうぎ》のごとき者がいるのですか」

この口調に深刻さはない。

昭襄王の父の恵文王《けいぶんおう》が秦王であったころ、連横《れんこう》の策を推進して天下に名をとどかせていたのが張儀である。かれは秦の出身ではなく、魏人《ぎひと》であり、無名の論客にすぎなかったが、秦に入国したあと恵文王の歓心を買って宰相の地位に昇った。その後、王族の台頭をおさえつつ、権柄《けんぺい》をにぎりつづけていたが、強引な性質がわざわいして、恵文王が崩御するや、群臣に憎まれ、秦を去った。

秦を安定させたのは、恵文王の弟の樗里子《ちょりし》であり、昭襄王の叔父の魏冄であることをおもえば、異邦出身の権臣の力は秦には根づかない。張儀のごとき者があらわれても、魏冄はおびやかされないであろう。

「張儀か……、なるほど、その者も、魏人だ。ただし張儀より賢い。群臣に憎まれぬような立ち居《たい》をしている」

「ほう……」

「張祿《ちょうろく》という氏名だが、どうも偽名くさい。つまり、えたいが知れない」

張祿とは、范雎《はんしょ》のことであるが、この学者肌の才人の本名を知っているのは、この時点では、昭襄王のほかに二、三の王臣しかいない。不透明な過去をもっている、この張祿が、魏冄の目のとどかぬところで、昭襄王に知恵をつけている、と陀方はいう。証拠はないが、張祿は、魏冄の東方経略の一環としておこなわれた戦いを、痛烈に批判したらしい。

三年前に、秦は東方に軍を進め、剛《ごう》（または綱《こう》）と寿《じゅ》という二邑を取った。二邑はただちに魏冄に与えられた。この二邑はいずれも汶水《ぶんすい》のほとりにあり、陶《とう》から遠くはなく、舟をつかって往来することができるため、剛、寿、陶は水路で結ばれた。

それを知った張祿は昭襄王に内謁《ないえつ》して、

——かの穰《じょう》侯、韓《かん》、魏を越えて斉《せい》の綱、寿を攻むるは、計《けい》に非《あら》ざるなり。

と、いったようである。

「昨年、秦軍は魏の懐《かい》という邑を落としたが、あの策戦は、わが君のあずかり知らぬところで立てられた。おそらく張祿の献策であろう」

と、陀方は不快げにいった。

「そうでしたか」

と、呂不韋はいったものの、すくなからぬ政争をしのぎきって押しも押されもしない地位に登っている魏冄にとって、張祿という知名度の低い臣が政敵になるとはおもわれない。また、陀方の話をきいているうちに、理解に苦しむことにぶつかった。それは、なぜ斉の剛と寿を取ることが非計、すなわち悪い計画で、魏の懐を取ることが良計なのか、ということである。

むろんこの時点で、范雎の持説である、

「遠交近攻《えんこうきんこう》」

という策に、呂不韋の理解がとどくはずはない。魏冄はたしかに近交遠攻をおこなっていた。秦に近い韓と魏を服従させ、盟下において、遠い斉を攻める。斉が秦に帰属するようになれば、残る大国の趙《ちょう》はおのずと秦に屈する。魏冄が胸中に画《か》いていた天下経略の図とはそれである。

「あと二国をくだせば、天下王朝が樹立します」

というようなことを、魏冄は昭襄王に言上したであろう。歴史は魏冄の方途をしりぞけてしまうので、かれが構想した王朝は実現しなくなるが、実現していたら、中央の統制下にある郡県のほかに自治権をもつ国が混在するという、いわば西漢《せいかん》王朝期の支配体制の先駆的なものが確立し、短命に終わるような王朝にはならなかったかもしれない。

ちなみに秦が斉の剛と寿を攻めた年に、趙の閼与《あつよ》をも攻めている。閼与を取って邯鄲《かんたん》をおびやかすという戦略は、やはり魏冄の脳裡《のうり》からでたものにちがいない。しかしながらこの攻略は埒《らち》があかず、年を越して失敗に終わった。めずらしく秦軍は閼与において惨敗したのである。その失敗を批判せずに、斉を攻めたことを非難する張祿の狙いは、魏冄の逐斥《ちくせき》にあるのか。

魏冄が斉と趙の攻略を考えているときに、昭襄王の命令で秦軍が魏を攻めたのは、魏冄にとって心外というほかないであろう。

――張祿は、陶侯にとって、予想をうわまわる強力な政敵か。

陀方邸をあとにした呂不韋の胸中に靄《もや》が生じた。ここまで順調にきたのに、何かが頓挫《とんざ》しようとしている。そんな気分であった。

かれは陶にも家をもつようになっている。この家を守っているのは、茜《せん》である。茜は魏毋から下賜《かし》された隷人《れいじん》のひとりであったが、呂不韋は一考したのち、この佳人を田焦《でんしょう》にあずけた。ところが陶に家を建てたとき、祝辞を述べにきた田焦は、

「閨内《けいない》を修《おさ》めておかねば、外で良い仕事ができぬ。ところで、この人は、閨戸《けいこ》の飾りにしておくだけでは、惜しいよ」

と、いい、茜をおいていった。いきなり呂不韋は、

「手をみせよ」

と、茜の手を執《と》った。さっと茜は顔を赤くした。呂不韋は意に介せず、手をはなさなかった。いままで茜がどういう生活をしてきたのかは、手でわかる。茜の手は、ふっくらと豊かであった。虚飾のなかにあった手ではない。茜はいっそう美しくなったが、その存在が生活の飾りでしかないのであれば、呂不韋は女を家のなかにいれるつもりはなかった。が、これなら茜はこれからも質実さを生きぬいてゆけるであろう。

家にもどった呂不韋は、しばらく憮然《ぶぜん》としていた。それから茜に、

「申六《しんりく》を呼んでくれ」

と、いった。申六はむろん本名ではない。申欠《しんけつ》の配下のひとりであるが、この壮年の男は、はじめて呂不韋に会ったとき、

「このまま申六とお呼びください」

と、いって、素姓をあかさなかった。静かな男で、よけいな口はいっさいきかない。三年ほど申六の仕事ぶりをみてきた呂不韋は、

——信用してよい男だ。

と、おもった。申六を室内にいれた呂不韋は、

「秦の王朝は、康寧《こうねい》さを失いかけている。秦都へゆき、陶侯と張祿という臣のことを報《しら》せてくれ。それに、太子の選定についてもだ。なんじは滞在し、ほかの者を往復させせよ」

と、いいつけた。呂不韋の真情としては、自身が秦都へゆき、魏冄に内謁したい。しかしそのためについやされる月日が商売のさしさわりになる。

「承知しました」

金貨をうけとった申六はすばやく退室した。この申六が翌年もたらした報せは、呂不韋を驚惑させた。

魏冄《ぎぜん》の失脚

一

呂不韋《りょふい》はきわだった投機をおこなったことがない。

——わたしは白圭《はくけい》とはちがう。

商売の神というべき白圭は、投機によって一朝一夕に巨富を得たときく。が、白圭のような非凡な商才にめぐまれていないと自分をいましめている呂不韋は、薄利を着実に積みあげる道をえらんでここまできた。あるとき大勝負というべき投機をおこなうかもしれないが、それは一生に一度でよい、賈市《こし》においては誠実にまさる商法はない、と呂不韋はおのれの不器用さをみすえつつ生きている。

不器用といったが、呂不韋をみる賈人《こじん》はいちように、

「賈市の鬼才だ」

と、羨望《せんぼう》をまじえていう。そもそも賈《こ》を嫌っている魏冄《ぎぜん》に呂不韋がとりいったことがかれらにとっておどろきなのである。陶《とう》という国の発展にともなって呂不韋が事業を拡大してゆく速さも、常人《じょうじん》ではなしえぬことであった。

――短期間に巨利をつかむと、ろくなことはない。

一日に千里を走破する馬に乗ってしまった者は、一日に五十里しか走らない馬にいらだつであろう。しかし呂不韋は千里の馬に乗ろうとはおもわない。五十里の馬が二百日歩きつづければ、一万里のかなたに到着する。歩きつづけることのほうが大切なのである。呂不韋はそう信じている。

が、世人《せじん》は呂不韋を駑馬《どば》とはみなかった。千里の馬であるとはいわないが、一日にすくなくとも百里はすすむ駿馬とみた。

呂不韋の商略につまずきがないのは、魏冄と陶の国が康強でありつづけたからである。

が、この年の春、風が変わった。

秦《しん》に滞在している申六《しんりく》からの報《しら》せが、どのように申欠《しんけつ》や飛柳《ひりゅう》のもとにとどくのかは、呂不韋は知らないし、知りたいともおもわない。その情報が精正であればよいのである。

あいかわらず申欠は呂不韋の配下であるというより客である。が、申欠は呂不韋のことを主と呼ぶ。

仲春のある夜、申欠がひそかに呂不韋のもとにきた。

「主よ、いやな報せをもってきた」

この声は幽《くら》い。呂不韋はかるい慄慄《きりつ》をおぼえた。

「陶侯の身に、凶事があったのか。まさか、亡くなられたのではあるまいな」

「ちがう、陶侯は生きている。しかし、政道においては、死んだも同然になった」

魏冄は宰相を罷免された、と申欠はいう。

「新宰相は張祿《ちょうろく》（范雎《はんしょ》）という男であろう」

「その通りだ」

「申氏よ、かつて陶侯が宰相の席からおろされたことが、二、三度はある。だが、ほどなく復位をはたしている。憂畏《ゆうい》することではあるまい」

呂不韋の口ぶりにゆとりがもどった。しかしながら、申欠の声はさらに幽くなった。

「こんどばかりは、復位をはたせぬ」

「まさか――」

呂不韋は眉《まゆ》をひそめた。

「陶侯は、相国《しょうこく》であることを罷《や》めさせられたばかりでなく、穣《じょう》侯の印《いん》を返納させられた。つまり、魏冄は、陶侯ではあるが、穣侯ではなくなった」

あっと呂不韋は声を揚げそうになった。魏冄にとっても呂不韋にとっても容易ならざる事態である。穣を失うことによる痛手の大きさははかりしれない。呂不韋は冷や汗をおぼえた。

「凶《わる》いことは、まだある。関《かん》をでて封邑《ほうゆう》に帰るべし、という秦王の命令がくだった。これは陶侯にだけ、そうせよ、というものではない。華陽君《かようくん》、高陵君《こうりょうくん》、涇陽君《けいようくん》も、咸陽《かんよう》から逐《お》われることになった」

呂不韋はことばを失った。

——追放令ではないか。

昭襄《しょうじょう》王は叔父の魏冄と羋戎《びじゅう》、弟の高陵君と涇陽君を国都から排払《はいふつ》しようとしている。昭襄王がここまで苛酷な決定をくだしたのであれば、生母の宣太后《せんたいこう》にたいしても、斥棄《せきき》の処置をおしつけるにちがいない。

すなわち栄班《えいはん》を独占していた宣太后の一族は威権をとりあげられ、しかも結束しにくいように四散させられようとしているのである。

「張祿がやったことか」

呂不韋は長大息したあと皮肉をこめていった。

「秦王の決断だが、裏に張祿がいたことはまちがいない」

「ふふ……」

突然、呂不韋は笑った。

「笑うべきことではない。憮《うれ》うべきことだ」

申欠はいぶかしげに呂不韋を凝視した。

「たったひとりで、そこまでぬけめなくやった張祿とは、敵ながらみごとなものではないか。勝つとはどういうことか、そのえたいのしれぬ宰相はよく知っている。陶侯は軍を率いて敗北を知らぬが、内なる敵に大敗北を喫した。引き際をあやまると、せっかくの勲功が無に帰す。わたしは咸陽へ往《ゆ》く」

「わかった。従《とも》をしよう」

翌日、三乗の馬車と十数人の従者が、西へむかった。

咸陽は遠い。直線でも、濮陽《ぼくよう》から六百六十キロメートル（周里ではおよそ千六百三十里）のかなたにある。歩いてゆけば、二か月ちかくかかる。呂氏の主従が咸陽にはいったとき、初夏の風が吹いていた。さっそく申六が寄寓《きぐう》している家へ行った。

咸陽では異邦人が長逗留することはできない。申六は陶の民ということになってい
た。
「向氏《きょう》のお計《はから》いです」
と、申六はいった。たしかに向夷《きょうい》の好意もあろうが、向夷に便宜をはかっても
らった申六の知恵のめぐらせかたに、呂不韋は感心した。そういう指示を出発前の
申六にあたえたおぼえがなかったからである。
――この男はそうとうに使える。
と、呂不韋はあらためて確信した。
事態がきわどくなればなるほど、こまごまとした指図をしなくても動いてくれる
配下がより多く必要となる。呂不韋が昨日の指図とはちがった指図を今日しなくて
はならぬような状況では、配下は自身で状況の遷転《せんてん》を予知し、臨機応変の行動をと
ってもらわねばならない。さいわいなことに、申六には応変の才がある。それゆえ
呂不韋は申欠とふたりになったとき、
「あの男を、わたしにくれ」
と、たのんだ。申六をつねに近くにおいておきたい。
「よほど気にいったらしいな」

「大いに気にいった」

いわないでおく」

「わたしに異存はない。申六も、いやとはいうまい。不満があれば、とうに去っている。ついでにいっておくが、申六の生国と家族のことはわからない。氏名はわかっているが、かれが申六のままでよい、といっているのだから、わたしの口からは、いわないでおく」

この日から申六は呂不韋に直属することになった。申六の表情にめだった変化はなかったが、呂不韋の勘としては、こうなることを申六は望んでいたのではないか、とおもった。

さて、申六の報告では、宣太后も詘坐《ちゅつざ》されたらしい。すなわち、

「太后であることを廃された」

ようなのである。

——それは、むごい。

たしかに秦の主権は宣太后と魏冄にあって、昭襄王にはなかった。それに気づいた昭襄王が主権を奪取するためにふたりを斥退《せきたい》するのはわからぬでもないが、生母を王宮から逐い、しかも太后の位を捐棄《えんき》したのはゆきすぎではないか。

——いよいよ秦は非情の国になった。

諸侯はそうみるであろう。生母と叔父と弟を荒々しい手つきではらいのけた昭襄王に、心服する諸侯がいるであろうか。昭襄王は諸侯によけいな恐怖をあたえたのではないか。そんなことを考えはじめた呂不韋に、

「張祿は、応《おう》侯になったようです」

と、申六はいった。かれがしらべたところでは、応という地は周《しゅう》に属していたのだが、四年ほどまえに、周が秦との親交を保つために、宣太后の湯沐《とうもく》の邑として献呈した。昭襄王はそれを宣太后からとりあげて張祿にあたえた。宣太后へのあてつけであろう。

さらに申六はいう。

「太后は連日悲嘆にくれて、飧饔《そんよう》にも箸をおつけにならないということです」

飧《そん》は夕食、饔《よう》は朝食である。

——この男は、飧饔という語を知っているのか。

古くは、料理人のことを饔人《ようじん》といった。いまでもその官名をもちいている国があるかもしれないが、庶人が口にする語ではない。申六は士族以上の出自ではあるまいか。呂不韋はそうみた。どこでどのようにかれは申欠と邂逅《かいこう》したのか。孟嘗君《もうしょうくん》の手足となって働いていた申欠とつながりができたのに、孟嘗君の客にはならなか

ったようなので、それが申六の出自をさぐるための手がかりになりそうだが、呂不韋の想像はそのあたりで休止した。申六には他人に知られたくない過去がある。呂不韋がそれを知ったところで、申六を信用することをやめないであろう。

二

呂不韋《りょふい》は魏冄《ぎぜん》に伺候《しこう》した。

魏冄はまれにみる明るさで呂不韋の来訪を悦《よろこ》び、小宴を催した。魏冄自身の気鬱《きうつ》を散《さん》ずるためのものであったともいえる。この宴席で呂不韋はきわどいことを問うた。

「張《ちょう》氏を消すことは、君にとって、たやすいことでしょうに――」

魏冄の威勢をもってすれば、与党をもたぬ異邦人である張祿《ちょうろく》を抹殺できぬはずはない。

「はは……」

と、魏冄は小さく笑った。その笑いはすぐににがみで曇った。

「消そうとしても、消えぬものもある」

暗殺をこころみたということであろう。ただし、張祿を消せ、と指示した者が魏冄であるとはいえない。華陽君《かようくん》か高陵君《こうりょうくん》か涇陽君《けいようくん》か、もしかしたら宣太后《せんたいこう》かもしれない。しかしながら、暗殺に失敗した。時代が張祿をかばったといいかえてもよい。抹殺されるのは宣太后の一族であり、時代に愛顧された張祿は、たれも手だしのできぬ高みにまで登ってしまった。

「わしは、陶《とう》へ帰る」

この口調には感情の湿潤《しつじゅん》はない。魏冄こそながいあいだ時代の寵児《ちょうじ》でありえた稀有《けう》の人であり、時代の変心を知っても、怨尤《えんゆう》にとどまるつもりはないであろう。

「それが、よろしゅうございます」

魏冄が戦国の世の英傑であることは疑うべきではない。が、後世の者に、魏冄が英傑であったことを認めさせるためには、引き際が肝心であり、呂不韋がみたところ、魏冄の引き際に汚穢《おわい》の臭いはしない。

「帰るのはよいが、この遷徙《せんし》は、たやすいものではない」

と、魏冄は気重《きおも》さをみせた。人と財をすべて陶へ移さねばならない。穣《じょう》の明け渡しもある。帰邑《きゆう》の命令がくだったにもかかわらず、魏冄が咸陽《かんよう》にいるのは、王命にさからい、張祿にいやがらせをしているわけではない。呂不韋はそれに気づいて、

「債《さい》を収めることを、お手伝いしたく存じますが……」

と、いってみた。おそらく魏冄はいろいろな人に金を貸しているであろう。咸陽を発《た》つまえに債人《さいにん》にあたって金を回収しておかなければ、それらは二度とかえらぬ金になってしまう。

「ふむ、やってくれるか」

貸した金を死屍《しし》とみなして、あきらめるつもりでいた魏冄は、大金がいまだにもどっていないことを憶《おも》いだした。家臣を回収に走らせることにためらいがあった魏冄は、呂不韋の申し出にほっとした。

「明日、なんじに債券を渡す」

「うけたまわりました」

「回収はほどほどでよい」

いちどは意識から棄てた金である。

「さようですか。では、相手の貧富をみさだめ、全体として半直《はんち》になるようにいたします」

と、呂不韋は魏冄の微妙な情意を汲んだ。半直は、半額ということである。貸した金の総額が千金であれば、五百金を回収するといったことになる。

「わしは怨みの種を残してゆきたくない」

宣太后の一族がことごとく追放されてしまえば、もはや魏冄に同調する者はいなくなる。陶という国も秦《しん》の後ろ楯をうしなう。それどころか、昭襄《しょうじょう》王の側近や輔弼《ほひつ》から憎まれると、陶は秦につぶされてしまう。それだけは避けたい魏冄である。

――この人でも、こうか。

呂不韋は魏冄の容態に逐《お》われる者の気弱さをみた。

翌日、債券をうけとった呂不韋は、精力的に高官の家をまわった。かれらはなんらかのかたちで魏冄の恩にふれたにもかかわらず、債券をみせられると、冷えた感情を呂不韋にむけた。露骨にいやな顔をする者もいた。

――なるほど、こういう顔はみたくないものだ。

と、呂不韋は魏冄に同情した。昭襄王が魏冄にむける顔が一変したことを高官どもは知り、自分の顔も昭襄王にならって非情につくりかえた。噩夢《がくむ》に打たれたように咸陽を去らねばならぬ魏冄にしてみれば、底冷えのする現実にいちいちふれたくあるまい。

だが、債券にまつわる過去のいきさつを知らず、知ろうともおもわない呂不韋は、相手の態度に応じて自分の感情を扮飾《ふんしょく》したり捐棄《えんき》したりする必要がない。魏冄の

代人として、

「借りた金は、お返しください」

と、正視して、しずかにいうだけである。ただし、素直に返済してくれる者はすくない。やがて、呂不韋はあることに気づいた。こういう貸借の件にあいまいさやねじれが生じた場合、法官のもとにゆき、債券をみせ、見解をあおぐしかないというと、ひどく相手があわてるということであった。それは借金を返さない自身に非があるためであるというより、魏冄と交誼《こうぎ》があったことを他人に知られたくないためである。

――人とは、こういうものか。

いまさらあきれてもはじまらない。人とはこういうものである、と認識すべきである。官人より賈人《こじん》のほうがすぐれているというつもりはない。賈人でも契約を守らない者がいる。また、魏冄が鼎位《ていい》からおりたことを知った賈人は、呂不韋の事業に窮屈さが生じることを予想して、つきあいかたを変えるであろう。

――逆風の道を歩くのも、悪くない。

呂不韋は債券をかかえつつ、肚《はら》のなかに力をたくわえようとした。

奇妙な実感であるが、人というものが、生きる、ということを深刻に考えるのは、困難にさしかかったときである。自分について考えるということは、他人《ひと》について考えることである。では、順風のときは、何を考えていたのか。ふしぎなことに、憶《おも》いだせない。滑沢《かったく》な平板《へいばん》の上をすべっていたにすぎないような気がする。順調のなかで自足してしまうと、得るものの質が、精神から遠ざかる、ということに呂不韋は気づいた。端的にいえば、苦しまない人は多くを得られない、ということである。が、事業に困難がすくないときに苦しむというのは、まことにむずかしい。それゆえに、それができる人は非凡なのであろう。

——陶侯はどうか。

自分の命運に凋瘁《ちょうすい》のきざしをみても、悪あがきのようなことはしていない。それは盛栄を誇っていたときに、自身の盛運に満足していたわけではないあかしのようなもので、魏冄は人知れずおのれをこころみ、狭小《きょうしょう》な器量におさまってしまう危険を回避しつづけてきたといってよいであろう。そのことが、秦という国に荒敗《こうはい》をもたらさず、営為に空虚を生じさせなかった。秦の人臣は魏冄の窈窕《ようちょう》さに気づいていないが、呂不韋はここにきて、

——秦は国を挙げて、陶侯に感謝すべきだ。

とさえおもった。

呂不韋が東奔西走しているのは、魏冄への恩返しといってよいが、かれの胸裡《きょうり》にある意《おも》いはべつな色あいをふくんでいた。要するに、

――ひとごとではない。

ということである。

ところで、儥人のなかに武安君《ぶあんくん》、すなわち白起《はくき》がいる。

――武安君が陶侯から金を借りたのか。

おどろくことではないのかもしれない。白起の先祖は秦人《しんひと》ではなく、当然かれは門蔭《もんいん》に育ったわけではないので、富力にめぐまれていたとはおもえない。白起を抜擢《ばってき》したのが魏冄であることを呂不韋は知っている。いまや白起は泣く児も黙る秦の猛将として、その名を天下にとどろかせている。しかしながら儒教を学んだ呂不韋は、白起という非凡な才を称賛するより、その非凡な才を推挙した魏冄を賛嘆したい。管仲《かんちゅう》を薦《すす》めた鮑叔《ほうしゅく》や子産《しさん》を推《お》した子皮《しひ》を誉《ほ》めるのが、儒者の心思《しんし》のおきかたである。

「武安君は下国《かこく》におられるようです」

儥人の所在をしらべている申六《しんりく》に語《つ》げられた呂不韋は、白起に面会すべく、強まってきた寒気にさらされながら、かれの封地《ほうち》まで行った。これまで二、三の高官に

は門前払いを食わされているので、
——傲倨《ごうきょ》の臭いのする武安君に会うのは、至難のことか。
と、すくなからぬ不安をおぼえた。ところが馬車を御《ぎょ》している申六は、呂不韋を
ちらりとみて、
「主はふしぎな人ですね」
と、感嘆をこめていった。自分の得《とく》にもならぬことで飛びまわっているのが楽し
げにみえるというのである。
「そうか、それはふしぎだな」
呂不韋は幽《ほの》かに笑った。申六がみたのは呂不韋の内なる容姿である。自分の利を
求めて得々《とくとく》としているさまは、自分でもぞっとしない。賈市《こし》において金や物を得る
という行為は、精神の働きにかかわってこない、というのが呂不韋の実感である。
たしかに、ふしぎなことに、無益にむかって突き進んでいる自分を知ると、ほっと
する。そういう呂不韋の心事を洞察することのできる申六は、常人《じょうじん》とはいえぬで
あろう。
——この男には文化の香りがする。
まじめに、むだなことをやってきたということである。無益でかたまった者は、

集団生活にとけこめないので、独りで生きようとする。が、すぐに独りでは生きられないことを知る。自分がこの世にとって無益な存在であることを認めたうえで、苦悩し、絶望したにちがいない。自分がいなくても、この世は在りつづける。しかしながら、この世でもっとも尊貴であるといわれる諸国の王を想ってみればよい。その王がいなくなれば、その国は滅ぶのか。

申六が死ななかったということは、人とのつきあいかたを工夫したからである。無とか空虚をほんとうに知った者が、みずから死ぬはずはない。こういう男を信用している呂不韋はやはり奇人かもしれない。

三

武安君《ぶあんくん》にじかに会えるかどうか……。

この不安は、白起《はくき》の封地《ほうち》にはいるやいなや、解消した。呂不韋《りょふい》が魏冄《ぎぜん》の使者であることを知った役人は、鄭重《ていちょう》さをあらわし、謁見をとりはからってくれた。ただし内謁《ないえつ》というかたちである。呂不韋は内殿にはいった。

「ご足労をおかけした」

あらわれた白起は陽気な声を発した。

——ぞんがい小柄な人だ。

意外といえば、これほど意外なことはない。大軍を指揮し、つぎつぎに強敵を撃破して、敗れるということを知らぬ将軍の像は、呂不韋のなかでいつのまにか巨大化していた。しかし、眼前の白起は、親しみやすい笑貌《しょうぼう》をかどのない体軀《たいく》のうえにのせている。

呂不韋は一礼した。

「陶《とう》侯はまもなく咸陽《かんよう》を去ります。そのまえに、なすべきことが山積していると拝察し、小生は債券をおあずかりして、陶侯をわずかでもお助けしたく、奔走しています」

「ふむ、なんじは濮陽《ぼくよう》の賈人《こじん》か」

「なさけないことです」

「はて、わからぬことをいう。何がなさけないのか」

「いまだに濮陽の呂氏といわれることが、なさけないのです。白圭《はくけい》は天下の白圭であり、周《しゅう》の白圭とはいわれない」

眉《まゆ》をひそめていた白起は、突然哄笑《こうしょう》した。

「なんじは気宇《きう》の巨《おお》きな男だな。一、二度、死にかけたことがあろう。陶侯が信用したわけもわかったような気がする」

「恐れいります」

「その陶侯が逐《お》われるとは、いやな時勢になった」

そういった白起は、側近に目くばせをして、呂不韋のまえに二百金をおかせた。

「これでよいか」

「恐れながら、券書に記載されている直《ち》は、百金でございます。多すぎます」

「はは、なんじは賈人であろう。借りた金に利息をつけて返すことを知らぬはずはあるまい」

「利息は不要であるというただし書きがあります」

「どれ、わしにみせよ」

債券を手にとった白起は、小刀をもって、いきなり破毀《はき》した。

「あっ」

「これで、ただし書きは消えたな」

白起は微笑した。

「まことに――」

呂不韋は苦笑するしかない。ただし白起のなかにある陶侯への敬意を知って、その苦笑は明るさをもった。

「わしが左庶長《さしょちょう》のとき陶侯から、いや、あのころは穣《じょう》侯か、その穣侯からお借りした金だ。それから二十八年がたった。いまや、韓《かん》、魏《ぎ》、楚《そ》は秦の盟下となり、残る国は斉《せい》と趙《ちょう》と燕《えん》になったというのに、おとなしくなった韓と魏をわざわざ敵にまわし、遠い斉と結ぼうとする愚蒙《ぐもう》の臣《しん》が、玉座の近くにいる。残る国は三国であるといったが、趙を滅ぼせば、あとの二国は抗戦をあきらめて秦に屈する。趙を攻めるには韓と魏を敵にまわしてはならない。童子でもわかるようなことを、今代の王は、おわかりにならぬ。これで秦王が天子になるときが、五十年おくれる。せっかく陶侯が秦王のために天命を受ける壇を築いたのに、秦王はみずからその聖土を壊《かい》徹《てつ》なさった。わしのいうことが、わかるか」

白起の憤懣《ふんまん》がほとばしった。

「充分に――」

「天帝がお怒りになっておられるよ。秦はまた苦難にさらされる。陶侯の帰還がかなえば、天帝のお怒りは解けようが、おそらくそのときはこないであろう」

この白起の予言は中《あ》たることになる。白起自身も、昭襄《しょうじょう》王と宰相の張祿《ちょうろく》に対立して、九年後に誅殺《ちゅうさつ》される。それゆえ呂不韋が白起と面談したのは、これが最初で最後ということになる。

——すさまじい心胆をもった人だ。

呂不韋は白起をそうみた。白起の戦術はつねに明快であるが、白起個人には窈靄《ようあい》としたものがあるようで、それはかれが意識していない先祖の怨枉《えんおう》というものではあるまいか。いわば先祖の霊が白起を激越にさせている。ただし人外のものに感応しやすい白起はそうとうに純度の高い感性をもっているともいえる。

雪が烈しくなった。

咸陽にもどった呂不韋は、回収した金と残りの債券をみせるために、魏冄に報告をおこなった。

魏冄はしずかに呂不韋の話をきいた。その話から、自分にたいする列侯や官人の感情が、手にとるようにわかる。が、魏冄はいちいち感想をいわず、さいごに、

「よくやってくれた」

と、呂不韋にねぎらいのことばをかけた。

「まだ終わってはおりません」

「ふむ、これか」

魏冄は債券を手にとり、豎臣《じゅしん》を呼んで、雪のつもった庭で火を焚《た》かせ、その火のなかに債券を投じた。魏冄は幽《ほの》かに笑った。

「呂氏よ、わしのために奔走していては、なんじの賈《こ》がおろそかになる。舟を用意した。濮陽にもどれ」

「君は、どうなさるのですか」

「わしは太后《たいこう》の安否をたしかめてから、発《た》つ。来年、陶で会おう」

「かしこまりました。ところで、二、三、おうかがいしてよろしいですか」

と、呂不韋は懸念を口にした。

「何か――」

「昨年、芷陽《しよう》に帰葬された、悼《とう》太子のことです。お亡くなりになるまえに、帰国することはできなかったのでしょうか」

芷陽は咸陽の東方五十里の地である。芷陽の西に灞水《はすい》（霸水）がながれている。よけいなことであるが、かなりのちに劉邦《りゅうほう》は軍を率いて芷陽の南に達し、咸陽をうかがった。また芷陽には、芷陽宮とよばれる宮殿があった。

「太子の帰国をはばむ勢力が後宮にあった。それに、王が太子の帰国を望んでおられなかった」

昭襄王の寵愛が太子を産んだ后《きさき》から離れていたということであろう。

「さようでしたか……、ところで、悼太子にお仕えしていた西《せい》氏の姉弟は、どうなりましたか」

「芷陽で、喪に服している。だが、あのまま墓守をして、一生を終えることになるかもしれぬ。それでは、不憫《ふびん》なので、陶へ帰すことにした。うまくゆけば、わしが途中でふたりを拾ってゆく」

「かたじけなく存じます」

呂不韋はふかぶかと頭をさげた。姉の袿《けい》はまもなく三十歳になるが、弟の旬《じゅん》はまだ成人まえである。世俗の光がとどかぬ幽暗《ゆうあん》のなかで静黙しつづけるのは、酷というものである。

「それでは、明年、陶でお目にかかります」

呂不韋は心のかたすみに荒涼としたものを感じながら、申欠《しんけつ》、申六《しんりく》などの従者とともに舟に乗り、秦を去った。

――ひとつの時代が畢《おわ》った。

というのが実感であった。国の富庶《ふしょ》のために最大に尽くした人が、その国から逐われるというのは、どういうことなのであろう。かつて孟嘗君《もうしょうくん》は斉を逐われた。

いままた陶侯が秦を逐われる。孟嘗君を逐斥《ちくせき》した斉は滅亡しそうになったが、秦はどうなるのか。それよりも呂不韋は自身の将来を考察しなければなるまい。南方の産物の集荷地としていた穣を、今後は、利用することができない。集配のための幹線がふさがれたことを愁えねばならぬであろう。

——寿春《じゆしゆん》の春《しゆん》氏をあたってみるか。

突然、ひらめいた。

あらたに流通の道をつくらねば、おのれの賈市《こし》の気息がとまってしまう。

そうおもった呂不韋は、正月を河水《かすい》の津《みなと》で迎えた。

——苦難とは活力の源だ。

古代から河水の神は人の願望をかなえてきた。その河水の神に何を祈ろうかと考えた呂不韋は自分のなかに欲望がみあたらなかったので、他人の幸福のために働けますように、と舟のなかで祈った。

新春の雪が暗い水面に消えていった。

呂不韋は濮陽には帰らず、舟を陶につけてもらい、陀方《たほう》に報告をおこなってから、申六に御《ぎよ》をいいつけて馬車に乗り、寿春にむかった。南下すればするほど、春景色は豊かさをました。

——昔みた寿春も春風のなかにあった。

呂不韋は憶《おも》いだした。が、突然、さびしさを感じた。あの春風のなかで呂不韋に手をひかれていた小環《しょうかん》はもはやこの世にいない。手のなかにあった婉孌《えんれん》たる花が一夜の悪夢で腐乱《ふらん》したようである。

寿春に吹く風は多少の虚しさをふくんでいた。

さいわいなことに、春平《しゅんぺい》は在宅していた。この賈人は父のとりひき相手であるが、呂不韋が面会するのははじめてである。もの堅さをただよわせている老商人であった。

「あなたが濮陽の呂氏ですか。陽翟《ようてき》の呂氏から話はうかがっていますよ。それに、ずいぶんまえにわたしを訪ねてくれたそうですね」

「十五年前のことです。楚をでて趙の邯鄲《かんたん》へゆくために、春氏におすがりするつもりでしたが、この家のまえで、大梁《たいりょう》の唐《とう》先生に拾われました」

「奇快《きかい》なことです。まるで唐先生をあなたにお引き合わせするために、わたしが御招待したようなものです」

と、春平はやわらかく笑った。この賈人は欲望が希薄なせいか、あくの強さがない。

——おもった通りの人だ。

安心した呂不韋は商談にはいった。呂不韋の素姓がわかっているので春平にも警戒心はない。話をきいているうちに春平は呂不韋が薄利しかとらぬことを知り、

「それでは他人を儲けさせるために働いているようなものだ。あなたの賈は、遊びにみえる」

と、辛《から》いことをまっすぐにいった。

「人が豊かになれば、わたしも豊かになります。わたしの賈が遊びにみえるのは、わたしにひたむきさが足りないのではなく、利にむすびついている欲望を遮断しているからです。陋巷《ろうこう》に在《あ》っても楽しんだ人がいたように、せちがらい賈市においても、楽しむことはできましょう」

遊びとは、報酬や利益を期待しないがゆえに、遊びなのである。したがって純度の高い遊びは、無償を底部にもつ文化に大いにかかわりがある。残念ながら、賈という行為は、わずかでも利を産む。それゆえに、遊びであるはずはないが、賈が遊びに近づくのは悪いことではない、と呂不韋はおもっている。

「おどろきましたな。あなたが本当にそう考えているなら、あなたは大賈《たいこ》になれる。白圭《はくけい》は賈市における兵家《へいか》であったが、あなたは儒家《じゅか》だ。白圭は利のために戦いつづ

けた。しかしあなたは、賈市において怪力乱神《かいりょくらんしん》を語らない。わたしは新しいとりひき先をつくらぬつもりでしたが、あなたは別だ。喜んで、とりひきさせてもらいましょう」

なまぐさみのない息でそういった春平は、この夜、呂不韋と従者を大いに歓待した。

けっきょく、堅実な春平と結んだことは、呂不韋の商略にあらたな生命力をあたえることになった。

車中の貴人

一

寿春《じゅしゅん》を発《た》った呂不韋《りょふい》が濮陽《ぼくよう》に帰着したころ、穣《じょう》から引き揚げてきた配下があった。

穣の倉庫に保管されている物品の三分の一は呂不韋の荷である。その荷の搬送《はんそう》をおこなうように、申欠《しんけつ》の妻の飛柳《ひりゅう》にいいつけておいたのだが、数人の男とともに帰ってきた飛柳は眉《まゆ》を逆立てて、

「すべてを差し押さえられました」

と、口調にくやしさをにじませていった。持ち出しがゆるされたのは、魏毌《ぎぜん》の私有財産のみで、あとは官有物とみなされて、着任した県令に没収された。穣の役人のうち高官でない者はのこらず罷免された。高官は陶《とう》に移り、穣という侯国は消えたのである。すなわち穣は南陽《なんよう》郡のなかのひとつの県になった。

「訴えれば、荷をとりもどせるのではありませんか」

と、鮮乙《せんいつ》はいった。商才のかたまりのようなこの男は、来年、五十歳になる。才知のするどさは歳月にほどよくけずられて、体貌《たいぼう》にまるみがでた。独身を通してきたが、いつのまにか、かれの家に嫩《わか》い妾《しょう》がいた。かれの表情にうるおいがそえられるようになったのは、その妾のせいであろう。

はじめてその妾をみた呂不韋は、

——童女のようだ。

と、その嫩さにおどろいたが、もう二十歳であることをおしえられて、さらにおどろいた。女の年齢は外貌ではわからない。鮮乙はその女にいっさいの家事をまかせているのに、妻にはしないつもりらしい。

「なんじの妻は、いまだに懸崖《けんがい》の花か」

花の名は蘭季《らんき》である。かつて楚《そ》の宰相であった子蘭《しらん》の末女が健在であれば、何歳になるのか。たぶん三十七、八歳になっているであろう。しかし鮮乙にとって蘭季は朽ちない花であり、その名花を心の首座にすえつづけている。隔絶した美しさは信仰の対象になるのか。あるいは、神光《しんこう》を発していた蘭季はじつは神語《しんご》を鮮乙につたえるための巫女《ふじょ》にひとしかったのか。

「そういう主も、維《い》さまを、妻になさいませんね」

「趙《ちょう》には、わたしの子を産んだ僖福《きふく》がいる。僖福がわが家にくれば、当然、妻になる。が、僖福は死ぬまでわたしを頼るまい。僖福は賈人《こじん》をきらっている」

呂不韋と僖福のあいだに生まれた僖碧《きへき》は十七歳になり、藺相如《りんしょうじょ》に仕えているはずである。

趙は、恵文王《けいぶんおう》を奉戴《ほうたい》し、藺相如と廉頗《れんぱ》を両輪として、うまくまわってきた。しかしながら、昨年、恵文王が亡くなり、太子丹《たん》が即位した。これが孝成王《こうせいおう》である。孝成王は外交の方向を変え、これまで敵視してきた斉《せい》と結び、秦《しん》に対抗しようとした。外交と軍事の方向と視界が変わったせいで、閣内の人事も革《あらた》まり、恵文王の弟で孝成王にとって叔父にあたる平原君《へいげんくん》（趙勝《ちょうしょう》）が宰相になった。秦との交誼《こうぎ》を重んじ、斉を攻めてきた藺相如は、鼎位《ていい》からおろされたのである。それにともない、藺相如と親交のある廉頗もすこし影が薄くなった。

――新時代にはいりつつある。

と、呂不韋はおもう。古いといわれる人が時勢の外に掃きだされてしまう。時を支配する神はひとりではなく、神々の交替があり、神の好悪のもとに時代の色が決められると考えたくなる。魏冄も新しい神に嫌われ、時代の主題にふれることができない遠界へ去らされてしまう。

――わたしはどうなのか。

魏冄に大きく依存してきただけに、魏冄の力の衰微につれて富力を失ってゆくかもしれない。賈人としては限界がみえたといってよい。つまり、これからは事業を拡大してゆくというより、得た信用と財力を失わないように努めてゆくしかない。じつは、成長をともなわない努力のなかにいるのは、呂不韋の性に適《あ》わない。穰の倉庫に保管されている自家の荷をとりもどすのは当然なのであろうが、当然とおもわれることに努力をむけなければならないことが、呂不韋には苦痛なのである。

「穰の倉庫は官立であるから、そのなかにある荷は、すべて官物《かんぶつ》とみなされる。荷にわが家の章《しるし》があっても、認められまい。訴訟をおこしても、こちらが負ける。あきらめよう」

「大損害です」

と、鮮乙はあきらめきれないようにいった。呂氏を信用して荷を待っている賈人を裏切ることになる。それにより顧客《こかく》が離れてしまうことも損害のうちである。

「鮮乙よ、奇妙なことをいうようだが、たまには大損もよい。大きく棄てなければ、大きく得られないということもある。危機を、好機の入り口とみなす心胆の目が必要だ。損を活《い》かす工夫をしよう」

呂不韋は思考と行動の停滞をきらった。

——春《しゅん》氏に頼むしかない。

穣で失った荷のなかみとおなじ物を春平《しゅんぺい》に集めてもらうしかない。

「中六《しんりく》よ」

呂不韋はこの目端が利《き》く男に牘《とく》を渡して、寿春に走らせてから、自身は迷惑をかけた賈人の家をのこらずまわり、詫びを述べた。

従《とも》は雉《ち》である。

さいごにこの主従は馬車で趙までゆき、邯鄲《かんたん》に五日間滞在してから、帰途についた。

真夏である。車蓋《しゃがい》が陽射しをさえぎってくれているが、呂不韋は全身に汗をおぼえた。

雉はあまり口をきかずに手綱をにぎっている。ときどき汗が目にはいる。この旅行は、雉にとっても不快にさらされるときが多い。罵声《ばせい》や叱声《しっせい》を浴びる呂不韋をみるのはつらかった。ぬけぬけと賠償金を求める賈人もいた。

——主のおかげで、ずいぶん儲けたくせに、いちどの荷の未着に、咆《ほ》えることはあるまい。

と、雉が大声を立てたくなったことは、一度や二度ではない。

この旅行中、呂不韋はめっきり口数がすくなくなった。

――何を考えておられるのか。

雉は表情に明るさのない呂不韋をうかがっては、ときどき小さなため息をついた。

安陽《あんよう》をすぎて河水《かすい》にむかって東行しているとき、こちらにむかってくる百人ほどの集団を雉は認めた。その集団の中央に車蓋の立った馬車がある。

――貴人の旅行かな。

と、おもった雉は、馬車を路傍に寄せた。集団の先頭を歩く者が雉にたいして会釈した。

――礼儀正しい人だ。

感心した雉が、車蓋の下の人物をみて、あっ、と声をあげた。かれは手綱をもっている手とは反対の手をあげ、

「先生――」

と、叫び、すぐにふりかえって、目をつむっていた呂不韋に、

「主よ、起きてください。孫《そん》先生です」

と、烈しく声をかけた。

呂不韋は夢の裂け目からころがりでたような感じだった。現実の手ごたえが弱かった。それはそうであろう。道中で、孫子《そんし》（荀子《じゅんし》）に遇《あ》うことのほうが夢のようである。呂不韋はどのようにして馬車からおりて孫子の馬車の下に到ったのか、わからない。とにかく師にむかって跪拝《きはい》したとき、涙がとめどなく落ちた。

孫卿《そんけい》ともよばれる荀子は、斉で祭酒《さいしゅ》（学政の長）となり、学界の最高峰にあったが、昨年、斉を去り、秦へ行って、昭襄王《しょうじょう》に謁見し、宰相である応侯《おう》、すなわち范睢《はんしょ》（張祿《ちょうろく》）と対談した。約一年間の秦での滞在をおえて、趙へむかう途中であった。

「不韋よ。何を泣く」

たしかに孫子の声である。その声の近くにいる自分にかぎりないやすらぎを感じた呂不韋は、いかに自分が緊張して生きてきたかを知った。師とは、ありがたいものである。素心《そしん》にかえらせてくれる。

「富むことは、苦しいか」

孫子は呂不韋が賈人として成功したことを知っているらしい。

「賈市《こし》の道で得るものは、わたしの質に適《あ》わぬものが多いのです」

と、呂不韋は正直にいった。

「なんじは礼を忘れ、徳をおろそかにし、ふたたび覆われた者になりさがったとみえる」

あいかわらずこの師の評は辛《から》い。

「まさに師のご教誨《きょうかい》を理解しえぬ庸暗《ようあん》のなかでさまよっております」

「閉ざされた放浪は、凝滞《ぎょうたい》にひとしい。古びたものを棄てることからはじめよ。なんじが本拠にしている濮陽をでることだな」

「はい……」

呂不韋は烈しく頭部を撼《う》たれたような感じがした。急に熱いものが胸から咽《のど》にあがってきて、さらに口からあふれてことばになった。

「わたしはここから、先生に随従したくなりました。どうか、お許しを――」

と、呂不韋が地面にひたいをすりつけたのをうしろでみていた雉は、多少おどろいたものの、この従者には呂不韋の心情がわかりすぎるほどわかり、

――主は先生に甘えたいのだろう。

と、おもった。他人にはみせない弱さを師にたいしてさらけだす。また、人としての未熟を叱ってもらうのも、甘えである。車中の孫子は、うってかわってやさし

いまなざしを呂不韋にむけて、

「不韋よ、それはなるまい。この道は、なんじの道ではない。なんじの道は、なんじが拓《ひら》かねばならぬ」

と、さとすようにいってから、雉のほうに目をむけて、

「なんじはここまで、よくぞ不韋を信じて従ってきた。不韋はときどきおのれの慈《じ》心《しん》を見失うことがある。そのときは、なんじの心の明かりを増して、不韋を照らせ」

と、気迫のある口調で語った。

孫子は去った。呂不韋と雉は拝礼したまま見送った。ふしぎなことに、呂不韋は暑気を感じなくなった。

「わたしは、ひと皮むけたよ」

と、馬車にもどった呂不韋は雉にいった。

「古びたものを脱ぎ捨てたのですか」

「そうともいえるが、そうともいえない」

「孫先生よりむずかしいいいかたをなさいます」

「はは、それほど見識が低いということだ。自分にわかりやすさがないので、それ

がそのままでてしまう。純正さを保ったまま生きるということは、至難のことだ」

「すこしわかりやすくなってきました」

雉は馬車を動かした。

「地は動かない。そう信じてとどまった者にとっての地は動く。古さはそこから生ずる。どうだ、わかりやすいか」

「まったく、わからなくなりました」

「まあ、よい。先生が濮陽からでよと仰せになったのだから、濮陽からでる工夫をせねばなるまい」

そういった呂不韋の目に活力がともなった。

ところで孫子の弟子で後世まで名がつたえられたのは、韓非子《かんぴし》、李斯《りし》、包丘子《ほうきゅうし》、陳囂《ちんごう》などであろう。そのなかで陳囂はこのとき孫子に随行しており、呂不韋と雉の影が陽炎《ようえん》のかなたに消えたとき、孫子の馬車に近づき、

「賈人に先生の奥義がわかるはずはないでしょう。先生の弟子であると自称しているのも、迷惑千万のことではありませんか」

と、皮肉をふくんでいった。孫子が利のためには信義を放擲《ほうてき》する賈人を軽蔑していることを陳囂は知っているからである。だが孫子は陳囂をみることなく、

「なんじのわかることではない。いまこの道を歩いている弟子のなかで、あの賈人にまさる者はひとりもいない。歩いていてもとどまったも同然の者が、とどまっても歩みをやめぬ呂氏に及ぶことができようか。わが奥義を知る者はすくない。知って行う者はさらにすくない。呂氏は稀有《けう》な弟子である」

と、いった。

李斯もこのとき集団のなかにいたかもしれない。のちに始皇帝の絶大な信頼を得る李斯は、仕官のために呂不韋を頼ることになろうとはおもわなかったであろう。

二

七月に宣太后《せんたいこう》が死去した。

失意が延命を拒絶したといってよいであろう。子に棄てられた母の哀れさがある。魏冄《ぎぜん》は姉である宣太后の死を静かにみとどけ、二か月後に函谷関《かんこくかん》をでた。この出《しゅっ》関《かん》は、壮観であった。

――輜車《ししゃ》千乗有余あり。(『史記』)

車と牛は朝廷から支給されたのであるが、魏冄の家財を運ぶ荷車が千乗以上あった。それは秦《しん》王室の財産より多かったといわれる。

魏冄は私腹を肥やしただけの人であろうか。そうではあるまい。武《ぶ》王の死後に勃《お》こった乱を鎮《しず》めて昭襄《しょうじょう》王を立てたのは魏冄であり、たとえばかれが計画した楚《そ》の攻略は壮大な規模をもち、その才知が尤異《ゆうい》であることはうたがう余地もない。

しかしながら、のちに韓非子《かんぴし》は魏冄を痛烈に批判した。

穰《じょう》侯の秦を治むるや、一国の兵を用いて、もって両国の功を成《な》さんと欲す。このゆえに兵は終身外に暴露《ばくろ》し、士民は内に疲病《ひへい》して、霸王《はおう》の名は成らず。

それを意訳すればこうなる。

魏冄が秦を治めていたとき、かれは秦の兵を使って秦と自分の国を富まそうとした。それゆえ秦兵は死ぬまで国外で身をさらし、士民は疲れはてた。それでも秦王は霸王になれなかった。

組織のなかに情が介在することを赦《ゆる》さず、法を至上とする韓非子は、魏冄の私情を認めなかった。韓非子が正しく魏冄が正しくない、といいきれないことは、秦王国（帝国）の顚末《てんまつ》を知ればあきらかである。

とにかく、魏冄が時代の主権を失って、陶《とう》に隠栖《いんせい》したことにより、時代はうるおいのある色彩を求めなくなったといってよい。とくに秦は、王から庶民にいたるまで、組織を成す一個となり、情において処理されることが皆無となった。むろん外交においても同様である。

——人は法に支配されてよいのか。

陶の郊外で、魏冄を迎える多数のなかにまじっていた呂不韋《りょふい》は、そんなことを考えていた。

魏冄は法とのおりあいをつけて行政をおこなっていた。が、魏冄を逐《お》った秦では、人の生命と財産を守るはずの法が、人の生命と財産をおびやかすことになろう。そういう秦が他国を伐《う》って勝てば、いままでとはちがって、無情の支配をおこなうにちがいない。諸侯は魏冄を恐れていたが、心の片隅では、魏冄の情にすがれば何とかなる、と考えていた。が、今後はそうはいかない。情の綏《ひも》をとりはらった秦と戦うことは、中途半端な講和を想定することはできず、負ければ滅ぶと覚悟しなければなるまい。

魏冄は法治と徳政とのつりあいの上に国家を置こうとした。天下に望む王朝もその延長線上にあったはずである。魏冄を斥退《せきたい》した昭襄王は徳政をも掃《は》きだしてしまった。呂不韋は心のなかでそう断定している。

魏冄の帰国を祝賀する会に出席した呂不韋は、魏冄からねぎらいの声をかけられた。そのとき、呂不韋は大胆にも末席から、

「秦は、あれでよろしいのでしょうか」

と、問いの声を揚げた。満場はしずまりかえった。目を細めた魏冄はおもむろに口をひらいた。

「よくない。頭が巨大になれば、肢幹は頭を支えがたくなる。ある日、巨大になりすぎた頭は、地に墜《お》ちる。だが、ここは秦ではなく陶だ。わしの政治は秦王や応《おう》侯とはちがう」

秦をでるまでまったく昭襄王と范睢《はんしょ》を批判しなかった魏冄が、はじめて本意をほのめかした。

斉《せい》のために尽力した孟嘗君《もうしょうくん》が湣《びん》王に逐われたときも、おそらくこうであったろう、と呂不韋は孟嘗君の像を魏冄にかさねあわせた。生前の孟嘗君は魏冄と敵対しつつも通いあうものをもっていたようである。

――やがて秦は自滅する。

と、魏冄は予断した。が、この陶はどうなのであろうか。孟嘗君の死後に薛《せつ》とい

う国が消滅したように、攻め取られるのではあるまいか。

薛の滅亡をみてきた呂不韋の予感は昏《くら》い。

翌日、呂不韋は陀方《たほう》に伺候《しこう》した。

おしえてもらいたいことが多々ある。

まず西《せい》氏の姉弟の消息についてである。魏冄は芷陽《しよう》に立ち寄ってふたりを拾ってくるといったが、魏冄の従者のなかにふたりの姿はなかった。

「たやすくはいかぬ。少々荒っぽいが、向夷《きょうい》に命じて、ふたりを脱出させることにした。まもなく事の成否がわかろう。心配するな。向夷がしくじるはずはない。わが子も、旬《じゅん》に会いたがっており、いじらしいことに毎日祈っている」

陀方は旬をわが子のようにいつくしんでいただけに、救いだしたいという気持ちは人一倍強い。

つぎは秦王室の内情についてである。

「公子柱《ちゅう》、すなわち安国君《あんこくくん》が太子になった」

「ようやく決まったのですね」

「色を嗜《この》むだけで、何のとりえもない人だ。妾《しょう》の数は十人はくだるまい。子の数は二十人以上であるときく」

「それは、それは――」

呂不韋は微妙に笑った。陀方も目で笑った。

「閨中《けいちゅう》で大いに意欲をみせる人でも、聴政の席では不能者にひとしいであろう。決断をおこなえぬ王の下ではかならず奸臣《かんしん》がはびこる。秦は安国君の代で滅びるにちがいない」

そのつぎは陶の未来についてである。

「安国君が秦王となったとき、王の足下に奸臣が居並び、かれらは陶の攻伐を進言するでしょう。安国君が暗君であればなおさら、奸臣どもの陰険なたくらみをさまたげるように、いまのうちに手を打っておく必要があると愚考しますが……」

と、呂不韋は懸念を述べた。

「不吉なことをはっきりと申したな。ここだけの話だが、陶の存続は秦王に認可された。君が亡くなられても、陶は続く」

「しかしいまの秦王が亡くなられたらどうでしょう。秦は法がすべてである国ですが、法の外にある唯一人《ゆいいつにん》は、秦王です。秦王のお約束は、法の内にないがゆえに、守られなくても、とがめられません。むしろ君は太子と盟《ちか》いをなさるべきでした」

「恐ろしいことをいう男だな」

陀方は観測に甘さをもたない男だけに、呂不韋の言を深刻にうけとめた。

「至難のことだが、わしが安国君にあたってみよう」

この日、魏毋に謁見した陀方は、翌々日、黄金や玉帛《ぎょくはく》を車中におさめ、馬車をつらねて陶を発《た》った。

――さすがに陀方どのだ。

陀方を見送った呂不韋は多少ほっとした。権力のすごみとはかなさを知りぬいた魏毋は、人に安寧がないように国家にも安定がなく、一国は他国に存続させられるものではなく、君臣みずから存立させてゆくものであることは、わかっているであろう。大国の宰相が小国の君主になったのである。思考と感覚の目の位置を更《か》えねばなるまい。一国の滅亡は人臣に悲惨さをあたえる。そうさせないために、打つべき手をこまめに打っておかねばならない。

おなじことは、一家にもいえる。

多数の従業員をかかえている呂不韋も、自家を滅亡させるわけにはいかない。

陀方が出発した日、穰の高官であり、陶に移住して官位を得ている葉芃《しょうほう》などを招き、礼意をこめてもてなした呂不韋は、宴会の終了後にひとつの吉報をうけとった。

年内に南方の産物がとどくという申六《しんりく》からの急報が、陶におけるあきないをまかされている茜《せん》のもとにはいったのである。

茜は涙ぐんでいた。

隷人《れいじん》あがりでありながらゆかしい美しさを感じさせるこの女は、主である呂不韋がかつてない危地にさしかかっていることを察して、日夜胸を痛めていた。申六の才気が抜群であることを茜は知っていたが、これほどあざやかな仕事ぶりは予想していなかっただけに、胸がふるえるほど感動した。その感動は呂不韋につたわった。

「これで失った信用の半分はとりかえせよう」

と、しみじみいった呂不韋は、すぐに荷の搬送《はんそう》のための手配を茜にいいつけた。かれは濮陽《ぼくよう》にもどらず、陶で荷の到着を待った。

十二月の上旬、その荷はきた。

「申六、よくやった」

家人をおどろかすほどの声で、到着したばかりの配下を褒めた呂不韋は、日をおくことなく、荷とともに濮陽へむかった。

三

呂不韋《りょふい》は配下の活躍で危地を脱したといってよい。

濮陽《ぼくよう》で呂不韋の帰りを待っていた者は、主人といっしょに到着した多量の荷をみて、いちようにほっとした。かれらは邯鄲《かんたん》へ送る荷をのぞいて、年内にさばききった。呂不韋をはじめ全員が疲労困憊《こんぱい》したが、この疲れには明るさがあった。

「父に助けられたよ」

晦日《かいじつ》、配下をねぎらうために設けた小宴の席で、呂不韋は苦笑しつつ鮮乙《せんいっ》にいった。呂不韋の父が築いた信用のなかに呂不韋がいたからこそ、春平《しゅんぺい》が尽力してくれたのである。

「たしかにそうです。しかし主が陽翟《ようてき》の呂氏を知らぬまに助けていることがあるかもしれません。主の盛名は韓《かん》にもとどいているでしょうから」

呂氏の父子は敵対しつつ協力しているというふしぎな関係にあるといえる。

とにかく、春平の努力がどれほどのものであったかは、申六《しんりく》にきかなくてもわかるので、新年を迎えてから、呂不韋は礼意をつたえるために、春平に面識のある鮮乙のほかに雉《ち》を寿春《じゅしゅん》へ遣《や》った。

同時に、呂不韋は邯鄲に荷をとどけるべく濮陽を発《た》った。

まさかこの旅行が呂不韋の運命を大きく変えるものになろうとは、呂不韋自身も夢にもおもわなかった。

呂不韋の乗る馬車の御《ぎょ》は眕《しん》である。眕のほかに多数の従者が荷の輸送にあたった。そのなかに申二《しんじ》という少壮の男がいて、邯鄲に近づくと、その者を先行させて、邯鄲での賈《こ》をあずけてある栗《りつ》のもとに報《しら》せをいれさせた。

栗はすくなからぬ配下を従えて呂不韋を郊まで出迎えた。

「趙《ちょう》の賈人《こじん》に迷惑をかけた。謝辞を忘れず、これからもとりひきを続けてもらえばそれで充分であるという心で、荷を各人にとどけよ」

と、呂不韋は栗にいいつけた。

「おいいつけ通りにいたします」

と、答えた栗は、別人のごとく豊かな風貌《ふうぼう》をもっている。

――栗が商売に適《あ》っていたとは。

呂不韋はかつて愉《たの》しいおどろきをおぼえたことがある。栗という暗い男の内奥に明かりを灯《とも》したのは妻の莘厘《しんりん》であろう。この聰明な女は、どこからみてもみばえのしなかった夫を、内からつくりかえたのである。

栗の家の敷地内に呂不韋の滞在用の家が立っている。そこにはいるたびに、莘厘の気働きのすごみを感じる。室内には塵《ちり》ひとつ落ちておらず、わずかな破れもなく、清潔そのものであり、めだたぬところにかしこそうな婢女《ひじょ》をひかえさせ、旅装を解いた呂不韋の抖擻《とそう》に応《こた》えさせるようにしてある。呂不韋は邯鄲での滞在で不愉快をおぼえたことがない。

その家にはいった呂不韋は、今回も居ごこちのよさを感じた。さっそく莘厘が挨拶にきた。

「明日、冥《めい》氏を訪ねたいが、先方のご都合をきいておいてくれ」

「かしこまりました」

莘厘の語気には活力がある。

呂不韋は冥氏といったが、それは中牟《ちゅうぼう》近くに本拠をかまえている冥氏ではなく、冥氏の養女でいまや家督をゆずられた邯鄲の鮮芳《せんほう》のことである。鮮芳は冥という氏を継いで、

「冥芳」

と、称している。呂不韋が三十五歳になったということは、冥芳は四十六歳にな

ったということになる。冥芳は邯鄲で一、二を争う大賈《たいこ》といってよい。少年のころに呂不韋は、

――冥氏にまさる賈人になってみせる。

と、敵愾心《てきがいしん》を懐《いだ》いた。冥氏の当主が鮮芳になったいま、仮想の敵に勝ちたいという心の炎は昔ほど強くない。冥氏の富力は冥氏にまさるともおとらないであろう。ここまできた自分に満足しているわけではないが、十年以内に、事業を鮮乙と栗、それに茜《せん》に引き継がせて、自身は引退し、学問の道にはいりたい。呂不韋のひそかな願いとは、それである。

呂不韋は上質の富有《ふゆう》というものを、金貨の数におきかえることのできぬ文化にすえていた。父が非情におこなっている賈をみて育ち、父と賈を憎んだがゆえに、父を超えようとすれば、賈市《こし》における計算を超えた価値を創立しなければならない。呂不韋が賈市にこだわりつつも、つねに賈市から離れたがっていたのは、そういうことであろう。賈に従事することによってたしかに呂不韋は合理を身につけた。が、この合理がかえって呂不韋に不満をあたえている。

――人だけでつくった合理は、天と地の理にふれえない。

その点で、商業は天地の理にそって合理を形成した農業におよばないと呂不韋は

おもっている。こういう自分があるかぎり、賈市にある自分に違和感がある。真の自分とは、どういうところに、どうあるべきなのか。生きるということは、それを問いつづけることかもしれない。たやすく得る答えは真の答えではないと信じている呂不韋は、自分自身をみて、ただひとつの美点は、魯《にぶ》さをもった真摯《しんし》さであろう、とおもっている。

――わたしはのろのろとどこへむかって歩いてゆくのか。

翌日、冥芳邸へゆくときも、そんなことを考えていた。

冥芳は呂不韋を笑顔で迎えてくれた。

「秦《しん》の政変は、ここでも話題になっています」

「陶《とう》侯が逐斥《ちくせき》されたことで、わたしも罄竭《けいけつ》しそうになりました」

「呂氏が潰《つぶ》れたら困る賈人は多い。寿春の春氏に助けられたそうですね」

昨日、荷の搬入にきた栗から冥芳は話をきいている。冥芳は情報通である。魏冄《ぎぜん》にかわって宰相となった応《おう》侯について呂不韋に語った。

応侯は張祿《ちょうろく》と名告《なの》っていたがほんとうの氏名は范睢《はんしょ》である。魏《ぎ》の出身であるかれは、魏斉《ぎせい》という魏の大臣に無実の罪を衣《き》せられて殺されそうになったことがあったため、秦で宰相の位につくや、

「魏斉の首をよこせ」

と、魏につたえた。恐れた魏斉は趙へ亡命し、義侠心《ぎきょうしん》のある平原君《へいげんくん》にかくまってもらった。秦の昭襄王《しょうじょう》は范雎に同情して、平原君を秦に招いて足どめをしておいてから、趙の孝成王《こうせい》に恫喝《どうかつ》の書面を送った。愁えた孝成王はやむなく平原君の屋敷に兵をむけて魏斉を捕らえようとした。ところが魏斉は夜陰にまぎれて逃亡し、魏にもどって、安釐《あんき》王の弟の信陵君《しんりょうくん》（無忌《ぶき》）を頼ろうとした。しかしながら信陵君が逡巡《しゅんじゅん》したのを知った魏斉は、

「もはや自分をかばってくれる人はこの世にいない」

と、絶望し、自殺した。魏斉の首が孝成王によって秦に送られたので、平原君は帰国をゆるされた。趙は平原君の拘留がいつまで続くのかわからなかったので、斉《せい》の田単《でんたん》を宰相にした。

――趙は斉と結んだ。

ということであろう、と呂不韋はおもった。冥芳の情報源は藺相如《りんしょうじょ》にちがいない。

――明日は藺氏に伺候《しこう》しよう。

と、おもった呂不韋は、荷の遅れを冥芳に詫び、情報を交換してから、邸外にで

た。なにやら大路が噪《さわ》がしい。貴人が通るらしい。馬車からおりた呂不韋は長い行列を見守った。その行列が去ったあと見物人から失笑が起こった。

「みよや、つぎにきたのが、秦の公子よ。さきに行った魏の公子とは、くらべものにならぬ。貧弱そのものではないか」

そのあざけりの声が、馬車にもどりかけた呂不韋の足を停めた。小さな集団が視界にはいった。なるほど貧弱である。車を牽《ひ》く馬に冴えがなく、従者の数もすくなく、しかも衣服は暗く、活気のない歩きかたをしていた。

呂不韋は車中の公子の貌《かお》をみた。その貌は精気に欠けていた。

新しい道

一

呂不韋《りょふい》は幻覚をおぼえた。

突然、大路に黄金の気が立ったのである。むろん、その気は見物人の目に映るはずがない。

――これは幻覚なのか。

呂不韋は自分に問うた。自分の正気に問うたといったほうがよい。大路を掘れば黄金の鉱脈をみつけることができるというものではあるまい。気のなかに小集団がある。その小集団に比類のない価値があるのか。

黄金の気が消えた。呪縛《じゅばく》を解かれた感じの呂不韋は、

「今日は、どういう日なのですか」

と、去ってゆく小集団をゆびさしながら、横の男にきいた。初老の男は軽く笑い、

「人質になっている公子が、趙王《ちょう》に謁見する日ですよ。秦《しん》は強大であるくせに、みすぼらしい公子しかよこさない。趙をあなどっているのです。せめて人質の公子を嘲《あざけ》ってやらなければ、趙の国民としては気がすまない」

と、口をとがらせていった。

「そうですか」

と、いった呂不韋の目つきがかわった。

「申二《しんじ》――」

と、機敏さのある配下をよび、趙で人質生活をおくっている秦の公子のことを、あまさず調べなさい、といい、調査費というべき金貨をあたえた。

馬車の御《ぎょ》をしていた昣《しん》は、いぶかしげな表情を呂不韋にむけた。ふと笑《え》んだ呂不韋は、

「あれは奇貨かもしれない」

と、つぶやくようにいった。この場合の貨とは有価物をいう。家にもどった呂不韋は、翌日、藺相如《りんしょうじょ》を訪問した。趙の名臣というべき藺相如の容貌《ようぼう》に老いがみられるようになった。敬仰していた恵文王《けいぶん》を喪《うしな》ったことによる失意が深いのかもし

れない。藺相如は恵文王の深厚を具現した唯一人《ゆいいつにん》であったといってよい。趙の歴史では恵文王の父の武霊王《ぶれいおう》（主父《しゅほ》）の存在が大きいが、じつは国に淳気《じゅんき》をもたらしたのは恵文王であり、国民がもっとも安心して生活することができたのは、恵文王の治世においてであった。すなわち藺相如は恵文王をりっぱに輔成したのである。しかし恵文王が歿して、孝成《こうせい》王の代になると、藺相如は貴臣として尊ばれたものの、政権から遠ざけられた。めだたないが、政変は趙にもあったのである。藺相如の懸念は、孝成王が父よりも祖父の武霊王にあこがれ、武威を偏信《へんしん》することである。これは武霊王にかわいがられた平原君《へいげんくん》の思想に玉座が染められたあかしであろう。

ついでにいえば、孝成王に招かれた孫子《そんし》（荀子《じゅんし》）は、王のまえで、臨武君《りんぶくん》という高見《こうけん》の持ち主と軍事を論じた。そのとき孫子は、

——およそ用兵攻戦の本は民を壱《いっ》にするにあり。（中略）ゆえに兵の要は善《よ》く民を附《ふ》するに在《あ》るのみ。

と、いい、戦術以前に民の心をつかむことがなければ勝利はありえないことを説いた。この問答の詳細は記録されて『荀子』のなかに編入された。「議兵篇」がそれである。

儒家《じゅか》に兵事を語らせたところに孝成王の嗜好《しこう》がうかがえる。

それはそれとして。

「わが国の倉廩《そうりん》に過不足がなかったのは、なんじのおかげだ。わが家の財も、なんじによって大きくなった」

と、藺相如はつねに呂不韋を賓客《ひんかく》のようにもてなす。呂不韋は自分の妻子をあずかってくれている藺相如に頭があがらない。この日、呂不韋の顔をみた藺相如はいきなり、

「なんじの師である孫卿《そんけい》が邯鄲《かんたん》に滞在している」

と、教えた。呂不韋は瞠目《どうもく》した。

「あっ、さようですか。じつは昨年、路上で孫子にお目にかかり、一喝されました」

「なんじはめぐまれている。いまだに叱ってくれる師がいる」

と、藺相如は笑いながらいった。

「その通りです。師は滞固《たいこ》をもっとも嫌っておられます。わたしのような凡器が、すこしはましな者になるためには、目にみえるように動くことが肝要なのです。濮《ぼく》陽《よう》をでるように師にいわれました」

「呂氏よ、謙遜がすぎる。が、濮陽をでるのはよいかもしれぬ。邯鄲を本拠にして

はどうか」

「来年は、そうするかもしれません」

そう答えた呂不韋は邯鄲の家を増築すべきかもしれぬとおもいはじめた。濮陽をでたほうがよい、という声が胸裡《きょうり》で熄《や》まない。

「ところで――」

と、呂不韋は趙で人質生活をおくっている秦の公子について問うた。

「あの公子か。あれは安国君《あんこくくん》の子だ」

「異人《いじん》」

という風変わりな名をもった公子である。

「太子の子ということですね」

呂不韋は意気込んでいった。ひさしぶりに跂想《きそう》のふるえをおぼえた。が、藺相如の声は冷静である。

「子といっても嫡子ではない。もっとも太子になったばかりの安国君はまだ嫡子を決めていないらしい。しかし長子に子傒《しけい》とよばれている人がいるときく。子傒が嫡子であろうよ」

「そうですか……」

沸き立っていた胸のなかが急に冷えた。

「呂氏は秦の公子に関心があるのか。だが、あの公子は捨てられたかたちで趙にいる。父の安国君が秦王となり、兄の子傒が太子になれば、たぶん秦には帰れまい。趙で一生を終えることになる。陶《とう》侯とちがって、なんじに一金の利ももたらさない人物であろう」

利、といわれたとき、呂不韋は利から離れたい自分があることに気づいた。志《こころざし》を精白にしたいといってもよい。時代が変わったと感じたとき、自分も変えなければならない。身を修め事を整えることを孫子は、

「修正治弁《しゅうせいちべん》」

という語で表した。呂不韋はそこへ立ち返ろうとしている。異人という公子が一金の利ももたらさない人物であったほうが自分にとってよいかもしれない。報酬のない行為で自分を澡《あら》ってみたいというのが呂不韋のいつわらざる心であろう。

この日、呂不韋は妻の僖福《きふく》と子の僖碧《きへき》の顔をみずに、藺氏邸をでた。

——なにはともあれ、家の増築にとりかかろう。

来年までに本拠を邯鄲に移すことを、夕《よる》、栗《りつ》に語《つ》げた。栗は軽いおどろきをみせたものの、

「では、さっそく、とりかかります」

と、いった。翌日、申二が帰ってきた。公子異人の生母は夏姫《かき》といい、公子自身は安国君の仲子《ちゅうし》で、趙の鄗城《きゃくじょう》に住んでいるという。ほかのこまかな情報をきいた呂不韋は、

「そうか、よくしらべてくれた。ご苦労でした」

と、申二をねぎらった。ところで鄗城がどこにあるのか呂不韋にはわかっていたにちがいないが、後世では、その城の位置が不明となった。鄗城とは聊城《りょうじょう》であるという説がある。聊城というのは趙と斉《せい》の国境あたりにあり、邯鄲から東方およそ三百五十里に位置する。旅程としては約十二日である。じつはその距離は濮陽を起点にしても等しい。

三日後に邯鄲をあとにした呂不韋は、この道中にかぎって終始寡黙であった。

――主はどうなさったのか。

御をしていた眕は愀然《しゅうぜん》とした。

濮陽に到着した呂不韋がうつむきがちに家にはいろうとすると、鮮乙《せんいつ》があわててでてきて、

「陽翟《ようてき》の呂氏がいらっしゃいます」

と、ささやいた。

——父がきているのか。

呂不韋は目をあげた。どういう風の吹きまわしか。呂不韋が賈市《こし》の道にはいってから、いちども父は会いにきたことはない。眉《まゆ》をひそめた呂不韋は奥へすすんだ。なるほど、父がいた。父の話し相手になっていた維《い》はすばやくしりぞいた。

「帰ったか、顔色がよくないな」

その声に老いはないといってよい。

「陽翟の賈《こ》はいかがですか」

呂不韋はあたりさわりのないことをきいた。ふりかえってみれば、父とふたりだけで話しあったことは、いちどもない。賈を話題からはぶけば、話そのものが消滅してしまうというのが父ではないか。趣味人としての父を呂不韋はまったく知らない。

「ほどほどといったところだろう。わしは隠居同然ゆえ、いまの賈について、くわしくない」

「利について、おたずねして、いいですか」

呂不韋の口調に堅さがある。

「かまわぬよ。どんな利だ」

この口調はおもいがけなくやわらかい。

「耕田《こうでん》の利は、幾倍《いくばい》でしょうか」

田畑を耕す利益は何倍になるか、と呂不韋は問うた。呂不韋は賈人《こじん》であるから、耕田の利は、農産物をあつかうときの収益のことであると考えたいが、どうもそうではなく、生産者の利益についてきいたようである。

「十倍だな」

「珠玉の贏《えい》は、幾倍でしょうか」

贏は、儲けといいかえてもよい。

「百倍だ」

「それでは国家の主を立てての贏は、幾倍でしょうか」

国家の主を立てるというのは、君主を擁立するということである。

「無数だよ」

無数とは数えきれないこと、すなわち無限であるということである。陽翟の呂氏は自分の子が途方もないことをたくらんでいることに気づいた。利が無限であることとは、成功に到ることも無限である。

「不韋よ、最後の問いは、どういうことだ」

それにたいして呂不韋が答えたことの一部は少々奇妙である。


今、力田疾作《りょくでんしっさく》するも、煖衣余食《だんいよしょく》を得ず。今、国を建て君を立てば、沢以《たくもっ》て世に遺《のこ》す可《べ》し。


このことばは『戦国策《せんごくさく》』にある。ふつうに訳せば、今、田畑であくせく働いても、暖かい衣服と余分な食べ物を得られない。もしも今、国を建て君主を立てれば、余沢を後世に遺すことができる、となる。賈人である呂不韋が田畑で働くはずはないので、力田疾作の主語は呂不韋ではなく、民、ということになろう。さらに奇妙なのは、

「建国立君」

という語である。秦という国があるのに、あえて建国といったのは、いま趙にいる公子異人に君号をさずけてもらい封地《ほうち》を与えてもらうようにする、ということであろう。呂不韋は邯鄲で公子異人をみたとき、

——奇貨居《お》くべし。

と、おもった。居く、は、たくわえる、とも読む。その奇貨は扇城にあって、まだ呂不韋の倉におさめられていない。

二

父が数人の従者とともに濮陽《ぼくよう》を去るや、おもだった者を集めた呂不韋《りょふい》は、

「一世一代の投機をさせてくれないか」

と、いい、委細を語り、頭をさげた。この投機が失敗すれば、呂不韋は賈市《こし》から手を引き、事業を鮮乙《せんいつ》などに紹《つ》がせるつもりである。

当然のことながら、いっせいに反対の声が揚がった。安国君《あんこくくん》の子が二十人以上いるというのであれば、なぜ、公子異人《いじん》に投資しなければならないのか。安国君の子をすべて調べあげてから、有望な子をえらび、接近することにしても遅くはあるまい。陶侯《とう》の盛衰をみてわかるように、権勢に付いて利を求めるのは危険が大きすぎる。たとえ公子異人が国を与えられても、擁立者にどれほどの利益があるのか。そういう確実さのないところに大金を投ずるのは、まさに無謀であり、かならず破産が生ずる。公子異人のことは忘れるべきである。

つぎつぎに挙がった意見は、すべて諫止《かんし》の言である。黙って聴いていた呂不韋は、

「よくわかった。が、みなに話しておかねばならぬことがある。昔、わたしはここにいる鮮乙につれられて、黄金の鉱脈をさがすために山にはいった。ふしぎなことに、山師《さんし》と鮮乙がみることのなかった黄金の気を、わたしはみた。その黄金の気を資本にわたしは賈市の道にはいった。ところが、先日邯鄲《かんたん》で、またしても黄金の気をみた。その気のなかに公子異人がいた。このふしぎさを活《い》かすのが、わたしの生きかただ。この投資が成功しても失敗しても、わたしは賈市の道には帰ってこない。濮陽における事業と資財を、鮮乙に継承させる」

と、いい、みなをおどろかせた。

「おもしろい。呂氏を賈人《こじん》にしておくのは惜しいとおもっていた。わしは呂氏に従い、公子異人がほんとうの黄金の鉱脈か、確かめてみたい」

いきなり大声を発したのは、申欠《しんけつ》であった。

姦黠《かんかつ》な権謀術数《けんぼうじゅっすう》の渦巻く世に正義を樹《た》てて行った孟嘗君《もうしょうくん》に、父とともに仕えていたこの男は、呂不韋に魅力を感じていた。呂不韋のすごみは何といっても魏毋《ぎぜん》という難物の信頼を得たことであろう。魏毋は商業を嫌っており、商人を近づけなかった。が、呂不韋はどういうわけか魏毋の懐に飛び込んだ。余人がなしうる技では

ない。また呂不韋は趙《ちょう》の藺相如《りんしょうじょ》、楚《そ》の黄歇《こうけつ》といった名臣に親しんでいる。この資質は、どう考えても、賈人のそれではない。むろん呂不韋は口先で君臣にとりいる従横家《じゅうおうか》とはちがう。無言の人格が、従横家より雄弁であるといってもよい。

いま呂不韋が企望《きぼう》しているのは、公子異人の真価を父の安国君に認識させておき、主君安国君が秦王《しん》になったとき、封邑《ほうゆう》を下賜《かし》してもらい、公子異人の謀臣として、主君とともに秦の政治の中枢にくいこんでゆく、というものであろう。すなわち、公子異人を第二の魏毋とする企画ではないか。

「まわり道だな」

あとで申欠は呂不韋に直言した。公子異人を安国君の嫡子にすれば、呂不韋は傅《ふ》相《しょう》となり、政権により早く接近することができる。

「はは……」

おもわず呂不韋は笑った。申欠の話をきいていると、明日にでも秦の宰相になれそうである。申欠は鼻哂《びしん》した。

「投機をおこなう本人が笑っていては、何もはじまらない。万人ができるはずはないと笑罵《しょうば》することを成《な》して、天下をあっといわせてやろう」

申欠の意気込みはすさまじい。

「恐れいった。何からはじめようか。すぐに鄗城《きゃくじょう》へゆくべきかな」

「そのまえに、すこし調べたい。申二《しんじ》の調査は十全ではない」

翌朝、申欠は配下とともに姿を消した。調査を終えて申欠が帰ってきたのは夏であるが、それまでに呂不韋は財産を鮮乙に譲渡した。

「うけとれません」

と、かたくなさを崩さなかった鮮乙を口説き落とした呂不韋はしみじみと、

「昔、冥《めい》氏に会ったとき、わたしはなんじに冥氏の十倍以上の富力をもたせてやる、と心に誓った。ところが、なんじに与える富は、その誓いに背いたものだ」

と、いい、鮮乙を感激させた。

——あの少年が、そんな志《こころざし》を懐《いだ》いていたのか。

鮮乙はじんとした。呂不韋は自分のためではなく鮮乙のために大賈《たいこ》になろうと決心したといったほうがよい。

呂不韋はおもむろに鮮乙に頭をさげた。

「わたしは公子異人に投資するが、鮮乙もわたしに投資してもらいたい。つまり、千金を貸してもらいたい」

「何をおっしゃいます。金はあなたさまのものではありませんか」

「いや、なんじに譲渡したかぎり、なんじのものだ。千金の利息は、千金にしよう。五年後に二千金を返すということでどうだろうか」

鮮乙は苦笑した。

「五年後でも十年後でもかまいません」

「それはよくない。五年後に返せなければ十年後でも返せない」

「では、こういたしましょう。五年後に二千金が返らないときは、あなたさまはこの家にもどっていただく。これを約束してくださるなら、千金をお出ししましょう」

呂不韋は約束した。

――これでわたしは失敗することができなくなった。

精巧に事をすすめてゆかねばなるまい。その点、申欠ほど頼りになる助力者はいない。情報収集能力は抜群である。申欠が帰ってきたので、一夜、話をきいた呂不韋は、翌朝には濮陽を発《た》った。

呂不韋の従者は維《い》と僕婢《ぼくひ》、ほかに雉《ち》とかれの家族、それに申欠と飛柳《ひりゅう》、およびかれらの配下である。配下のなかには申二も申六《しんりく》もいるが、申六だけは呂不韋の直属になっている。

河水《かすい》を渡る舟に乗った呂不韋は、舟中の全員をみわたして、

「このまま河水をくだり、東海のかなたにあるという島に渡り、ここにいる者だけで国をつくったら、さぞや良い国ができるであろう」

と、いい、みなを笑わせた。

「蛮夷《ばんい》の王も悪くないが、中華諸国の相国《しょうこく》にまさるものはない。とくに秦の執政が、ほどなく天下を経営するようになる」

申欠ははつらつといった。この男の本領が発揮されつつあるといってよいであろう。

この集団は屚城へはゆかず、まず邯鄲にはいった。呂不韋は栗《りつ》と莘厘《しんりん》に仔細《しさい》を話した。栗の驚愕《きょうがく》は尋常ではなかった。

「わたしはあなたさまにいのちを救われ、あなたさまのおかげで良妻を得ました。しかもいまや、あなたさまのご配慮で、貴門に出入りすることができる賈人となりました。康福《こうふく》そのものの身に、あなたさまの財がくわわれば、天罰がくだります」

と、栗はゆかにひたいをすりつけてふるえた。莘厘の表情も固い。

――ご主人は、翼をたくわえ、飛翔なさろうとしている。

万人が墜落死することを、このかただけがなさって、成功するのだろうか、と莘

厘は沈思した。

呂不韋はゆるやかに笑った。

「なんじは勤恪《きんかく》だ。天罰などくだろうか。もう独立してもよかろうよ。わたしも身軽になりたい。ところで、ひとつ、なんじにねだりたい。いま増築している家をわたしに贈ってくれ」

むろん栗が、否《いな》、をいうはずがない。

三

邯鄲《かんたん》に本拠を遷《うつ》した呂不韋《りょふい》は、扇城《きゃくじょう》にむかって一歩を踏みだした。

この一歩が、天下を経略する鼎位《ていい》にかけあがる一歩になることを、呂不韋は予想していたか。呂不韋には自信がある。ただし、

――公子異人《いじん》に覇気《はき》がなければ、どうしようもない。

と、おもっている。中欠《しんけつ》の調査によれば、公子異人の年齢は十八である。環境を認識し、自分の将来を画《か》く力が肝胆に生じる年齢である。ちなみに父の安国君《あんこくくん》（太子柱《ちゅう》）はいま四十歳である。呂不韋にとってさいわいなことは、安国君が嫡子を決

定していないことである。

「太子の正室は華陽夫人といい、そのかたに子がないので、嫡子決定がおくれている」

と、申欠はいう。さらにさいわいなことに、長子である子傒《しけい》の生母と華陽夫人とは、仲がよいとはいえない。

「公子異人の生母はどうなっている」

「ふむ、公子の母は夏姫《かき》という。このかたは秦《しん》の後宮にいない」

「夙城にいるのかな」

呂不韋は首をかしげた。

「かもしれぬ。とにかく太子にさほど愛されなかったかただ。ということは公子も父に愛されていない」

申欠のいう通りであろう。公子異人を太子にするには、むしろ不利のほうが大きい。

突然、呂不韋は、

「心は小なりといえども道は大きく、聴視《ちょうし》する所のものは近くとも聞見《ぶんけん》するところのものは遠し」

と、いって、微笑した。

「何だ、それは」

「いまのわたしだよ。小心のなかに大道があり、近い現実のなかに遠い世界がある」

「ふっ」

　申欠は鼻で哂《わら》って横をむいた。

　馬車は鄗城に近づいた。公子異人は人質であるといっても拘禁されているわけではない。下級貴族が住む程度の屋敷で静かに暮らしていた。未来に明るい夢をもちようがないこの貴人にとって、呂不韋の訪問は、祥雲がおりてきたようなものであった。

「呂氏……、その者は賈人《こじん》か。買う物はないといえ」

　この家をみて、物を売りにきたのであれば、その商人は、よほど目利きの能力が欠如した者であろう、と異人は内心皮肉な笑いを浮かべた。しかしほどなく豎臣《じゅしん》がもどってきた。異人は慍色《うんしょく》をむけた。

「賈人であれば、商売の話をするにきまっている。わずらわしいゆえ、早く追い返せ」

と、異人がいっても、豎臣はひきさがらない。

——こやつ、賄賂をもらったな。

そう感じた異人は、このとき、かえって呂氏という賈人に会いたくなった。なにしろ貧しい生活をつづけているのである。豎臣に贈賄する男であれば、献上品をもってきたにちがいない、と卑しい心が働いたからである。

——これが呂氏か。

と、異人は遠来の賈人の顔をみるまえに、献上品をみてがっかりした。めずらしくもない帛《きぬ》がわずかに置かれているだけである。

——大賈《たいこ》ではないな。

そうおもうと、話をするのもわずらわしかった。

「面《おもて》をあげよ」

不機嫌な声である。呂不韋は顔をあげた。とたんに異人は目前の男にふくよかさを感じた。異人という公子は父にうち棄てられたも同然の境遇のなかで、なにごとにも意欲をみせず、むろん学問にも無関心で、識《し》るということにも喜びをおぼえたことはないが、感覚はねむりこけていたわけではなかった。呂氏から感じたものは正確であった。それが好感をそだてるきっかけになったのは、異人にとってさいわいであった。

「賈人が予に求める物があろうとはおもわれぬが、来訪のわけを申せ」

口調からすこしけわしさが引いた。

「恐れながら、申し上げます」

呂不韋の話は単刀直入である。異人は世の諸相に接する機会をもたず、まだ二十歳に達していないことから、かれの言語感覚は未熟であり、婉曲《えんきょく》ないいかたや引喩《いんゆ》などを嗜《たしな》まない、とみたからである。べつなみかたをすれば、異人は欲望が寡《すく》ないので、知識によって生活の内側を豊かにしたいという意《おも》いもないのであろう。

――廃人にひとしい。

と、呂不韋は異人をみている。人格に多少の窈然《ようぜん》たるものがほしい。暗示の効《き》きが悪い体質の人と話をつづけると、話の奥ゆきがそこなわれて、楽しさも深みをうしなう。話の内容になまぐさみがある場合、それを密閉する用意のない人と対話するときは、自分がそれをかがないように用心する必要がある。呂不韋はそうおもいつつ、まず、異人にとって長兄にあたる子傒がいかに嫡子の席に近いところにいるかを説いた。

異人はぼんやりときいている。長兄が嫡子になるのは当然である、とおもっているからである。呂不韋はこの凡庸な公子に衝撃をあたえた。

「子傒さまが嫡子となり、そのまま王位継承権を獲得なされば、子傒さまが王になったとき、あなたさまは王族として厚遇されるどころか、庶人《しょじん》同等の身分に隤《お》とされましょう」

昭襄王《しょうじょう》が母、叔父、弟を追放した事実が今代だけのものであるとおもってはならない。この言がようやく異人の危機感をめざめさせた。

「わしはどうすべきか」

異人には知恵も才覚もない。呂不韋に遇《あ》わなければ、かれの名は歴史の闇のなかで人知れず朽ちていっただけであろう。

「もしもあなたさまがわたしの計略をお聴《ゆる》しになり、帰国をお望みになれば、秦国を有《たも》つことができましょう。わたしはあなたさまのために、秦があなたさまを欲するようにさせましょう」

と、呂不韋はいった。これは『戦国策《せんごくさく》』にある献言であるが、『史記』には、司《し》馬遷《ばせん》の創作であろうとおもわれる対話がある。呂不韋はこういったのである。

「わたしはあなたさまの門を大きくしてさしあげられます」

異人はのちに子楚《しそ》と名をあらためるので、ここでは子楚になっている。子楚は笑っていった。

「まずはあなたの門を大きくしてから、わたしの門を大きくしてもらおう」

呂不韋はいった。

「あなたさまはおわかりになっていない。わたしの門はあなたさまの門が大きくなるにつれて大きくなるのです」

そういわれた子楚は呂不韋の心中を察し、かれの手をとって奥へゆき、座を定めて密談した。これが『史記』のなかにある情景である。人の進退、出没、盛衰のあざやかさを嗜《この》む司馬遷としては、『戦国策』のもとになった書物の記述にものたりなさをおぼえたのであろう。鼎味《ていみ》へ意欲をみせる呂不韋の同伴者である異人に魅力のある陰翳《いんえい》をそえたくなったのであろう。ここが翳《かげ》であり、やがてふたりが光のなかに躍りでるという対照を明示したい司馬遷の意図はよくわかるが、異人という公子は性格に奥ゆきをもった人ではない。密語をするために呂不韋の手をとって家の奥にみちびくこともしなかったであろう。異人は事象の裏を読んだことはなく、読むための努力をしたこともない。この年まで、計略らしきことをいちども脳裡《のうり》に浮かべたことはない。もっといえば、自分が生きていることに感動をおぼえたことはなく、淡い失望のなかで呼吸をくりかえしてきたにすぎない。

したがって、ここでの異人も呂不韋のめざましい献言を喜びの心でうけとめて意欲をもって鋭敏に反応したわけではあるまい。自分の未来をいっそう暗く感じながら、このえたいのしれない賈人のこころみが成功すればよい、と他人事のようにおもったにすぎないであろう。

「おゆるしをたまわったかぎり、不韋は、あなたさまのために身命《しんめい》を賭《と》して働きます」

と、呂不韋は多少大仰《おおぎょう》なことをいった。これは異人にむかっていったというより、自身が商業から政治の世界へ移るという表明であったかもしれない。あるいは天にむかっていったのか。

しりぞいた呂不韋は、異人の実感のないありかたに苦笑した。呂不韋の配下としておなじ部屋にいた中欠は、

「公子は愚人だな」

とがっかりしたようにいった。

「愚人かもしれないが、悪人ではない。人民を害することはしないだろう。かつて王朝を滅亡させた夏桀《かけつ》、殷紂《いんちゅう》は、ひときわすぐれた容貌《ようぼう》と英知をもっていたが、人民を虐《しいた》げたことで、人民に背かれて死んだ。そのふたりは愚人より劣る。公子に

はだいそれた欲望がない。主権にはこだわらないだろう。わたしは平民だ。この平民がもしも政治をおこなうようになれば、中華に新しい政体ができる。もしかすると、人民に主権が移るという世がくるかもしれぬ」

「ありえぬ」

中欠は嗤侮《しぶ》した。民が政治に参加することなどは天地がさかさまになってもありえない。

「志《こころざし》が高すぎる者は、つねに人の失笑を買う」

「では、主を嗤《わら》いつづけよう。そうすれば、主は成功するかもしれぬ」

「そうしてくれ」

邯鄲にもどった呂不韋は異人のために最初の手をうった。

祥風起《た》つ

一

呂不韋《りょふい》はせっせと貴門をおとずれた。

これから売りだそうという異人《いじん》が、鄗城《きゃくじょう》のような辺邑《へんゆう》にいては、なにかと事をすすめにくい。それゆえ、随意に居を遷《うつ》すことのできぬ立場にある異人のために、趙《ちょう》の大臣や高官に面会を求めて、

「今後、趙が秦《しん》と敵対するにせよ和解するにせよ、秦との関係を重視すべきで、人質である公子異人を監視しやすい邯鄲《かんたん》に置いたほうが便利なのではありませんか」

と、説いた。まず異人の存在とその利用価値を貴顕《きけん》の臣に知らしめねばならない。秦との和を望んでいる藺相如《りんしょうじょ》と廉頗《れんぱ》を説くのはたやすいが、難関は、秦に悪感情を懐《いだ》いている平原君《へいげんくん》（趙勝《ちょうしょう》）である。幽閉を解かれた平原君が秦から帰ってきた

ので、直訴がかなわぬ呂不韋は、平原君に信頼されている食客に進物を呈して大いに説いた。平原君が、諾《だく》、といわないかぎり、この件は伸展しないので呂不韋は必死であった。

この年の秋になって、呂不韋の努力はむくわれた。

異人は、邯鄲都内に、宮《いえ》をあたえられることになった。

――大いなる前進よ。

と、手を拍《う》った呂不韋は、異人が住むことになる宮室にさきにはいって、什器《じゅうき》などを調度し、室内を華やかにし、庭に豊麗さをあたえた。それを終えて、郊外に異人を出迎えた。なんというみすぼらしい従者か。都内の宮室に落ち着いた異人に、さっそく申六《しんりく》をまみえさせ、

「この者をお使いください。不足のことがあれば、何なりと仰せください」

と、いい、この有能な男を異人に近侍させた。異人の従者にはひとりとして異能を感じさせる者はいない。申六のような才覚の持ち主であれば、明日にも、側近として重きをなすであろう。申六はこの日、肆中《しちゅう》の一員から脱して、秦王の陪臣《ばいしん》になった。この世にはこういうふしぎなことがほかにもあるとはいえ、昭襄《しょうじょう》王の孫に仕えることになったという事実は、申六を感動させたらしく、終始この男の顔は

赤かった。

昂奮度は異人のほうが高いであろう。

生活環境が一変したことを素直に喜んだ。これだけで、

――呂不韋はわしを幸福にしてくれる。

と、信じた。この商人のいう通りにしていれば、わしは嫡子になれるかもしれぬ、とはじめて希望を懐《いだ》いた。生まれてこのかた感情のたかぶりをおぼえたことがない人が、熱い息を吐いて、呂不韋に礼をいったのである。

「どうぞ、これを――」

と、呂不韋は異人の交際費と家の運営費のために五百金を献上した。異人は呆然とした。貧困に淪《しず》んでいた異人には黄金のありがたさはよくわかる。

異人邸に多数の僕婢《ぼくひ》を送りこんだ呂不韋は、趙の大臣と高官に礼をするために、冬に、異人邸で華美な宴会をおこなった。ちなみに藺相如は体調が悪いということで欠席した。平原君もこなかった。平原君は秦を憎んでいるとはいえ、政治的な顧慮をおこなうのであれば、感情の色をかくして出席すべきであろう。

――やはり平原君は孟嘗君《もうしょうくん》におよばない。

呂不韋は平原君に窈渺《ようびょう》たるものがないとひそかに断定した。趙の政治には奥ゆ

きがないということである。それにひきかえ藺相如は恵文王《けいぶん》を輔《たす》けていかにすぐれた政治と外交をおこなったことか。光輝に満ちていた趙の治世にかげりをみたおもいである。

宴会では、主人が客に酒を抒《く》むものである。異人は呂不韋に教えられた通りにふるまった。異人はここではじめて気づかれを感じた。それを察した呂不韋は、

「主であるためには、努めつづけるという気力と体力が必要です。努力を厭《いと》えば、客の席にすわるしかありません」

と、さとした。

「わかった。わしは客をもてなすほうがよい」

異人はけなげにうなずいた。

なにはともあれ、呂不韋としては異人の名を高め、本国にきこえるようにしなければならない。それにには、趙の貴顕の臣と異人とが交わっている事実を積み重ねる必要がある。

宴会が終わってから、

「趙には、秦王か応侯《おう》の息のかかった客がいよう」

と、呂不韋は申欠《しんけつ》に問うた。

人をおどろかすような見識の高さをもたない異人は、これから趙臣と交際をかさねても、その性質に毒をもたないので、無害な人であると知らしめるだけで、さほど評判にはなるまい。宴席における異人をみて呂不韋はべつな手だてを講じなければなるまいと考えはじめた。安国君《あんこくくん》が嫡子を決定してしまえば、すべての計画は水泡に帰すのである。

呂不韋は寡兵《かへい》で戦場にのぞもうとしている自分を感じた。兵が寡《すく》なければ、速さで勝つしかない。

——将軍の事は、静かにして以《もっ》て幽《ふか》く、正しくして以て治まる。

とは、『孫子《そんし》』という兵法書にある一文であるが、いまの呂不韋は異人という貧弱な主君のために挙兵した将のようなものであり、戦いに勝つためには、静かに幽《くら》く事をすすめてゆかねばならない。計画の全容を異人にうちあければ、そこから漏れが生じ、敵にしてやられることになる。

「あまた、いる」

と、中欠はこともなげに答えた。

「では、かれらに近づき、公子が安国君と華陽《かよう》夫人を尊敬していることを吹き込んでくれ」

「承知した」

趙のことは秦に同情する食客によって逐一報告されているにちがいない。呂不韋がそれを利用しようとする意図を申欠はすばやく理解した。

「来春、秦へゆく」

「いよいよ、ゆくか」

申欠は愉《たの》しそうに腕をさすった。

冬のあいだに呂不韋は異人に多少の教育をおこなった。人が生まれてくるには、父母がなくてはならぬ。子として父母の安寧を願うことが、自身の安寧となる。それゆえ、父の安国君と母の夏姫《かき》の康福《こうふく》を祈ると同時に義母である華陽夫人を敬慕することを忘れてはならない。

「毎日、祈れば、やがて天を撼《うご》かしましょう。それを疑ったら、嫡子の席は遠のきましょう」

「信ずる。毎日、祈る」

異人の性質には瞞着《まんちゃく》はないと呂不韋はみている。偽善をおこなわないところが、異人の美点であるといえよう。毎日、祈る、といったかぎり、人の目がないときでも、異人は祈りつづけるであろう。こういういつわりのないありかたが、人を打つのであり、計謀というのは大いなる誠実から発しないかぎり、けっして真の成功を得られない。

自分で誓ったことに背くようであったら、異人はおのれを放棄したにひとしく、呂不韋は計画の推進をあきらめ、どこかに隠遁《いんとん》したほうがよい。

――何のために異人を扶《たす》けるのか。

と、問われれば、呂不韋は、人民のために、と答える用意がある。賈市《こし》において大金をつかんだ呂不韋に富への執着はない。支配されつづけた人民にも意志や願望はあり、それらを反映させる政体を実現するのは、自分しかいない、と呂不韋は信じはじめている。こういう気概をもたないかぎり、政治の世界にはいるべきではない。おのれだけが富めばよいとおもっている為政者がいれば、すみやかに賈市の世界へ去るべきである。いや、賈市の世界でも、その考えは通用しないであろう。

さて、増改築した家には正月まえに住めるようになった。この家には貴賓を迎えるだけの格調が要《い》るとおもっている呂不韋は入念に点検した。吉日に異人を招いて竣工《しゅんこう》を賀《いわ》った。このころようやく異人は呂不韋という賈人《こじん》の実力を認識しはじめたらしい。

「春になりましたら、秦へまいります。この往復が成果をもたらさないときは、あなたさまに瑞福《ずいふく》はおとずれないでしょう。わたしは幽人となって山居《さんきょ》するつもりです」

　と、呂不韋は覚悟を述べた。異人は心細げに、

「なんじが山谷《さんこく》へ去れば、人質であるわしは邯鄲という檻《おり》から一生でられぬ。何としても成果を得てもらいたい。祈るしかないわしのつらさを察してくれ」

と、いった。すこし呂不韋に狎《な》れてきたいいかたである。

「おお、魂の祈りは天に通じます。吉報をお待ちください」

異人には愛すべきところがある、と呂不韋は胸の熱さをおぼえた。異人は人質生活から脱したあと、辛酸《しんさん》に満ちた過去をへらへらと冷笑するような軽佻《けいちょう》さをみせぬであろう。あのときはつらかった、としみじみ語る人物のほうが好きである。

二

年があらたまった。

申欠《しんけつ》は配下とともに情報蒐《あつ》めに奔走していて、かれが妻の飛柳《ひりゅう》とともに帰ってきたのが、二月上旬であった。

「陶《とう》侯の使者は、太子への面会をはたせず、虚しく帰ってきた」

と、いきなり申欠は幽《くら》い口調で語《つ》げた。

「陀方《たほう》どのでも失敗したのか」

呂不韋《りょふい》はおどろきをおぼえた。陀方が使いをしくじったことを、かつてきいたことがない。

「使者は、ひとりやふたりではない。何度も秦《しん》都へ往《ゆ》き、そのつど断られている」

呂不韋は首をひねった。

「応《おう》侯の息が太子にもかかっているのか。応侯は宣太后《せんたいこう》と陶侯の勢力を根こそぎ排除した宰相であるから、陶侯の反撃に用心をおこたってはいまい。陶侯が太子とつながりをもつことを応侯は恐れて、怪しい者が太子に近づかないように、目くばりをしているのだろう」

これが妄想でないとすれば、呂不韋は秦に入国することさえできない。呂不韋が魏毋《ぎぜん》の蓄財に手を貸したことを、精密さを好む范雎《はんしょ》が知らぬはずはない。呂不韋が魏毋の密使であるとみなされれば、国境の関所でとめられてしまう。

「主は華陽《かよう》夫人を説くのか」

「むろん――」

嫡嗣を立てる決定権をもっているのは、太子の愛と信頼とをにぎっている華陽夫人である。ほかのたれを説いても、この件はうまくゆくまい。

「華陽夫人にまっすぐに面会を求めても、許可されまい」

「公子とわれわれの成否は、華陽夫人にかかっている。会えなければ、すべての志望を窆《ほうむ》ることになる。何とかならぬのか」

「輦《れん》に乗る者に訴えたければ、まず輦を引く者をとりこまねばならぬ」

「知恵があるのか」

「知恵というほどのものではないが……」

華陽夫人には姉と弟がいるらしい、と申欠はいった。華陽夫人は楚《そ》の出身であるということはわかっているが、楚の公女であったかどうかはさだかではない。安国《あんこく》君《くん》が昭襄《しょうじょう》王の嫡嗣ではなかったことと、華陽夫人がはじめから安国君の正室ではなかったことなどをおもいあわせると、華陽夫人は楚王の女《むすめ》ではなく、楚の王族か貴族の女であろう。

「よいことを教えてくれた。華陽夫人の左右を口説き落としてみせる」

呂不韋は多大の進物をととのえ、異人《いじん》の臣下として、華陽夫人を聘問《へいもん》することにした。秦王の孫の臣下であれば、入国をこばまれることはない。随行する申欠は進物の多さにあきれかえった。

「いったい、どれほど黄金をつかったのか」

「五百金――」

こともなげにいった呂不韋は秦にむかって出発した。その五百金が効力を発揮しなかったら、尻尾《しっぽ》を巻いて帰ってくるだけである。

この旅には雉《ち》も同行させた。

雉は十七歳の呂不韋をみて以来、ここまで呂不韋の考えにそって生きてきた。呂不韋の考えとは、自分の存在と言動とが他者を幸福にする、というもので、それは一貫しているが、今回ばかりは公子異人を擁立しようとする一連の行動がかかえている企望《きぼう》が巨《おお》きすぎて、雉を不安にさせている。たとえこの企望が実現しても、人々は呂不韋の私欲しかみないのではないか。呂不韋の真意にある欲望とは、比類ないもので、万民を幸福にするというものであることが、けっきょく理解されないのではないか。それならば、呂不韋の努力は、どこまでいってもむくわれない。むしろいまの名声をいっそう純化する道をえらんだほうがよいのではないか。

道中で、閑坐《かんざ》している呂不韋に近づき、雉はここまで考えてきたことを述べた。

黙ってきいていた呂不韋は大きくうなずいた。

「なんじの心配はもっともなことだ。わたしは自信満々で事をすすめているわけではない」

「では、帰りましょう」

「ははは、そうはゆかぬ。わたしには慈光苑《じこうえん》で騙《だま》されて無惨に死んでいった人々の怨みが宿っている。卑劣に共謀して薛《せつ》を滅ぼした魏《ぎ》と斉《せい》をどうしても赦《ゆる》せない。だからといって私怨を晴らすために、政権にすり寄るつもりはない。個人の怨みは胸の底に沈めておき、毎日のように孤児や寡婦を産む世を惋《うら》み、平和をもたらしたい。だから往く。往って帰るのと、このまま帰るのとでは、意義がちがう。戦いをまえにして、身の保全をはかるために、軍頭を逆にした将軍に二度と兵は心服しない。この戦いに敗れれば、わたしは隠棲《いんせい》する」

呂不韋にとって、秦都へゆくことが、すなわち決戦であった。これは目にみえぬ戦いであるが、むろん勝敗はあきらかになる。

雉は呂不韋のことばに不安がないことに気づいた。つまり、勝たなければ負けるしかない、引き分けはない、という肚《はら》のすえかたに、複雑な感情の色は残留せず、天と呼応するかのような澄明なひびきしかないようである。そう感じた雉は、自分が世俗的な欲にとらわれたままであることを知った。呂不韋が、生か死か、と前途をひたすら凝視しているのに、自分には緊迫感が不足している。無私の心で呂不韋に仕えてきたつもりであるのに、いつのまにか世知に瀆《けが》されていた。呂不韋はつねに自分を駑馬《どば》にたとえているが、それは呂不韋独自の謙譲の修辞であり、もともと千里の馬かもしれないではないか。その尾をつかんでいる手をはなしたら、またたくまにその影をみうしなってしまう危うさを自覚すべきである、と雉はおもいなおした。その人に比《ちか》ければちかいほど、その人の偉大さがわかりにくくなるということがある。

――主は、けっきょくは、成功する。

突然、雉はそう確信した。呂不韋を信じてきたことは、呂不韋の怦々《ほうほう》たる強運を信じてきたともいえる。呂不韋を怛惕《だってき》させて隠者にしてしまうような世であれば、自分もこの世に迎合することはない。秦に入国するまでに、雉は覚悟をさだめた。

呂不韋と従者は、魏、周《しゅう》、韓《かん》を通過して秦にはいるのであるが、秦の国境が近くなったとき、申欠はふと憶《おも》いだしたように、

「すでに韓の南陽《なんよう》はほとんど秦におさえられたらしい」

と、いった。韓という国は河水《かすい》をはさんで北部と南部とで一国をなしている。首都は南部にある。河水北岸を南陽といい、ここを掩塞《えんそく》されると、南北の交通が杜絶《とぜつ》

してしまい、北部が枯れてしまう。これまでに南陽に秦兵がはいっているが、道は遮断されていなかった。ところが南陽全域を秦に取られると、津《みなと》と道とを同時に失うことになり、韓はやがて国土を半減してしまうであろう。

「まことか――」

韓で生まれた呂不韋としては眉《まゆ》をひそめざるをえない。韓の国力の低下は父の商売に不便をもたらすにちがいない。

「まちがいない。このままゆくと、韓は河水より北のすべてを失う。たぶんいま上党《じょうとう》が孤立しはじめているから、韓の君主と大臣は周章狼狽しているだろう」

上党とは南陽より北の地域で、丹水《たんすい》の上流域などをいう。ついでにいうと、上党の郡守が本国からの救援がないことをみきわめ、秦をきらうあまり、上党郡を趙《ちょう》に譲渡してしまう事態になる。これが、四十五万人というおどろくべき数の死者をだす、長平《ちょうへい》の戦い、に発展するのであるが、呂不韋と申欠はそこまでは予想しなかった。

さて、秦という国には四方に要塞がある。

東の函谷関《かんこくかん》

南の武関《ぶかん》

西の散関《さんかん》
北の蕭関《しょうかん》

東方にいる者が秦に入国するときにかならず通るのが函谷関であるが、秦は東方の諸侯を警戒したため、函谷関より東にある殽《こう》山を利用して殽塞とよばれる巨大な塞《とりで》を造った。殽山には南陵と北陵とがあり、道は南北の陵《おか》のあいだにあり、塞によって中断されている。かつて孟嘗君《もうしょうくん》は諸侯の軍を率いてこの殽塞を突破して函谷関に迫った。それを識《し》っている呂不韋は巍峨《ぎが》たる塞をみあげてため息をついた。いまや秦の勢力は東方に伸長して、この塞は国境の禦《ふせ》ぎをおこなうことはない。殽塞をおびやかすほどの威勢はもはや東方にはあるまい。

「大王の孫である異人の臣、呂不韋は、大王の太子と夫人とを、主君に代わって聘《へい》問《もん》いたします」

そういった呂不韋は、使臣であるあかしを役人にみせ、聘物《へいぶつ》をのこらずみせた。聘物の多さと豪華さに瞠目《どうもく》した役人は、

「趙にいる公子は、こちらでは無名に近いが、たいそうな富力をもっているのだな」

と、つぶやき、この使者の集団を通した。

呂不韋は函谷関もぶじに通過した。ここで四月になった。函谷関から秦都の咸陽《かんよう》まで、およそ四百五十里もある。咸陽に到着するのは半月後になる。

風光は、碧《あお》が衍《ゆた》かであった。

秦国内の治安のよさはおどろくべきものである。偸盗《ちゅうとう》への心配が要《い》らず、これほど安心して旅行することのできる国はほかにないであろう。法の力をまのあたりにしたおもいである。ただし秦の政策は農人を優遇し賈人《こじん》を冷遇するというものであり、秦の郡や県になったところに住む商人は重税にあえいでいることであろう。秦は商業を完全に否定しているわけではないが、物と人の移動とともに、思想も移動することを警戒している。それゆえ秦王室が信用する賈人のみを残せばよいという志向が強くなっている。すなわち残るのは大商人だけで、中小の商人は税の重さによって淪没《りんぼつ》させられてしまう。商業は競争と淘汰《とうた》とを宿命的にもつが、そこには束縛されない精神の活性があり、国家の合理とはべつな合理を構築する。秦は国の統制が効《き》かないその合理を憎んでいるが、すべてを統制下においた国を想像したとき、国民の希望と意欲との衰退も同時にみえるようで、萎《な》えた精神でうめつくされた国は理想の国ではけっしてない。

大衆の力を最初に重視したのは、斉の稷下《しょくか》にいた田駢《でんべん》という道家《どうか》であろう。田駢にまさるともおとらぬ盛名をもっていた慎到《しんとう》の門をくぐったことのある呂不韋は、万民に公平をもたらす法と君主の良否によって国力を増減させないような大衆の力とを、宿題として懐《いだ》いている。この宿題を解くには、為政者の地位に立たなければなるまい、ともおもっている。

車中で思考をかさねている呂不韋に、暖気をふくんだ初夏の風がこころよかった。

三

天空はみごとに晴れわたっていた。

咸陽《かんよう》は天空の青に染まらず、ふしぎな美しさで存在していた。

——この都に感情の色をかけているのか。

呂不韋《りょふい》はかつてない情意の目で秦《しん》の首都をながめている自分を感じた。世俗の垢《あか》を落として純粋な個に立ち返っていながら、胸を重くするような濃密なおもいにひきずられているという奇妙さにいた。

——死活の境とはこういうものなのか。

呂不韋は内心笑った。その笑いが、ひきつったものなのか、ゆとりのあるものなのか、はわからない。

「われわれを見張っている者がいるか」

宿舎にはいるまえに呂不韋はそれとなく申欠《しんけつ》にきいた。

「いない、とおもう。応侯《おうこう》は韓《かん》の攻略で、足もとをみているひまがないのだろう」

申欠は冗談めかしていったが、実際、范雎《はんしょ》は自身の戦略に意識を集中させていた。范雎がわきめもふらぬという状態であることはたしかであった。それゆえ趙《ちょう》にいる公子異人《いじん》の使者が入国したという報告をうけても、気にかけることはしなかった。

宿舎に落ち着いた呂不韋は申欠と話しあって、最初に華陽《かよう》夫人の姉にあたることにした。申欠の妻である飛柳《ひりゅう》の祖母は楚人《そひと》であったので、すこしでも楚にゆかりをもつ飛柳に華陽夫人の姉を説かせることにした。

装いをあらたにした飛柳は公子異人の侍女になりすました。つねにじみな身なりをしていた飛柳があざやかに一変した。

「やや。飛柳の婕《うつく》しさよ」

と、大いに称《ほ》めた呂不韋は、飛柳に申二《しんじ》を付けて送りだした。この使者は小さな成功をもたらした。華陽夫人の姉について、

「たいそう人の良いかたでございます」

と、もどってきた飛柳はいった。表情にもことばにもふくよかさのある人で、険《けん》をかくしもっているようにはみえない。趙にいる公子異人が華陽夫人に聘物《へいぶつ》をささげるということに感動したようであったが、

「華陽夫人は太子とともに離宮でおすごしになっています」

ということで、華陽夫人が咸陽に帰ってくれば謁見をとりはからう、と約束してくれた。

中欠はすこしけわしい目つきをした。

「むこうは使者の素姓を調査する時をかせいだ、というべきだな」

この男は素直に物事をうけとらない。かならず裏がある、とみる。

「応侯に問い合わせたのか」

「そうおもったほうがよい。さて、主は応侯にどうみられているか。十日以内に答えはでよう」

中欠のいった通りになった。八日後に宿舎に使いがきた。華陽夫人が咸陽におもどりになりました、とその者はいった。呂不韋は慇懃《いんぎん》に、

「お目にかかることができましょうか」

と、問うた。使者である女は声を低くして、

「夫人は貪欲なかたではありませんが、非礼をお嫌いになります。夫人に失礼になる聘物ではこまります。それを確かめてから、諾否《だくひ》を申します」

と、いった。聘物しだいであるということであろう。微笑した呂不韋は宿舎に保管してもらっている多大な聘物を使者にみせた。

「これを、すべて――」

女は息を呑んだ。想像を絶する聘物の質と量である。

「大王にさしあげてもはずかしくない物をそろえてまいりました」

「わかりました」

女は呂不韋をいざない、華陽夫人の姉のもとにつれて行った。呂不韋のうしろに聘物を載せた車がつづいた。華陽夫人の姉は、なるほど険のない人で、呂不韋にたいしても尊大にかまえなかった。

「聘物のすべてを夫人にさしあげてよいのか」

夫人の姉も聘物をみておどろいた。

――この人は欲がないな。

呂不韋は夫人の姉に好感をもった。面談にはいった呂不韋は、趙にいる異人が賢知をもち、諸侯の賓客《ひんかく》とあまねく交わり、つねづね、異人は夫人をもって天となし、日夜泣いて太子と夫人を思っている、といっていることを語《つ》げた。むろんその語は多少の妄《うそ》をふくんでいるが、ほんとうにそうなのかと異人の生活と交友を調べた者がいても、その者に、あなたは妄言《ぼうげん》を吐いたとなじられない自信が呂不韋にはある。うしろめたさがあれば、交渉相手との正しい距離を保てない。こちら側のかすかな乱れがむこう側に不信を産む。女の感覚は鋭いものであり、ほころびを理屈でつくろっても、いちど生じた不信を払拭《ふっしょく》することができない場合がある。そうおもっている呂不韋は、異人のことのみを述べ、自身のことはいっさい語らなかった。

華陽夫人の姉はさほど見識の高くない人であるが、華陽夫人に信頼されているのは、ものごとをまっすぐにみる姿勢の正しさがあることと、私欲がないことによる。この人が呂不韋をみてすっかり気にいった。呂不韋には容姿のよさがある。たとえ呂不韋が平民の出であるときかされても、先祖は貴族であったにちがいないとおもいたくなるような貴盛のふんいきを感じた。こういう人に仕えられている異人が劣悪な公子であるはずがない、と感覚が信じた。

「夫人にお目にかかるとよい」

この声によって、謁見が実現した。東宮《とうきゅう》にはいるのも困難であるのに、そのなかの後宮に男がはいるのはさらにむずかしい。華陽夫人が太子の正室であるからできたことであろう。短時間の面会である。

「呂氏と申すか」

「はい」

「面《おもて》をあげてみよ」

遒《つよ》い美しさをもった声である。呂不韋はわずかに首をあげた。もう少し高く、という声に、呂不韋はまなざしを高めた。かれの目は、席を、ついで深衣《しんい》を視《み》た。太子の正夫人を正視することは無礼なので、それ以上まなざしをあげられない。

「ほほ……」

突然、華陽夫人が咲《わら》った。呂不韋の胸裡《きょうり》に困惑がひろがった。自分の容《かたち》が失笑をさそったとはおもわれない。また、華陽夫人からかよってくるものに侮蔑の色はない。だが、貴人に謁見する者は、問われたことに答えるだけで、発言をうながされないかぎり問うてはならないというのが、礼儀の常識である。したがって呂不韋はつぎの華陽夫人のことばを黙って待つしかない。

「呂氏ときいたとき、もしや、とおもいましたが、やはり不韋でしたね。目をあげて、わたしを視なさい」

直視をゆるされた呂不韋は、あっ、とのけぞらんばかりにおどろいた。

「南芷《なんし》さま――」

この驚愕《きょうがく》の表情に笑貌《しょうぼう》をむけている華陽夫人は、

「ふたたび会う日がありましたね」

と、親しみをこめていった。陳《ちん》の西忠《せいちゅう》家で呂不韋がいったことばを華陽夫人は忘れていなかった。そのことが呂不韋を感動させた。

「喜びで、ふるえがとまりません」

実際、そうであった。からだのどこかがふるえつづけている。

「あれから十七年が経《た》ちました。天は皓《しろ》さをとりもどしたであろうか」

「天から暗黒が去るのを、まだ待たねばなりますまい。とくに趙の天は暗く、その天の下で公孫は夫人を慕って日夜泣いております」

異人のことを公子といわず公孫といった。昭襄《しょうじょう》王の孫であるから、王孫または公孫というのが正しい。が、嫡流にある公孫は公子とよばれる。太子の子は、太子が王になれば公子とよばれるので、公孫というよばれかたは消えてしまう。したがって公孫とかならずよばれる人は、太子の兄弟の子ということになる。

「趙にいる子を、わたしはまったく知りません。その子がなにゆえわたしを慕って泣くのでしょうか」

「恐れながら、あなたさまは太子の正夫人なのです。太子の御子は二十余人おられ、それらの御子の母となられたのです。趙に人質としておられる御子は、孝心が篤《あつ》く、いちはやくあなたさまの淑徳をお感じになり、御生母の夏姫《かき》さまよりあなたさまを敬仰なさっています。夏姫さまは王宮におられず、自身は趙で人質になっている心細さから、あなたさまにおすがりするしかないということもあります。わたしは趙の御子にお仕えするようになり、御真意を知って、あなたさまに訴えるべきであると決意しました。御子は偽善の人ではありません。御子が日夜、太子とあなたさまの康福《こうふく》をお祈りしていることは、人をつかわされてお調べになれば、妄《うそ》ではないことがおわかりになります。ほかの御子で、これほどまっすぐにあなたさまのことを思っている人がいるでしょうか。なにとぞ趙の御子を憫《あわ》れんでいただきたい。拝稽《はいけい》首《しゅ》してお願い申し上げます」

呂不韋はゆかにひたいをつけた。

「そうですか……。わたしは呂氏を信ずるがゆえに、趙の御子をも信じましょう」

「かたじけなく存じます」

呂不韋はおもわず涙をながしそうになった。おもえば公子異人は薄幸の人である。かれの不運を幸運にかえることができれば、人を救ったことになり、呂不韋はそれだけでも喜びを感じる。

「呂氏は、しばらく咸陽にとどまるがよい」

華陽夫人の意中に何かが生じたようである。呂不韋は祥風が起《た》つのを感じた。

（第五巻　天命篇に続く）

『奇貨居くべし　飛翔篇』は二〇〇〇年七月、中央公論新社より単行本が刊行され、二〇〇二年三月、文庫化されました。本書は『宮城谷昌光全集　第十七巻』（二〇〇四年四月、文藝春秋刊）を底本にしました。

中公文庫

新装版《しんそうばん》
奇《き》貨《か》居《お》くべし（四《よん》）
——飛翔篇《ひしょうへん》

2002年3月25日　初版発行
2021年1月25日　改版発行

著　者　宮城谷昌光《みやぎたにまさみつ》

発行者　松田陽三

発行所　中央公論新社
〒100-8152　東京都千代田区大手町1-7-1
電話　販売　03-5299-1730　編集　03-5299-1890
URL http://www.chuko.co.jp/

ＤＴＰ　平面惑星
印　刷　三晃印刷
製　本　小泉製本

Published by CHUOKORON-SHINSHA, INC.
Printed in Japan　ISBN978-4-12-207023-3 C1193

各書目の下段の数字はISBNコードです。978-4-12が省略してあります。

中公文庫既刊より

み-36-10
歴史を応用する力
宮城谷昌光
中国歴史小説の第一人者が、光武帝や、劉邦ら中国史上名高い人物の生涯をたどりつつ、ビジネスや人間関係における考え方のヒントを語る。文庫オリジナル。
206717-2

み-36-11
呉　漢（上）
宮城谷昌光
貧家に生まれた呉漢は、運命の変転により、天下統一を目指す劉秀の将となるが……。後漢を建国し、中国統一を果たした光武帝が最も信頼した武将を描く。
206805-6

み-36-12
呉　漢（下）
宮城谷昌光
王莽の圧政に叛旗を翻す武将たちとの戦いの中で、光武帝・劉秀の信頼を得た呉漢。天下の平定と光武帝のためにすべてを捧げた生涯を描く。〈解説〉湯川　豊
206806-3

み-36-13
新装版　奇貨居《お》くべし（一）春風篇
宮城谷昌光
秦の始皇帝の父ともいわれる呂不韋。一商人から宰相にまでのぼりつめた波瀾の生涯を描く。十五歳の少年・不韋は、父の命により旅に出ることになるが……。
206981-7

み-36-14
新装版　奇貨居くべし（二）火雲篇
宮城谷昌光
藺相如と共に、趙の宝玉「和氏の璧」を大国・秦の手から守り抜いた呂不韋。乱世に翻弄されながらも、荀子、孟嘗君らの薫陶を受け成長する姿を描く。
206993-0

み-36-7
草原の風（上）
宮城谷昌光
三国時代よりさかのぼること二百年。劉邦の子孫にして、勇武の将軍、古代中国の精華・後漢王朝を打ち立てた光武帝・劉秀の若き日々を鮮やかに描く。
205839-2

み-36-8
草原の風（中）
宮城谷昌光
三国時代に比肩する群雄割拠の時代、天下に乱立する英傑と鮮やかな戦いを重ね、天下統一へ地歩を固める劉秀。天性の将軍・光武帝の躍動の日々を描く！
205852-1

み-36-9
草原の風（下）
宮城谷昌光
いよいよ天子として立つ劉秀。その磁力に引き寄せられるように、多くの武将、知将が集結する。光武帝の後漢建国の物語、堂々完結！〈解説〉湯川　豊
205860-6

し-20-10
中国の神話
白川　静
従来ほとんど知られなかった中国の神話・伝説を、豊富な学識と資料で発掘し、その成立＝消失過程を体系的に論ずる。日本神話理解のためにも必読。
204159-2

し-20-11
中国の古代文学（一）神話から楚辞へ
白川　静
中国文学の原点である詩経と楚辞の成立、発想、表現を、記紀万葉と対比し、民俗学的に考察する。神話への挽歌である古代歌謡に〈詩〉の根源を探る。
204240-7

し-20-12
中国の古代文学（二）史記から陶淵明へ
白川　静
「歴史」を通じて運命への挑戦者を描く司馬遷、田園山水に孤絶の心を託す陶淵明・謝霊運らの文学活動を通して「創作詩」の成立過程をたどる。全二巻。
204241-4

し-20-5
漢字百話
白川　静
甲骨・金文に精通する著者が、漢字の造字法を読み解き、隠された意味を明らかにする。現代表記には失われた、漢字本来の姿が見事に著された好著。
204096-0

し-20-6
初期万葉論
白川　静
それまでの通説を一新した、碩学の独創的万葉論。人麻呂の挽歌を中心に古代日本人のものの見方、神への祈りが、鮮やかに立ち現れる。待望の文庫化。
204095-3

し-20-7
後期万葉論
白川　静
『初期万葉論』に続く、中国古代文学の碩学の独創的万葉論。人麻呂以降の万葉歌の諸相と精神の軌跡を描き、文学の動的な展開を浮かび上がらせる。
204129-5

し-20-9
孔子伝
白川　静
今も世界中で生き続ける「論語」を残した哲人、孔子。挫折と漂泊のその生涯を、史実と後世の恣意的粉飾とを峻別し、愛情あふれる筆致で描く。
204160-8

各書目の下段の数字はISBNコードです。978－4－12が省略してあります。

し-6-22
古代日本と朝鮮　座談会
司馬遼太郎
上田正昭 編
金達寿
日本列島に渡来した古来・今来の朝鮮の人々は在来文化に新しい文化と技術を混入していった。東アジアの大流動時代の日本と朝鮮の交流の密度を探る。
200934-9

し-6-23
日本の渡来文化　座談会
司馬遼太郎
上田正昭 編
金達寿
文化の伝播には人間の交渉がある。朝鮮半島からいくたびも渡来してきた人々の実存を確かめ、そのいぶきにふれることにより渡来文化の重みを考える。
200960-8

し-6-25
日韓 理解への道　座談会
司馬遼太郎／鮮于煇
高柄翊／金達寿
森浩一
差別について、渡来と文化、歴史教育と教科書…。日韓交流の歴史を通して〝近くて遠い国〟を理解するために両国碩学が白熱した談論を展開する座談会。
201479-4

し-6-26
日韓ソウルの友情　座談会
司馬遼太郎／田中明
渡辺吉鎔／鮮于煇
千寛宇／金聲翰
著しい近代化の中に薄れゆく伝統、簡略化される言語問題を憂い、相互理解による〝互敬のつき合い〟を提言する。日韓碩学による白熱の座談会。
201526-5

し-6-27
韃靼《だったん》疾風録（上）
司馬遼太郎
九州平戸島に漂着した韃靼公主を送って、謎多いその故国に赴く平戸武士桂庄助の前途に待ちかまえていたものは。東アジアの海陸に展開される雄大なロマン。
201771-9

し-6-28
韃靼疾風録（下）
司馬遼太郎
文明が衰退した明とそれに挑戦する女真との間に激しい攻防戦が始まった。韃靼公主アビアと平戸武士桂庄助を軸にした壮大な歴史ロマン。大佛次郎賞受賞作。
201772-6

し-6-29
微光のなかの宇宙　私の美術観
司馬遼太郎
密教美術、空海、八大山人、ゴッホ、須田国太郎、八木一夫、三岸節子、須田剋太——独自の世界形成に至る軌跡とその魅力を綴った珠玉の美術随想集。
201850-1

し-6-30
言い触らし団右衛門
司馬遼太郎
自己の能力を売りこむにはPRが大切と、売名に専念した塙団右衛門の悲喜こもごもの物語ほか、戦国豪傑を独自に描いた短篇集。〈解説〉加藤秀俊
201986-7

し-6-31

豊臣家の人々

司馬遼太郎

北ノ政所、淀殿など秀吉をめぐる多彩な人間像と栄華のあとを、研ぎすまされた史眼と躍動する筆でとらえた面白さ無類の歴史小説。〈解説〉山崎正和

202005-4

し-6-32

空海の風景（上）

司馬遼太郎

平安の巨人空海の思想と生涯、その時代風景を照射し、日本が生んだ人類普遍の天才の実像に迫る。構想十余年、司馬文学の記念碑的大作。芸術院恩賜賞受賞。

202076-4

し-6-33

空海の風景（下）

司馬遼太郎

大陸文明と日本文明の結びつきを達成した空海は哲学宗教文学教育、医療施薬、土木灌漑建築と八面六臂の活躍を続ける。その死の秘密もふくめ描く完結篇。

202077-1

し-6-34

歴史の世界から

司馬遼太郎

濃密な制作過程が生んだ、司馬文学の奥行きを堪能させるエッセイ集。日本を動かし、時代を支える人間の姿を活写しつつ、自在な発想で現代を考える。

202101-3

し-6-35

歴史の中の日本

司馬遼太郎

司馬文学の魅力を明かすエッセイ集。明晰な歴史観と豊かな創造力で、激動する歴史の流れと、多彩な人間像をとらえ、現代人の問題として解き明かす。

202103-7

し-6-36

風塵抄《ふうじんしょう》

司馬遼太郎

一九八六年から九一年まで、身近な話題とともに土地問題、解体したソ連の問題等、激しく動く現代世界と人間を省察。世間ばなしの中に「恒心」を語る珠玉随想集。

202111-2

し-6-37

花の館《やかた》・鬼灯《ほおずき》

司馬遼太郎

応仁の乱前夜、欲望と怨念にもだえつつ救済を求めて彷徨する人たち。足利将軍義政を軸に、この世の正義とは何かを問う「花の館」など野心的戯曲二篇。

202154-9

し-6-38

ひとびとの跫音《あしおと》（上）

司馬遼太郎

正岡子規の詩心と情趣を受け継いだひとびとの豊饒にして清々しい人生を深い共感と愛惜をこめて刻む、司馬文学の核心をなす画期的長篇。読売文学賞受賞。

202242-3

各書目の下段の数字はISBNコードです。978－4－12が省略してあります。

し-6-39
ひとびとの跫音（下）
司馬遼太郎
正岡家の養子忠三郎ら、人生の達人といった風韻をもつひとびとの境涯を描く。「人間が生まれて死んでゆくという情趣」を織りなす名作。〈解説〉桶谷秀昭
202243-0

し-6-40
一夜官女
司馬遼太郎
「私のつきあっている歴史の精霊たちのなかでもいちばん気サクな連中に出てもらった」（「あとがき」より）。愛らしく豪気な戦国の男女が躍動する傑作集。
202311-6

し-6-41
ある運命について
司馬遼太郎
広瀬武夫、長沖一、藤田大佐や北条早雲、高田屋嘉兵衛——人間を愛してやまない著者がその足跡を歴史の中から掘り起こす随筆集。
202440-3

し-6-42
世界のなかの日本 十六世紀まで遡って見る
司馬遼太郎
ドナルド・キーン
近松や勝海舟、夏目漱石たち江戸・明治人のことばと文学、モラルと思想、世界との関りから日本人の特質を説き、世界の一員としての日本を考えてゆく。
202510-3

し-6-43
新選組血風録
司馬遼太郎
前髪の惣三郎、沖田総司、富山弥兵衛……幕末の大動乱期、剣に生き剣に死んでいった新選組隊士一人一人の哀歓を浮彫りにする。〈解説〉綱淵謙錠
202576-9

し-6-44
古往今来
司馬遼太郎
著者居住の地からはじまり、薩摩坊津や土佐檮原などのつやのある風土と人びと——「古」と「今」を自在に往来して、よき人に接しえた至福を伝える。
202618-6

し-6-49
歴史の舞台 文明のさまざま
司馬遼太郎
憧憬のユーラシアの大草原に立って、宿年の関心であった遊牧文明の地と人々、歴史を語り、中国・朝鮮・日本を地球規模で考察する雄大なエッセイ集。
202735-0

し-6-51
十六の話
司馬遼太郎
二十一世紀に生きる人びとに愛と思いをこめて遺す「歴史から学んだ人間の生き方の基本的なことども」。井筒俊彦氏との対談「二十世紀末の闇と光」を収録。
202775-6

し-6-52
日本語と日本人〈対談集〉
司馬遼太郎
井上ひさし、大野晋、徳川宗賢、多田道太郎、赤尾兜子、松原正毅氏との絶妙の語り合いで、〈実にややこしい言葉〉日本語と日本文化の大きな秘密に迫る。
202794-7

し-6-53
司馬遼太郎の跫音《あしおと》
司馬遼太郎 他
司馬遼太郎――「裸眼で」読み、書き、思索した作家。人々をかぎりなく豊かにしてくれた、巨大で時空を超える、その作品世界を初めて歴史的に位置づける。
203032-9

し-6-54
日本の朝鮮文化 座談会
司馬遼太郎
上田正昭 編
金達寿
日本文化の源泉を考えるとき、長くのびる朝鮮半島の役割と文化的影響は極めて大きい。白熱の討論によって古代日本人と朝鮮人の交流を浮彫りにする。
203131-9

し-6-55
花咲ける上方武士道
司馬遼太郎
風雲急を告げる幕末、公家密偵使・少将高野則近の東海道東下り。大坂侍・百済ノ門兵衛と伊賀忍者を従えて、恋と冒険の傑作長篇。〈解説〉出久根達郎
203324-5

し-6-56
風塵抄（二）
司馬遼太郎
一九九一年から九六年二月十二日付まで、現代社会を鋭く省察。二一世紀への痛切な思いと人びとの在りようを訴える。「司馬さんの手紙」（福島靖夫）併載。
203570-6

し-6-57
日本人の内と外〈対談〉
司馬遼太郎
山崎正和
欧米はもちろん、アジアの他の国々とも異なる日本文化の独自性を歴史のなかに探り、「日本人」が国際社会で真に果たすべき役割について語り合う。
203806-6

し-6-59
司馬遼太郎 歴史歓談Ⅰ
日本人の原型を探る
司馬遼太郎 他著
出雲美人の話から空海、中世像、関ヶ原の戦いの人間模様まで。湯川秀樹、岡本太郎、森浩一、網野善彦氏らとの対談、座談で読む司馬遼太郎の日本通史。
204422-7

し-6-60
司馬遼太郎 歴史歓談Ⅱ
二十世紀末の闇と光
司馬遼太郎 他著
近世のお金の話、坂本龍馬、明治維新から東京五輪まで。日本の歴史を追い、未来を考える。大宅壮一、三島由紀夫、桑原武夫氏らとの対談、座談二十一篇を収録。
204451-7

各書目の下段の数字はＩＳＢＮコードです。978－4－12が省略してあります。

し-6-61
司馬遼太郎
歴史のなかの邂逅1
空海～斎藤道三
司馬遼太郎
その人の生の輝きが時代の扉を押しあけた――。歴史上の人物の魅力を発掘したエッセイを古代から時代順に集大成。第一巻には司馬文学の奥行きを堪能させる二十七篇を収録。
205368-7

し-6-62
司馬遼太郎
歴史のなかの邂逅2
織田信長～豊臣秀吉
司馬遼太郎
人間の魅力とは何か――。織田信長、豊臣秀吉、古田織部など、室町末期から戦国時代を生きた男女の横顔を描き出す人物エッセイ二十三篇。
205376-2

し-6-63
司馬遼太郎
歴史のなかの邂逅3
徳川家康～高田屋嘉兵衛
司馬遼太郎
徳川家康、石田三成ら関ヶ原前後の諸大名の生き様や、徳川時代に爆発的な繁栄をみせた江戸の人間模様など、歴史のなかの群像を論じた人物エッセイ。
205395-3

し-6-64
司馬遼太郎
歴史のなかの邂逅4
勝海舟～新選組
司馬遼太郎
第四巻は動乱の幕末を舞台に、新選組や河井継之助、緒方洪庵、勝海舟など、白熱する歴史のなかの群像を論じた人物エッセイ二十六篇を収録。
205412-7

し-6-65
司馬遼太郎
歴史のなかの邂逅5
坂本竜馬～吉田松陰
司馬遼太郎
吉田松陰、坂本竜馬、西郷隆盛ら変革期を生きた人々の様々な運命。『竜馬がゆく』など幕末維新をテーマに数々の傑作長編が生まれた背景を伝える二十二篇。
205429-5

し-6-66
司馬遼太郎
歴史のなかの邂逅6
村田蔵六～西郷隆盛
司馬遼太郎
西郷隆盛、岩倉具視、大久保利通、江藤新平など、明治維新という日本史上最大のドラマをつくりあげた立役者たち。時代を駆け抜けた彼らの横顔を伝える二十一篇を収録。
205438-7

し-6-67
司馬遼太郎
歴史のなかの邂逅7
正岡子規～秋山好古・真之
司馬遼太郎
傑作『坂の上の雲』に描かれた正岡子規、秋山兄弟をはじめ、日本の前途を信じた明治期の若者たちの、底ぬけの明るさと痛々しさと――。人物エッセイ二十二篇。
205455-4

し-6-68
司馬遼太郎
歴史のなかの邂逅8
ある明治の庶民
司馬遼太郎
歴史上の人物の魅力を発掘したエッセイの集大成、全八巻ここに完結。最終巻には明治期の日本人から祖父・福田惣八、ゴッホや八大山人まで十七篇を収録。
205464-6